贾九峰的爱情故事读来总让人叹惋，让人唏嘘，甚至让人战栗。在一个个悲凉、悲情又悲壮的情节里，我分明看到了人性的美好，看到了爱情的伟大，看到了生命的温暖。

——网友鹤子读《你若懂我，该有多好》

你若懂我 该有多好

贾九峰 著

江苏凤凰文艺出版社
JIANGSU PHOENIX LITERATURE AND ART PUBLISHING, LTD

图书在版编目（CIP）数据

你若懂我，该有多好 / 贾九峰著. -- 南京 : 江苏凤凰文艺出版社，2014.10
ISBN 978-7-5399-7749-2

Ⅰ. ①你… Ⅱ. ①贾… Ⅲ. ①短篇小说－小说集－中国－当代 Ⅳ. ①I247.7

中国版本图书馆CIP数据核字(2014)第225038号

书　　名	你若懂我，该有多好
著　　者	贾九峰
责任编辑	黄孝阳
出版发行	凤凰出版传媒股份有限公司 江苏凤凰文艺出版社
出版社地址	南京市中央路165号，邮编：210009
出版社网址	http://www.jswenyi.com
发　　行	北京时代华语图书股份有限公司　010-83670231
经　　销	凤凰出版传媒股份有限公司
印　　刷	北京富达印务有限公司
开　　本	690×980毫米　1/16
印　　张	16
字　　数	250千字
版　　次	2014年10月第1版，2014年10月第1次印刷
标准书号	ISBN　978-7-5399-7749-2
定　　价	38.00元

读到贾九峰笔下的故事，总会让我生出无限感概。这情有多深，恨又有多深？爱也好，恨也罢，还是你，就够了。

——网友瑜儿读《痴痴地守着呆呆的你》

当我们怀疑爱情是否真的存在时，废墟下，爱情就像一朵盛开在尘埃中的花，明艳、凄婉，让人感伤，更给人希望。

——网友姜光丽读《傻瓜，为了我，要幸福啊！》

我不敢老去，我在这里等你……是什么教她苦等了三十年？是坚定不移的爱情！是什么教他放弃了对她的承诺？是与生俱来的慈悲，是善良，是感激，是怜悯，也是疼惜……

——网友逸萍读《你不来，我怎敢老去》

也许，尘世间最美丽的爱情就是在默默中相守，在相守中老去。这样的爱情，是平淡的，真实的，也是最感人的。

——网友小乔读《握不住，你的手》

她渐渐发现自己已经被他的真情感动，她的心开始渴望幸福。她在祈求五年前的剧情重演，可是一切都来不及了。她的绝望，正是读者的绝望。

——网友杨钟雄读《把我最好的爱留给你》

有一种爱情叫作相守到老，有一种爱情叫作相忘江湖，相比前者，或许后者更加荡气回肠。相爱的人，一个转身，就是天涯。

——网友温柔小娴读《那么远，这么近》

序

凡尘中，最奢侈的幸福莫过于遇见懂你的那个人吧。

只是，对的人，又对的时间，难有两全。俗世烟火里，这相遇，来得不是太早，就是太迟。

早的，锦年华衣，不懂得珍惜，总认为一切都来得及，都挥霍得起，那个人还会为你等在原地。多年之后，蓦然发现这个世界上，再没有哪个人能像她那样，懂得你的悲喜。苍茫人海，她在哪里？你已无法回到过去。曾经的路口，一个轻巧的转身，注定今世，后会无期。

迟的，也教人惋惜。夕阳西下，他便站定在余晖里，带着温暖的笑意。而你已然失去了最初的勇气——为了早一刻与他相遇，你昼夜不得安息。弱水千条，关山万重，披星戴月，征尘满衣。如今年华老去，没有丰盈的青春奉献，没有蓬勃的爱情给予，你们都错失了那个最美好最圆满的自己。为什么会是现在？为什么要等到现在？时光流转，造化弄人，原来我们吃了一辈子的苦，就是为了到头来明白自己错得多么委屈。

早和迟，尽是缠绵忧怨的相思。如饮鸩止渴，食烟止痛，相思一动，便成灾，成瘾，成痴。

就算是太早和太迟，也仍旧是奢侈的幸福吧。想一想，如果一生都没能遇见懂你的那个人，活着还有什么意思？

目录

第一章　傻瓜，为了我，要幸福啊

她放心了，可以飞走了。她看到自己的肋下生出了一双洁白的翅膀。

她真舍不得啊，她还想跟他说最后一句话，她返回身，轻轻地落在担架旁，在他的耳边絮语。伴着滑落的最后一滴泪珠，她说——

傻瓜，为了我，要幸福啊。

第二章　痴痴地守着呆呆的你

他——

他真——

他真的——

他真的回家来了？

这个消息，她不是不敢相信，她只是被这几个字轻而易举就击溃了。

第三章　爱上一个人，就有一朵花儿开放

我的傻妈妈呀，我是不是你最疼爱的人啊，你竟然不给我一个机会把心中的爱来向你表达，哪怕只说一句话也行啊，让我痛痛快快地叫你一声——妈妈，妈妈，妈妈，妈妈……

第一章

傻瓜，为了我，要幸福啊

她放心了，可以飞走了。她看到自己的肋下生出了一双洁白的翅膀。

她真舍不得啊，她还想跟他说最后一句话，她返回身，轻轻地落在担架旁，在他的耳边絮语。伴着滑落的最后一滴泪珠，她说——

傻瓜，为了我，要幸福啊。

傻瓜，为了我，要幸福啊

1

她走进他办公室的时候，他正在裁一张宣纸，准备写几幅毛笔字。

她本是找他来谈教学工作的，看到这些就走近他的身边说，我来帮你吧。

他有些恍惚，听这声音，又把他带回到了纯真的大学时代。不过，她也只是帮他裁裁纸，仅此而已。虽然同乡们一再说喝他们的喜酒，但她除了帮他这一点儿，其他的什么也不曾说。尽管他喜欢她，但她的美令他望而却步。每到他俩独处的时候，她低头裁纸，他埋头研墨。听着“嚓嚓”的纸声，他的心就像被蚕虫正在一点点侵蚀。

他犹豫了片刻，还是把小刀交到了她的手上。

恰在此时，天崩地裂天塌地陷，灾难降临了——

2

当她醒来时，她发现自己被抱在他的臂弯里。她根本不知道自己是怎么倒在他的怀里的。在那一瞬间，她仿佛失去了意识，连逃生的本能也没有了。

可她清楚，现在他们俩陷身于一片黑暗之中，四周是可怖的寂静。没有一丝声音，生命就在地狱的边缘。

她的额头上不时抚过他的鼻息，令她倍感温暖和安全。她艰难地举起一只手来，不小心触到了他的下巴。几乎只在一夜之间，他的胡须便钻了出来，又硬又软。他轻轻哼了一声，醒了。几乎在他醒来的同时，低低地叫出了她的名字，没有一刹那的犹豫。叶子——

她高兴地答应着，整只手掌缓缓地伸开，抚摸着他的脸庞。

而他的一只手慢慢地蜷上来，捉住她的手腕，从他的脸上抬起来，动作很慢，又好似不知往哪儿放。他比她还要矜持，永远保持着一副大哥哥的模样。

3

待他们眼睛适应了如漆的黑暗，才看到他和她是趴在了他的办公桌下。办公桌被从中间生生砸折，但好在没有全断。就是这一点儿力量，为他们撑起了存活的空间。

她试着抬了抬头，挪动了一下身子，为的是让他把压在身下的胳膊抽出来。可是随着办公桌晃悠了一下。他紧张起来。你不要乱动，破坏了平衡，我们就完了。

她的委屈稍纵即逝了，她懂得他是为了他们好。她在黑暗中微笑着说，我是担心你一个姿势太累。

他看到她洁白的牙齿，又看到了她笑出来的泪花，才晓得刚才的语气太生硬了。他安慰她说，我不累，我能坚持，这样不是挺好吗？

她惘然间走神儿了，抛却了生死之忧。这样是挺好啊，我就睡在你的怀里吧。

4

就是刚才那一下挪动，她感到自己的身体像是钉在案板上的鱼。她真的想不起来，在那一瞬间发生了什么事，她甚至都没感到一丝丝的疼痛。但她明白了，她的双腿应该是重重地压在了一块楼板下。

真的不疼，是那种碎裂之后完全脱离关系的不疼。她长舒了一口气，又想，他怎么样呢？他在保护我，他不会受了什么伤吧。

不知过了多久，她始终没有听到他的声音，在深深的孤独中她害怕起来。她稍稍仰起脸来轻轻地唤他。阿良，阿良——

不晓得呼唤了多少声，他才醒来。他说，叶子，你怎么了？

她听出他的声音略显微弱，好似在远远的梦中。她想，这个样子怕是不好吧，她记起书本上讲的，越是在困境中，人越要保持清醒。自助者，天助之。

她假装委屈地说，我害怕，咱们俩说说话。

他勉强地应着。说什么呢，你说，我听着。

她从没对他撒过娇，这次不同了。她不满意他的答复，像个小姑娘一样不依不饶地说，我要你讲嘛，先讲讲你为我接站好吧。

5

其实说到接站，她记得比任何一个人都清清楚楚，包括他。

怀揣着录取通知书，母亲将她一个人送到镇上，推上了一辆塞得满满当当的客车，招招手，在漫天的烟尘中消失了。她紧靠着车门，被颠得恨不能连肠子都吐出来。到了城里又换乘了一辆稍大的车，颠簸一路来到市里，不料却错过了中午的火车。她只好买一张黄昏的车票。时间稍晚她不怕，只是这列火车的价钱要贵出十块钱，她已经没有了中餐和晚餐的费用。整个下午，她不停地跑到洗手间里喝自来水，把自己灌得饱饱的。

火车驶进省城的时候，城市已是万家灯火。她听列车上预报的时间，大抵已近午夜了。她在想，我能到哪儿去消磨这个难挨的夜晚呢。偌大的城市，她孤身一人，学校在哪个方向？压在重重的行李卷下，她两只眼睛偷偷观望，只感到人流如洪流一般要吞没了她。也许是初秋的晚风太凉，也许是无依无靠的身体太过虚弱，她浑身打颤，仿佛随时都会扑倒在夜风中。她几乎禁不住落泪了……

你是叶子吗？她吃惊地回过头来，看到了戴眼镜的男生。

她正在迟疑地点头，他不由分说地上前抢过了她的行李。她像是遭遇抢劫一样目瞪口呆，一路追着他，却没有力气喊出一句话。

6

她打断了他，她说，我那行李跟破烂儿似的，哪有人稀罕？你根本猜不出来，我一眼就盯住了你手中的那瓶水。我太渴了，不，是太饿了。

我看出来了。他得意地说，等咱们把行李推过了地道桥，刚好有个小吃摊，我为你要了一碗牛肉罩火烧。

她的肠胃强烈地蠕动起来，好比是她又坐回了多年前的小摊前。在她的记忆里，她长到十八岁，那是她吃得最香的一碗饭。她根本顾不上询问眼前的这个人，即便是个人贩子，她也会跟他走的。

他坐在旁边一直满意地看着她。他告诉她，他是她的学长，比她高两个年级，他们是同一个系的，他和她是同乡，他是老乡会长。今年的新生都报到入学了，只是少了她。他是和另外几个男生打赌来车站值夜的，他赢了。他笑笑说，我多么幸运。

她从碗里抬出头来。她真不明白他说的这句话，难道接上我这样一个狼狈之人，也称得上幸运吗？

他从她的下巴上看到碗里空了，用眼神问她，还要吗？

她犹豫了片刻，坚定地摇了摇头。不好意思地说，我是不是饿得像头猪？

嗯，一头漂亮可爱的小猪。他站起身来，使劲拍打着屁股。

7

她有一丝的恍惚，她不知道刚才讲到的这些，真的是他在讲述，还是她自己在回想。因为在这片刻地停顿里，他并没有发出声音。

她用手指触摸着他的脸，你讲啊，接着讲下去。

几乎在她说话的同时，他浑身抖了起来，牙关紧紧地咬住，仍然不时地发出“嗑嗑”的撞击来。

她顾不了许多了，不知从哪里长出来的力气，一把将他拽进了自己的怀里。紧紧地搂住他的头，嘴里喃喃地说，不冷了，不冷了，你快接着说啊。

他感觉到自己像是照在了阳光里，一身的自在温暖。他说，我想起咱们困在山里的事来了。我们就是第二天躺在大石上晒太阳的时候，遇到放羊的老人的。

他就要毕业实习离开学校了，她约他到凤凰山的水库去玩儿。他们一开始是沿着水库的大堤走，然后不知不觉地往山上走。他们好像有说不完的话，又好像根本没说几句话，他牵起了她的手，迎着夕阳一直走进了暮霭苍茫的深山里。等到山谷里凛冽的寒风袭上身来，在黑黢黢的夜里他们已辨不清方向了。

他有些担心，为她担心。可她一点儿也没有，她望着他兴奋莫名。她心里暗想，如果注定他们就此死去，她就有了为他奉献自己的理由了。

8

整整一夜，他将她裹进自己的怀里，独自抵御着严寒。他没有吻她，甚至都没有产生过任何一个小小的坏想法。她太美了，美得令他高尚，让他甘愿做她的守护神。在他们相处的两年里，他都似大哥哥一样照顾着她，学习上、生活上他几乎做到无微不至了。他曾经开玩笑地对她说过，要是有小伙子追你，一定要让我把关啊。

她黠然一笑，为什么？我有自己的标准呢。

你不懂啊，漂亮的姑娘没心眼儿。他打趣她，你的标准……他不置可否地摇摇头。

她在心里暗暗地嗔怪他，你才是傻瓜呢，我的标准就是你啊。

那一夜，她躲进他的怀里，如果世界上只剩了我们两个人，他还会不明白我的心吗？她真的相信，就让他们在这个山谷里终老吧，再没有人来打扰，只有他和她，不管这个美丽的梦多长多短，她都不会后悔的。

一声清脆的鞭子响，老人赶着羊群出现了。救了他们的命，碎了他们的梦。

9

他又是一阵剧烈地抽搐。她猛然醒悟过来，他可能是高烧了。他果然说开了胡话，渴啊，渴啊——

他才像一头小猪啊，胡乱在她的怀里拱着，拱乱了她的内衣，死死地叼住了她的乳头儿，疯狂地吮吸。

她幸福地晕了过去。她多么害怕失去他，为什么他总是那么不解风情地拿她当小妹妹看待呢？

他还在乱说，渴啊，渴啊，渴死了——

在她母亲去世最艰难的日子里，他一直陪在她身边。他郑重地说，我是你的哥哥，是你唯一的亲人了，你不能只想着自己，做什么事还要为我考虑，你能答应我吗？

她懂得，正是他的不离不弃，才给了她活下来的勇气。

她忽然想到自己手里的那把裁纸刀，她缓缓抬起手来，从他的嘴角儿开始，在自己的乳房上划开了一个深深的口子。她蓦地感到自己站在了和煦的春风里，脚下是缓缓流过的小溪，目光所及，流水唤醒了青青的小草，滋润着干涸的土地……

10

他本来已经被系里内定了保研的，可他却主动放弃了。谁劝说都没有用，老师们都在替他感到惋惜。她更是不理解他，他不想和我再多相处两年吗？如果我也能考取研究生，那我们不就不会分开了吗？

他毅然决然地回到了他们的故乡县城，丢下她一个人，穿过桐叶落满的校园，去支取他每月按时寄来的生活费。在她懂了的一刹那，面对着汇款单上他的字迹，她坐在街角里，嘤嘤地哭出声来。

她心里刻上了那个不起眼的中学地址。她知道，他在那里等着她。毕业后在第一时间，她风风火火地赶到了中学报到。面对他怔愣的眼神，她没有丝毫躲闪，就像在无所顾忌的问他，看你还往哪儿跑？

11

他呢喃着说，有件事，你不知道，叶子，你真的不知道。

还不等她答话，他又说，我告诉你，为什么我接到你的时候，我说我多么幸运。因为事先我从系里看到了你贴在档案上的照片。他们没看到，所以才同意那一夜让我去接站。你真好看，我喜欢你。

她臭美地笑起来，你这个傻瓜，你喜欢我，我会不知道？

她用眼光抚摸着怀里的他，说，你真傻，为什么到现在才说出来？

他如实地回答她，我怕牵累你，你不该回来，你应该留在省城里，寻找更好的生活。

她艰难地流下了泪，没有你，我哪会找到更好的生活啊。

她忙着把泪水逼了回去，她明白这一滴一滴的泪水，哪怕再苦再涩，对他的生命来说是多么重要。

12

时间过去多久了，她不知道。在自己的乳房上，她一共划出多少条刀口，她不知道。她已经没有气力再呼唤她的阿良了。

她感到自己的身体像纸片一样轻，在黑暗的夜里飞起来，飞得高高的，她看到了清新的空气和湛蓝的天空。在白云之上，那么多银色的鸽子，衔着翠绿的枝条为她曼舞……

在空中，她依依不舍地回过头来，用最深情的目光向她的阿良哥告别。

在那片满目疮痍的废墟上，十几名救援人员高呼着，找到了，打通了，有人还活着——

她看到，人们把他从她的身边抱开来，赞叹地说，真想不到啊，一百八十多个小时，他竟然还活着，他创造了奇迹啊。

她听到旁边有人哭了，指着她压在楼板下的躯体说，是她创造的奇迹，是爱创造的奇迹！

13

她放心了，可以飞走了。她看到自己的肋下生出了一双洁白的翅膀。

她真舍不得啊，她还想跟他说最后一句话，她返回身，轻轻地落在担架旁，在他的耳边絮语。伴着滑落的最后一滴泪珠，她说——

傻瓜，为了我，要幸福啊。

我来时，你已不在

1

在他被遣送到村里的那一年，她在三里五乡已经算得上是个小小的名人了。

打从十岁左右，她就牵着爹的手走街串巷吃丧饭。谁家过白事儿，都会在出殡的当天把他们父女俩叫去，中午跟着帮忙的乡亲们饱食一顿，然后一直等到主家忙活清了，便会在黄昏的谷场上摆好一张八仙桌，大队会把村里唯一的一盏大汽灯拎出来，挂到场边的大树杈上去，这便是他们演出的舞台了。在说琴书之前，作为垫场她还会唱两段高亢的梆子，都是乡下人最爱听的《大登殿》之类。无论听过多少遍，只要是她一张嘴，谷场里便会爆发出山呼海啸般的喝彩声来。那些村里的顽童对她的到来更是像现代的追星族一样，从村口一路紧随着她的脚步前呼后拥地到谷场上去，嘴里还节奏分明地呼喊着她的名字——瞎麦儿。

他见到她的第一感觉竟为她产生了一丝委屈。他不只一次地想到，如果真有那位造人的上帝，上帝一定会为自己一时的疏忽而悔恨不已。她长得真是太美了，修长的身材，匀称的腰肢，鸭蛋儿脸庞，高翘的鼻梁儿，抿了胭脂般红润的嘴唇儿，两根辫子直垂到肩窝里。尤其是她一对黑白分明、晶莹透亮的眸子，镶嵌在杏核儿状的眼窠里，又遮在忽闪闪的睫毛下，让人生出无尽的暇想。就是在他生长的大城市里也挑不出这样的美人。只可惜，她是个瞎子。在惋叹过后，他又会想，她的眼睛之所以那么纯净透明，或许正是因为从没有面对过她所生活的这个世界吧。在以后的日子里，每一次见到她或是想起她，他都会用这种庆幸的心情做个收尾。长久之后他才悟出，这样的收尾对他自己来说正是一个天大的抚慰。

当年冬闲时节，村里革委会的主任突然找上门来，警告她们父女说，你们不能再唱戏糊口了，那些陈词滥调都是“四旧”，上边明确指出来当在破除之列。正在她们父女惶恐之际，主任又换出一副和气的面孔说，老爹可以到挖渠的工地上去干点儿轻闲活，这样就能挣下足够的工分，过冬是不用愁了。也是在这个冬天，他被公社安排到村东头的小学里教音乐课，让他深入到群众中去，进一步接受贫下中农再教育。小学是由村里的关帝庙改成的，坐落在一个高坡上，离她的家不远，从操场上能俯看到她家的小院。

那一天他正带领孩子们在操场上排练表演唱，无意间一扭头就看见了革委会主任走进了她家的院子。她穿着一件蓝花的棉袄坐在门台上，然后站起来又坐下，过了一会儿又站起来走到了屋里去。在他被遣送来的当天见过村里革委会主任一面，他对这个人有着一种莫名的反感和厌恶。他几乎没有犹豫，就把手风琴摘下来，对学生交待了几句，便径直向她的家走去。

家里有人吗——他故意提高了嗓门。几乎就在同时，他听到屋里传来了一记响亮的耳光。革委会主任捂着裤裆从屋里跌跌撞撞地跑出来，脸上划出几道血印子。在一连串从屋门追出来的骂声里，革委会主任怒视了他一眼，恶狠狠地吐了一口浓痰。

我想借她家一把二胡。他没见过这样的场面，有些紧张。主任扭过猪肝一样紫红紫红的脸，没搭理他走了。在她的哭声里，他又在院子里呆立了片刻，也没进屋就转身出了小院儿。她一直扑倒在炕沿上，哭得浑身都没有力气了才停了下来。这时她听到了一阵歌声，悠扬而又低回，飘浮在她面前的窗纸上不肯落下来。

深夜花园里，夜色静悄悄，只有风儿在轻轻唱……

在连绵不断的歌声里，她还辨出了琴声。被夜风缓缓地送过来，与歌声相伴得那么和谐自然。她顿时感到心情好了很多，身子也轻巧了。她跪到窗口，把头抵在窗台上，支起耳朵一字不落地听下去。

第二天还是这个时候，歌声如约而至。田野小河边，红莓花儿开，有一位少年，真是我心爱……

她从来没听到过如此委婉动听的歌声，她甚至不知道世界上还有这样优雅美丽的歌曲。她是被音乐吸引着一步步走向歌者的。其实她在心里早已断定那个人就是他，那个站在小院里高声借东西的人也是他。她能听出他的口音，连他歌唱时的发音她也能听出来，那么纯正、浑厚，像一只宽大温暖的手掌。

她站定在琴声里，一句话也不说。他看到了站在夜风里的身影，仍旧保持着原来的姿势，把歌唱完，然后从土坡上站起身来，摁上了琴扣。在他转身的同时，她说，这琴声真好听，是什么琴？

手风琴。他低下头爱抚地看了一眼自己的宝贝。

我能摸一摸吗？她说着话走了上来。她像是能看见他，哪怕是在漆黑寒冷的夜里。

他没动，只是把琴往前托了一下。她的手从琴键上一格一格地摸上来，轻轻地落在了他的脸上。

他一个激灵，后退了一大步。他说，你误会我了，我……

她没等他说完，便将停在空中的手缩了回去。她意识到自己的这只手两天前才触碰过一张肮脏的脸，她害怕把哪怕是一丁点儿的肮脏沾染到他的身上。她听村里人说过，在遣送之前他爱人跟他离婚了。她想他是被爱情伤得太深了。她心里责怪自己的轻率，不过她的脚没有后退。她说，那歌也好听，我能学学吗？

好啊，你每天放学后来吧，我教你。他爽快地答应了。

2

她爹累死在挖渠的工地上了，革委会主任派了几个年轻人把尸首抬回家来。她摸索着用毛巾把爹的尸首从脸到手一点点擦干净。这时她听到革委会主任在她身后说，你以后的日子可怎么过呢？我给你背点小米吧。也不知从哪里来的一股怒火，她反身把湿毛巾狠狠地摔了过去，“呼”地站了起来，用手指着那张猪肝脸大骂，你滚不滚？你他妈到底滚不滚？她猛地把屋门一摔，返身扑倒在地上痛哭起来。

是她害死了爹，她不知道该不该原谅自己。

他站在学校的高坡上，听着她憋在屋里唱了三天三夜。在呼啸的北风里，她高亢激昂的梆子腔愈发地悲怆凄凉。到了第四天傍晚，他的琴声响了，她的演出才停了下来。他的歌声里并没有夹带着同情和怜悯，但在舒缓的乐声里，她感到自己还有亲人，一切都不是自己想象的那么糟糕。她站起身来理好了头发，重又洗脸抹上雪花膏。她想到爹爹也会支持她的，对待恶狗就必须抄起棍子打出门去。她把水添到锅里，架火烧起来。随着风箱的开合，灶膛里的火苗一起一伏，她能感觉到这正是他歌曲的节拍。他在惨白的夕照里，看到了她屋顶上的炊烟。

处理完了爹的丧事，她抱一把月琴径直去了学校。他没想到她竟是这样一个心灵手巧的人。一首新歌，她只要跟着哼上几遍，曲子就会从她的琴上拨弄出来，而且有模有样，再配上她的演唱，就给歌曲里平添了一些他想象不到的内容。有时他盯着她看，自然她不会察觉。他想，她的眼睛即便看不到这个世界，但一定会洞透人们的心灵。

突然有一天，当她再赶到学校的时候，他的门上落了锁。她知道他不会不声不响地离开她，这种预感来自于她的心里。她抱着月琴在门口蹲下来，最后等累了就干脆坐在地上。他回来的时候，一弯清冷的月牙儿正悬在天上。疲惫的他正想靠在门上歇一歇，扭头看见了她。她已经靠在窗根儿下睡着了。他摇醒了她，抱歉地说，我忘了跟你打招呼了，公社里开会走得急，这几天还要开，你先别来了。她听完他的话，什么也没说，抱着琴顾自走了。他望着她的身影，深深地在心中叹了口气。

她每天还在那个时间到学校来，只是他果然不在。她用手摸摸门上的锁，听听小屋旁边的声音，也便转身走了。有时会在下坡的时候碰到革委会主任，那个人会关心地问，又学了几支新曲儿了？她懒得搭理。她想找个时间问问，公社里给他开的是个什么会？会不会是让他回城呢？在夜里，她胡思乱想睡不着，她相信自己能听到他回来的脚步，还能听到他开锁的声音。

有一天，村里的大喇叭响了，让人们到谷场里集合。她挤在人堆里，听到公社大卡车开了进来。人群开始变得糟乱，她听到了他的名字。从人们的言语里，她看到他就被绑在车上。他被五花大绑，脑袋后面插着木牌子，上面写着“右派”的字样。她终于知道他开的是什么样的会了。可她不明白在这样受尽折磨的会后，那个夜晚他还能用那么平静的语气对她说话。她不知道自己是不是哭了，因为她看不到自己的眼泪。

当天夜晚，她依然抱着琴去了。可她并没有弹琴，而是把琴轻轻地放在桌上，摸索着从怀里掏出两枚鸡蛋。她坐了一大锅热水，一勺一勺地舀到脸盆里，在锅底上把鸡蛋一个个卧进去。然后，她用温毛巾一点点为他擦拭着伤口。他有些不好意思，可他一动也不能动。他的屁股上被钉子板打出了无数的小洞，每个小洞里都淤满了血。她感到了他的扭捏，她的手上轻下来，半开玩笑地说，我是个瞎子，什么也看不见，你还害臊什么？他看着如水平静的她，那么从容。他忽然意识到自己的羞臊正是来自于心头上对她的恋慕。

从那以后，他到哪个村里开会，她都会跟去。当然她是悄悄去的，她相信在人山人海的会场上，他不会发现她。有一次，一个邻村的光棍把鞭子抽到了他的脸上。他失声尖叫后即刻晕了过去。只有那一次，她听到了他的号叫。她知道他一直是坚强的，他没有低头认罪，也从不随声附和。宁可挨打他也一声不吭，像是一棵挺立在风雨中的树。之后人们对他的批斗变本加厉地狠了起来，她后来得知是因为村里的一次演出。有两个孩子在表演“小小竹排江中游”一句时，由于紧张把桨划错了方向，公社接到报案后认为他是有意倒划社会主义的船，直接把他定成了反革命罪。在一次次令她撕心裂肺的痛打声中，她听到愚昧的乡亲们在台下嘲笑他，每次挨打的时候，他总把两只手死死地捂在眼睛上，却把脑袋胸口露出来。在为他疗伤的时候，她告诉过他，可他还是默不作声。

他能说话的时候，便总是规劝她不要再来学校了。她只管做自己的事情，对他的说话也是以默不作声的方式回答。他急了，忿忿地吼，你这个孩子，让我连累了你，就把你一辈子毁了。她却轻轻地说，我根儿红苗儿正，出身好，我谁也不怕。

只是他不知道，她已经被革委会主任安排在游街的队伍里去过好几个村了，脖子上挂着一双破鞋。

3

除夕夜里，她捧着一碗面，来给他摊鸡蛋饼。她听到屋里除了他还坐着一个人。他躺在床上，病奄奄地对她说，这是我表妹，她来看看我。

表妹上来一把握住她的手，眼泪流了满脸。多亏你了，要不是你的照顾，恐怕我哥他早就不行了。

她把碗放在桌上，对表妹说，虽说我看不见，但我也知道他病得不轻，你既然来了，快给他想想办法，带他回城看看吧。这两天正赶上过年，年一过，公社里的批斗就又开始了。

表妹嘤嘤地哭出了声，哽咽着说，我知道，我想办法。

她把鸡蛋从怀里掏出来放在碗边上，走了。那鸡蛋还带着她身体的余温。这个漫长的除夕夜，她是坐在炕沿上度过的。她什么也没吃，因为家里什么也没有了。

正月十三的时候，表妹果真来了。他特意把她叫到学校去。她知道他是要回城里看病了，她想知道他这一走什么时候还能回来。可她又不想让他回来，那不是人过的日子，她听都听怕了。他从她的手上把琴拿过去，随意拨弄着琴弦，对她说，我在你的琴箱里留下一张密码，等你弹断一百根琴弦的时候，我就会回来。如果我没来，通过这个密码，你就会找到我。

她非常惊喜，连忙说，你不用回来，我一定去找你。表妹扶着他在前面走着，她跟在后面喃喃地说，麻烦你们照顾好他。表妹回过泪汪汪的双眼，用手止住她，你放心，你请回吧。北风中，她踯躅着脚步，与他相背而行。

晚上她抱着琴又到小屋来，紧紧地攥着门锁一刻也不想松开。雪花由小到大纷纷扬扬地落下来，扑落在她的身上头上。她一点儿也不觉得冷，她只想着他是不是已经到达了城市，雪花会不会落到他孱弱的身上。

他再也没有回村里来。她想他或是将她忘了，可她却永远记着他。每当想到他的时候，她就会把月琴抱起来，无论白天黑夜，一曲曲地弹下去。她知道琴箱里装着两个人的秘密，她要遵守当时的约定。她坚信在弹断一百根琴弦的时候，他即使将她忘了，也一定会重又想起她，会回到她的身边来。她从琴声里听出了答案。

她把断弦一根根收藏好，一根，两根，三根……

她每天都拿出来静静地数一遍，一根，两根，三根……九十九根。

4

断了！她的心怦怦狂跳起来。她仔细捏着第一百根断弦，两只手抖得不能自已。等她平静下来，她决定今天不去自家地里干活了。她要端坐在门台上，专等着他的到来。

她支起耳朵听着街上的动静。到黄昏时，她听到了一阵孩子们追逐的汽车声，由远及近，停在她家的胡同口。

她一步跨下门台，抱住了表妹，手向表妹身旁摸着。他应该在身边的，可他不在。她的手在暗凉的空气中一次次无奈地划过，最后失望地垂落下来。

跟我走吧，他在城里等你呢。表妹紧紧地抱着她。

她只是想他，想再见他一面，她本不打算到城里打扰他的。表妹像是见了久别的亲人那样，拉着她不松手，一直将她拉到胡同口的车上。

她从来没坐过这么长时间的车，城市的嘈杂更让她昏昏欲睡。她感觉表妹并没有带她去他的家，而是直接住进了宾馆里。可她奇怪这城市的宾馆里充斥着一股消毒水味，来来往往总是那么多人。她很疲惫，倒在床上便睡着了。

等她醒来的时候，发现自己的头上缠满了纱布。她想知道究竟发生了什么，她伸出手去摸索着床边的人。

你醒了。是表妹的声音。

发生什么事了？她颤颤地问。现在她更不知道自己身在何处了。

没什么，只是个小手术，你很快就会好的。表妹的声音似是平静，但凭她对声音的敏感，她能听出表妹的心情是复杂的。她想知道他到底有没有来看过她，她最终还是没有问，也许等待才是最好的结果吧。

小手术？这是在医院？是我病了吗？刚一来就给你添麻烦。她满面歉意。

你没病，你身体很好，只是我们想让你看到这个世界。表妹鼓励地拍了拍她的手背，再过几天我们就成功了。她知道自己不能哭，可她把泪都倒灌进了心里。她真的太兴奋了，她想不到自己还有这么一天，能用眼睛真真正正地看到这个世界，看到自己，看到朝思暮想的他。她注意到表妹刚才用的是“我们”，这就说明他知道她来，知道她作了手术，知道她何时能睁开眼睛。她想他一定是躲在一边故意不见她，等到那一天就会突然出现她的床边。

期盼的那一天到了。她先是感觉到一束白光，这是她生命中的第二种颜色。继而她看到表妹的绿上衣，红嘴唇和灰色的头发。表妹的身边只有一个孩子，床边围了一大圈的人，可她知道没有他。

她失望地跟随表妹回到家里，第一眼便看见了安放在写字台上的手风琴。她情不自禁地伸出手，一个琴键一个琴键地摸上去，仿佛他的脸还在那里，等她一摸就会笑出声来。表妹牵着孩子的手站在她的身后说，来，叫姑姑。

她转过身，半蹲下摸着孩子的脸，哪能叫姑姑呢？得叫小姨。

表妹郑重其事地说，应该叫你姑姑。我不是他的表妹，我是他的妻子，这是我们的孩子。她听了一点儿也不感到震惊，只是她从没想过在危难中弃他而去的妻子竟是这般端庄秀美。在他忧郁的歌声里，她曾经那么深刻地嫉恨过他的妻子，可现在看着她四十岁就半白了的头发，她懂得这个女人一定是有她身不由己的理由。

那都是他的主意，为了不连累孩子。妻子叹息地说，他爱我们，他见不得我们跟着他一块到乡下吃苦受罪。我真后悔听了他的话，我一直认为他就是出身成分高，村里人实诚不会不依不饶地置他于死地，改造改造就放回来了。我哪里想得到，去了没多长时间，他怎么就成这样了呢？

她在妻子的啜泣声里，想到了村革委会主任那张紫红的猪肝脸，想到了他站在小院里高声借问东西，想到了主任候在学校的坡下询问她新学的小曲儿，想到了他带领孩子们在村里的演出。她终于想到了那个偷偷告密又给他捏造罪名的人，同时意识到真正害他的人恰恰就是自己。

他现在怎么样了？她到底还是问出了口。

我接他回来，没有哪家医院敢收留他。其实收留也没用，他的脾肝肾都已经被打坏了，没出正月人就不行了。她不相信他妻子的话，他不可能连句话都不留给她，就那么狠心地走了。她呜呜地痛哭起来，不顾他妻子的劝说，她哭诉着，他给我留下过密码，他说过等我弹断了一百根琴弦的时候，他不来找我，我也能凭密码找到他。

妹妹，你快别哭了。你说的密码我知道，那是我为他在城里办的捐献眼角膜的手续号码。他特地嘱托我办的，你对他的好，他都一一告诉我了。我们没什么报答你的，他说过他不能给你爱情，但他能给你光明。

那一刻她明白为什么在殴打他的时候，他会把身体坦露在刽子手的棍棒之下，却始终把手保护在眼睛上了。妻子抚在她的肩上，轻轻劝慰着她，我们都不哭了，这样对你的眼睛不好。一会儿我们就去看他好吗？

5

在西郊的墓园，她用他的眼睛，第一次看到了他微笑的脸庞。他比她想象的还要年轻英俊，透过薄薄的珐琅镜片，用细长温良的眼神，笑吟吟地看着她。仿佛他早就知道有这么一天，她会来到这里看望他，如同他为她留下密码时说的那些胸有成竹的话一样。

她将脸紧紧地贴在冰凉的墓碑上，两只手把墓碑死死地搂在怀里。她一句话也不说，因为她心里想说的他早已知晓。一百根断弦和密码纸揣在她的怀里，那是她感情的全部。虽然他说过他不能给她爱情，但她在获得光明的一瞬间，就真真切切地看到了爱情的模样。他的妻子轻轻拉起了手风琴，她和着琴声哼唱——

田野小河边，红莓花儿开，有一位少年，真是我心爱……

她们都知道，这是他最喜爱的歌曲。在歌声里，她悟出了他的良苦用心。这密码代表着她拥有的光明未来，那一百根琴弦则是为了给予她黑暗中生命的坚持。

晚风轻拂着静静的墓园，当夕照一点点移上山坡，整个墓园里洒满了动人的光辉。

把我最好的爱留给你

1

她三步两步抢出门去，竟在门阶上一脚踏空，狠狠地扑倒在门前的煤渣路上。报信儿的人顾不上她，跑到后面一排房里呼叫起来。

出事啦，矿上出事啦——

她听得真真切切，不会错了。她看看自己的两只手掌，血已经透过面粉洇了出来。这鲜红的血仿佛是最有力的证明。矿上是真的出事了，而他不正是这一班吗？

她爬起身来，两只膝盖打不得半点弯儿。没几步，人便又摔倒在地。头发披散了下来，手心里紧紧攥着的是两把混了血的泥巴。她简直搞不懂自己，满脑子里盛放着不着边际的绚丽的烟花，是兴奋、是激动、是害怕、是惶恐、是惊、是喜、是悲、是忧、是愧、是哀，她管不得这么多了。这些年里她始终设想着的，她在心里演示过的，她在梦里所经历的，就在她跑向矿上的这一段路里，从头至尾统统地涌进她的脑子里来了。

她望见人头攒动的井口了。她看到好多像她一样的女人滚倒在泥土里，脸上哭得一道黑一道白的，都向天上仰着脸，一声一声地呼喊着一个名字。

她学着那些女人，张大了嘴，可是竟在那一瞬间，她居然把他的名字忘记了。

2

他只听到一声闷响，远远地，像是春雷滚过一道山梁。

当他回身打算向巷道外走走看时，才听到在强大的气流撞击下，矿石像是陨石一样从天而降。他返身逃了回来，在一片漆黑之中，渐渐失去了听觉。凭他的经验判断，一定是三号巷道爆炸了。而他在四号巷里，又深下了三十多米。同时他敢断定，在巷口作业的两位哥们怕是躲不过这一劫了。

他的眼前闪过了她的脸庞。他心中暗自庆幸，她又该为我流泪了。

五年前，那一次矿上的透水事故。因为有人临时跟他换班，他躲过了一劫。就在他去交还矿灯的路上，矿下透水了。他不知道，他还坐在那里与登记矿灯的工友聊着家常。当他正向人家夸赞自己老婆温柔贤惠时，矿上的安全员火急火燎地闯了进来，问一份矿灯领取的名单。他从椅子上一弹而起，撒开两条长腿往井口处跑。

他看见她了。她不似别的女人撒泼打滚样地哭嚎，只是静静地站在角落里，眼睛死死地盯着井口，好像她的眼光是一根绳索，可以把她想要的人从井里捆绑了打捞上来。

他轻轻地拍了拍她肩膀。她转回身来，先是惊诧万分，继而醒悟过来，不顾两行长长的泪痕，一头扎进了他宽厚的怀里。

3

她止不住自己回头的念想儿。她总感觉他还会像五年前那样突然出现在她的身后，在她的肩上放上一只手，一只温暖的大手。所以她还是那样站着，不与那些呼天喊地的女人们搅在一起。她的嘴紧紧闭着，说不出一个字眼，更说不出他的名字。她在心里坚守着一个信念，只要我不放弃，他就会回到我的身边来，高高兴兴跟我回家接着包饺子。

她想，若他不够爱她，一定会发现五年前在她满脸的泪水中，竟然包含了一层得偿所愿的成分。她一头扎进他的怀里，除了短暂的欣喜，更多的是为了掩饰自己的情绪。她终于等到了这一天啊，却被这个不该发生的意外又将她交还给了原来的生活轨道。

她的儿子即将升重点高中了，她真的是需要一笔钱啊。那次透水事故是多么好的一场及时雨。眼巴巴地看着那些鼻涕一把泪一把的女人们手里攥着成捆成捆的钞票，天天在矿上吃香喝辣，逍遥自在，不管天不管地只想自己潇洒。她就眼气，两眼冒血，通红通红的。为什么天上掉馅饼偏偏砸着的是她们，而这场及时雨却没有一个点儿落到我的身上啊。

夜里，她睡不着，恨到失眠。听着他平稳匀称地呼吸，她的牙也不由地紧紧咬在一起。有时，她会在心里暗自说，你还不去死，你真没出息。

4

他记得，女人死死地搂着自己，那种感觉真得很好。在那一刻，他才明白，自己的这一条命究竟有多么重要。因此，五年来，他小心翼翼地保护好自己，他要对她母子二人负担起一个男人的责任。

他后悔不迭，若不是五年前那一个深情的生死拥抱，他哪里能体会到这一份从未有过的真情？她来到矿上这些年，他怕是不知忽略了多少呢？借着那个拥抱，他把头抵在她的肩膀上，看见了她稍有弯曲的后背。为了这个家，她的操劳不比自己少呀，为什么原来竟然视而不见。他心中发誓，我要尽我所能，爱她宠她，不让她受半点委屈，让她唱歌，天天欢笑，给她最幸福的生活。

他记起了两人见面的那一天，她微微低着头，不敢看他，又带出了半分害羞。她说，我有个五岁的孩子，调皮，不听话，我管不了，我想找个人管着。

他说，矿上男孩子没有不调皮的，你管我管，孩子长不了出息，不出大格没事儿。

她问，你为什么总也不结婚？条件又不赖，还是老高中，是不是挑得厉害？

他如实说，我不挑，我成分高，爹娘都死了，没人给操心。我也是死心眼儿，喜欢钻研个小技术，从来没想过成家的事。一来二去，年龄就大了。

他问，你从小在城里，你不怕矿上苦吗？

她没有正面回答。她说，我只想离开那个地方。听那口气，好像哪里能够收留她，她就可以去哪里。本来她对男人是死了一百个心的，她害怕再一次被人无情地抛弃。可是她偶尔听说有的女人专心致志地做一件事——嫁死。嫁死就是专门嫁给矿工，盼着他意外死亡，可以大捞一笔昧心钱。

也许是出于对男人的报复心理，她来到了他的面前。

5

她从他们相处的第一夜想起。他是童男，他很紧张，躺在她的身边，有些不知所措。她也有些局促，她曾经多么渴望男人的身体，而如今却令她感到极度陌生。此刻，她只想拒绝，却又不知如何拒绝。她还没有丝毫的爱想要给他，她只要得到他换命的钱，根本不想与他产生任何情感的瓜葛。那不是她设想的生意。她摸到自己的皮肤冰凉，像一只冬眠的青蛙。

他没有贸然过来，只用眼神试探着她的意愿。他的胸腔里像是燃烧着一只地球，滚沸的岩浆左冲右突，却找不到发泄的出口。

她略有犹豫，我该不该公平地对他？

他不像自己想象的矿工一般粗鲁不堪。从当初见面时她就有了自己的判断，尽管多年从事体力劳动，练就了一身坚硬的肌肉筋骨，可是在自己的女人面前，他都一点点化成了绕指柔情。

最起码他是个好人。后半夜，听着他辗转难眠，她有些可怜他了。她把手轻轻地放在他的背上，不知不觉地脸上竟淌下泪来。

他惊讶地翻身过来，迟疑着将她搂进了怀里，好像犯错似地问，你怎么哭了？我欺负你了吗？

听了这一句话，她即刻决定把身体献给他，只有这样，她才能问心无愧地把那个不可告人的计划实施。

而他刚一触到她身体的隐秘，火山便冲天而出腾空万里了。

6

他发现她偷偷地吃避孕药。他明白，她不想再生小孩子了。

他没有怪她，她的身体虚弱得厉害。除了这个原因，她自从在那一场感情危机里挣扎出来，一个人带着孩子，牙齿上刮，牙缝里省，两个人相依为命，有一粒米她一定是喂进孩子嘴里的。她对孩子的疼爱超出自己一万倍。她已经不可能再会爱上别的孩子了。

他趁着歇长假的时候，一个人偷偷地来到矿区医院做了男扎手术。回家后，他把手术单交到她的手上。她上前扶他上床的时候，听到他嘱咐说，你以后不用吃药了，那样药对胃刺激太大了。

她从心里感激这个男人，那么体贴她。只做，不喜欢说，更不会哄骗人的甜言蜜语。他本来对孩子就像亲生的一样，从前她的眼里总觉得他做得假惺惺的，而现在她才发现他不曾虚假过。之所以她不敢相信，是因为她怀揣着一颗不能见他的心。

他果真是对孩子小事上睁一只眼闭一只眼的，但大事上他一点都不马虎，钉是钉铆是铆，孩子不敢差错半点分毫。孩子也真亲他服他听他的，从心里对他是佩服敬重，从没有因为他是一名普通的矿工而瞧不起他。在邻居们眼里，一家三口倒显得疏远了她。

她的心里酸酸的，不好说是个什么滋味。

7

她怎么会忘记呢？他知道她最爱吃饺子，只要他倒班在家，午饭一定是大馅水饺。他只会让她在旁边洗洗醋碟，其余的不用她动一根手指头。

几年前，为了孩子能上重点高中，他央求矿上的经理为他打电话求人，他一个人骑着人力三轮车把一座落地钟送到校长的楼上去。为了孩子的学费，他把工友们的钱几乎借了个遍。人人凑个三百二百的，他像是银行里坐台的职员，天天把手里的钱数来数去，数到最后总是一声叹息。

他对她说，若是那回不跟谁谁谁换班，二三十万元赔偿款早到手了，别说儿子上高中，就是出国留学也不成问题了吧。

她听得凛然一惊，像是被人看穿了诡计。她真得担心，他上来一把捉住她，不依不饶地审问她，我对你们母子这么好，你为什么还生出这样狼心狗肺的阴谋？她遮遮掩掩地说，你快得了吧，钱重要还是命重要？说些个不着边际的傻话。明天我去城里，找亲戚再想想办法吧。

她哪里来的亲戚，她是瞒过他到医院卖血的。而她恰恰是看到了他，求着医生给他开献血单。医生说，你都几次了，献血只能一个月一次，你为了儿子读书也不能不要命啊。他只管嘿嘿地笑着，那么骄傲。站在门外她被他笑得泪水涟涟。

她揣着献血的钱回到家里来，他端着一碗糖水正在屋地上走着喝。他若无其事地从兜里掏出二百块钱来，得意之情溢在脸上，这下总该够了吧，不该让你这么着急的，都怪我没门路关系。

她再看儿子时，竟然觉得跟他越来越相像，那诚实热情，那憨厚淳朴，那勇于承担，那开朗幽默，不是他的儿子，还能是那个无情无义卑鄙无耻的小人的儿子吗？

今早他出门时，她故意没告诉他。她要一个人在家包饺子，让他回来吃个现成饭。面团在她手里越揉越软，她发现自己心上坚硬的伤痂不知何时消失了，暖乎乎地，像是心里揣着一只可爱的小猫儿。

8

他的身上一直揣有一封信，写给她和儿子的。他何曾不知，在矿上做工离阎王爷很近，说不定哪天走个面对面，他一把扯住你，你就在深深的矿井里永无天日了。

这封信他已经读过无数遍了，他能够从头至尾背出每一行每一个字。虽说他不愿意发生那样的事，让他再也回不到有她的那个家里，但他还是抱着一丝幻想，真的有那么一天，她在收拾他的遗物时，还能读到他的爱，扑倒在他的身上痛哭一场，他也就知足了。

儿子如愿升入了大学，眼看着大三大四，说着话就要毕业了。不管是选择出国留学还是就业工作，如果有一笔钱放在那里，她就没有大的瘪子嘬了。还有成家啊买房啊，大城市里消费高得很，我这个做父亲的一点贡献都不做，躲在地下享清静，怎么说得过去呢？

他像是坐在地核里，周遭无边无际的黑，无穷无尽的静。看不见任何希望，听不见半点救援的声音。他试着说服自己，在几百米深的竖井里，如果堆满了三十多米的碎石，这样的工程量没有二三十天，是根本不可能打通的。他现在已经虚弱得浑身打颤，还能有力气撑到那一刻吗？

他明显地察觉出，巷道里氧气不足了。他将信从身上摸出来，抖抖地展开，他想看一眼她的名字。

9

她滴水未进，嘴唇上烧起了两个大泡。多少天了，她不知道。她的眼前总是有无数张重叠在一起的饺子皮儿，圆圆的，像这个深不见底的井口。

第二巷道里的十五名矿工获救升井了。在她木然的目光里，有的女人一跃而起，死死地搂住了自家的男人。那重逢的哭声里，她听不出是失而复得的欢喜还是得而复失的绝望。有的女人还死活不依地守在那里。她不敢断定自己愿意是哪一群人，是挽着男人的手臂呢，还是对自己的赔偿做着最后的确认。

第三巷道里的尸体找到了，总共有十二具。她跟随着矿上的人员一一辨认时，有的女人径直扑上去，脸贴脸地和男人抱在了一起。没有他，她一步步后退着，从人群里出来。此时她想清楚了，她真的是要他一个人，给自己要一个丈夫，给儿子要一个父亲，伤了残了不计较，只要有一口气，也不怕。

她目光炯炯地望着上下不停的升降机，想着他曾经在相亲相爱的夜里，轻轻地吻过她，深情地呼唤着她的名字。

10

他安静地躺了下来。矿灯耗尽了最后一丝电能。可他的眼前分明是她的名字在发光。在她的名字后面，一行行大字熊熊燃烧起来，然后闪着耀眼的光芒，从井口飞升上去……

亲爱的，当这封信来到你的面前，我多么不忍心看到你伤心地哭泣。我再也不能抚住你颤抖的肩膀，为你擦干脸上的泪滴，说一句安慰的话语。如果身边没有我，也请你别哭坏身体，好吗？你的身体不只属于自己，别忘了咱的好儿子，别忘了地下的我，我们都永永远远需要你。请你记住，如果你在笑，我们就在笑，如果你伤心，我们也会难过不已。你是那么善良的一个人，怎么可能狠心对我们置之不理？如果你在以后的某一天想起了我，请原谅我的粗心，好吗？我没能带给你想要的生活，而是让你拆东补西，过得拮据委屈。你想要的幸福我没有，可你对我还是不离不弃。你把全世界的阳光给了我，你把全人类的亲情给了我，让我尝到了为人夫为人父的乐趣，让我懂得了家的意义。亲爱的，我却不能报答你。矿里的赔偿款是我最后献给你和儿子的心意，我没有别的本事，但我知道今生我的全部只属于你。从中拿出两千块钱来，其余的都留给儿子吧。如果我还活着，这两千块钱，我会为你买一枚戒指，戴在你的手上，把你一辈子都紧紧圈在我的心里……

他轻轻笑着，她应该会听到的，这是他最后的希望。

11

她跪在了救援专家跟前。求求你们，别放弃啊，人还在井下。

整个矿上最后只剩下她一个人的哭求。专家可怜地望着她，劝导她，都整整过去二十天了，没救了，真的没救了。你又不是看不到，哪里还有生命迹象嘛，报死亡，报失踪，都是一样的结果喽。你不要胡搅蛮缠，快去办正事吧。这口井都成废井了，要填封的。

办什么正事？去结算赔偿款吗？她愣愣地站在工人们身前，不让人们前去封井。她哪里阻止得了，人们把她拖出去好远好远。她看到工人把一桶炸药扔进了井里，她感到像是扔掉了她的心。随着一声“轰”的震响，她的心碎成齑粉。脚下的土地摇晃着把洞隙填满，而后恢复了原来的平静。

这死一般的静寂，吞噬了她的记忆。

那份撕裂生命的、锥心蚀骨的疼痛啊，穿透记忆的断层，洪水一样汹涌而来。

他的名字突然冒了出来，铭刻在了她记忆的断岩之上。在她忘情的呼唤中，那疼痛在说，他的爱，她早已明了。她的爱，她这才发现。那么深，那么固执，那么不愿承认。

绝望的泪水再一次淌落。哦，原来我是爱他的。

不相遇，则不离分

1

她坚持坐在村口，目不转睛地盯着大队人马从她的面前汹涌而过，像一条怒吼的长河在她的眼中滚滚奔流。

她不躲不闪，任凭丈夫围着她厮厮打打，脸上的血顺着眼角嘴角流淌出来。

她不还手。她的手里死死地捧着一壶糖水。为了这壶水，她把家里的糖罐子倒空了。她断定，水越甜越好喝。喝了她的水，就能迷惑他的心，他便会一辈子忘不了她。

她精心打扮了自己，像一朵妖艳的罂粟花。

呸。有经过的战士在向她脚下的地上吐痰。她不在意，她把脚向里挪了挪，眼睛一眨不眨。她怕错过了他。

一声声故意拖长的唾弃之语不绝于耳，就像一盆盆脏水泼到她的身上来。她假装听不见，她根本也不想在乎。她只在意他，因为只有他才懂得她欢乐伤悲。

在她想来，也只有他才懂得她的欢乐和伤悲了。

2

两天前，在团部的操场上。

她的丈夫跟在她的身后，垂头丧气地走着。而她倒像是一只骄傲得胜的母鸡，昂首阔步走在全团战士的队伍前面。

她来到他的跟前，没有一丝一毫的犹豫，回身冲着团长和营长大声说，就是他。

整团的战士齐刷刷把目光扫射过来，他好似中了一排梭连发子弹。他在低头的刹那，看到她鼓胀的双乳高高地挺立着，像她的人一样无拘无束地释放着迷人的芳香。

她的丈夫像是踩了地雷一般，暴跳一阵，嘴里骂着人们听不懂的粗话。可她就那么神采奕奕地站在他的身边，好像这一切都在她的意料之中。

团长和营长走上前来，他们根本没料到事情的结果会是这个样子。他们原以为她是不会出卖他的，没有一个女人愿意把自己的私情暴露在众人面前。他们以为，她和丈夫象征性地走个过场，他们也乐得顺坡下驴，放他一马过去。毕竟，反攻在即，人都在生死的边缘。再者说，从眼前这个女子的态度来看，显然他是受了她的引诱才和她勾连在一起的。

她更像是在和所有人示威，那么自豪而又深情地说，我疼他。

人们惊呆了，包括他。在这个边陲小村里，疼是最爱的意思。她的丈夫一把撕扯住她的头发，想把她拖回家去。她反抗着，双眼里向他放射着燃烧的火苗儿。

3

他承认了。在她家的牛圈里撮出了半簸箕烟屁股，全团只有他抽那一个牌子的香烟。只有他一个人抽得起。他被团里降职为排长，编进了主攻老山主峰的尖刀排，随时待命。

闲暇时他回忆着，当他带领一个尖刀排进驻到山脚下的这个小小村落时，在村口，他第一次遇到了她。

她极为热情，不由分说地招呼着战士们向她家走去。她极力向他挥手，他盛情难却，跟在队伍的后面来到了她的小院里。

干净齐整，处处收拾得恰到好处，好似知道今天他们会来，专门把功课做在前面。他望着她的小院，比他预想的情况要好。她站在一棵浓郁的蕉树后面，宽大的叶片挡住了她迷茫的目光。她担心他会一转身离开，她的心在熏热的风里起起伏伏，散发着躁动的气味。

他不晓得，男人的心从来就是这么粗糙不堪。他听不到她的心跳，他读不懂她的眼光。他只是听到屋内传来的婴儿的哭声。望着她小鹿儿一样蹦跳着进屋的身影，他在想，住在这个小院里，他能给她和孩子以最大限度的保护。

与此同时，他闻到了那种莫明其妙的气味，怂恿着他的心，一股原始的力量让他不想离开。

4

她的泼辣愈发地不可收拾了。她每每腆着挺立的胸脯一步步向他靠拢，他都感到自己无处躲藏。他发觉整个小院都笼罩在她的气味之中，她轻轻一抖，就可以随意俘获他们任何一个人。他甚至看到弟兄们那一双双贪婪的眼睛，时时刻刻在她的身上逡巡盘桓。而她又恰如其分地发出放荡的笑声，将这帮从不知女人为何物的兵蛋子勾魂摄魄之后又一笑了之。

他望着弟兄们发出一声声可怜的叹息。每个生命就在地狱的边缘行走，不知道哪一脚就会踏入万劫不复的深渊。他暗自庆幸，虽说他从未摸过女人，但他从小在部队大院里长大，有一个青梅竹马的女孩儿在北方某所大学里想着他。

她为他端来了洗脚水。她应该是这样伺候她的丈夫的，可她不管不顾丈夫的脸色，只把一张明媚的笑脸向他绽放。她蹲下身来，为他脱去鞋袜，双手捧着他的脚轻轻按进温热的水中，从拇指开始一个个搓起。

他想挣脱，可他抵不过她期待的眼神。

她得寸进尺，翻走了他换下来的脏衣服。他来不及制止，内衣内裤都已经被她紧紧地抱在了怀里。

5

他盼着命令下达的时刻，他心焦似火。他明白，只有部队开拔的命令才能将他从她身边毅然决然地分离。

而她显然看出了他的用意，自然而然地加快了引诱的步伐。她会在他一个人的时候，轻轻地搂住他的背，唱一首少女怀春样的情歌。他听不懂她的词，但那缠绵悱恻的曲调一下子捆住了他的心，就像是她的两只白生生的胳膊，越勒越紧，让他窒息呻吟。

当团部命令下达到小院的时候，他正躲在棚屋里看一封薄薄的信。他一个立正转过身来，快速将信纸揣进上衣兜里，重复着上级的命令：凌晨突击。

他决定向她告别。他走进了她的小屋，她在等他，只等他一个人来。

他踟蹰着来到她的身前，轻轻蹲下身来，细细地看着婴儿将乳头一吮一吸，甜甜地回到了梦乡中去。她温暖的怀抱真有如此大的魔力，在战争最惨烈的地方，还能为热爱和平的人找寻到最美的天堂。

她使出了最原始的招数，一个女人，一个母亲，一个妻子，将两只饱满欲胀的乳房，凝聚着她满腔的爱的乳房，直挺挺地送到了他的面前。她说，喝吧，比糖水还甜。

他哭了，说不出是害怕还是激动。泪水在她的乳房上流淌，他伸手去擦，却怎么也擦不干净。他惊讶地抬起来头来，看见她在笑，流着长长的两行泪水。

灶膛里的火在燃烧，他们不管，因为两个人也在燃烧。

6

这不应该是个玩笑。命令取消了，那个本该赴死的清晨，他没走。

她感谢上苍。她想到她的爱不能只换来一夜温柔，于是她疯狂地向他索取，永不知足地贪欢。山脚下、树丛中、田野上、牛圈里，她像蛇一样向他吐出诱人的舌信，用整个身体缠住他，绞住他的每一次呼吸。

他认了，有一次，哪怕还有一百次。

她的趾高气扬完全成了对丈夫的公开挑衅，相形见绌的丈夫终于忍无可忍了，他闹到了部队去。

随着他的降职处分在连队里公布，她的名声更是一落千丈，成了人人唾弃的色情女人。战斗命令到底还是下来了，部队正在开拔。她全然不顾，执意守在部队出发的村口。她只要看到他，把怀中的这壶水亲手交给他。她还要对他说，你记住，今生今世，我是你的女人，从见到你的第一眼，我的心就已给了你，从此再也装不下别的人。

她看到他了，神情庄重肃穆，正气凛然，好似不容她靠近。他的两只手紧握住钢枪，绝然地注视着她，然后回头，汇入洪流在她的身边急驰而过。她来不及喊一声在心里默念了无数遍的那句话——我等你。

但她晓得了他的心，他不想活着回来了。她一下子被钉在了当地。

7

黑夜里，山顶上炮火织成了光的网，将天和地统统罩在其中。

她一动不动地坐在村口的树下，仰起头，注视着那上下纷飞的流弹，拖着火的尾巴，呼啸而来，呼啸而去……

她不发一语，她算不出他在什么位置，那些不长眼的炮弹会不会躲开她心爱的人。每一声爆炸，她都随即浑身战栗，一阵紧似一阵，直至东方的曙光渐渐升起。

枪声愈发地密集。她听得出，短兵相接的战斗开始了，不是你死就是我活，绝没有商量的余地。自何时起，她的发辫散了，一头乌黑亮丽的头发披在面上，人不人鬼不鬼的，不知自己是死是活。她的心就绑在他的身上，一起冲锋陷阵，一起拼死搏杀。

她看到，他孤零零一个人站在壕沿上，端着最后一支卡宾枪，向着山坡上疯狂地扫射。他大张着嘴，高呼着她的名字，在硝烟弥漫的山巅之上，被一颗颗正面攒射而来的子弹击中，每一命中，胸口就会盛开一朵鲜红鲜红的莲花。花瓣缤纷而下，覆盖了连绵的群山。

她的眼里也盛开着鲜红鲜红的莲花，花汁滴落到脸颊，汇成一条血红的小溪。

8

尖刀排被打光了，他是最后一名倒在阵地上的战士。

正是因为他坚守在阵地前沿，用步话机及时准确地向后方传递着敌人的消息，我们的炮弹才如长了眼睛一般，准确无误地压制了敌人的一次又一次反扑，为我们大部队的总攻争取了时间。整座老山又重回祖国的领地。

在被炮火整个翻了一遍的山坡上，战友们只是找到了他的遗体。别的人都在炮火中化为了泥土和灰烬，只有他向后仰躺在一块岩石的旁边，胸前密布着数也数不清的弹孔。血从那里恣意地流出来，浸染了他的军衣。

部队奉命撤回原地休整。战士们抬着他的遗体回到了她的小村。

出人意料的是她还守在村口，片刻也不曾离开，像一尊望夫的雕塑。当战士们在她的身旁经过，都不敢去看她滴血的眼睛。她分明看到了他的样子，他紧闭的双眼，他微张的双唇，他那死死捂在胸口的嫩白的手，那么修长的手指，像一只佛的手，超越了生命和性的手。她纹丝不动，没有呼天抢地的哭喊，只是有泪珠滑落到腮边，把她的眼睛和皮肤唤醒……

战士们悄悄地从她的身边经过，没有一个人唾弃和鄙视她。他们懂了，在经过了战火洗礼的男人们心中，她是圣洁的女神，是最爱的化身。

9

他的立功申请被上级退了回来，因为他战前所犯的错误性质恶劣。

她知道了，不干，抱着婴儿来军队上静坐，不吃不喝，不吵不闹，只是静静地坐在那里，仿佛在等着他自前线归来。

首长听说了她的事迹，被她的深情感动了，特批了他的二等功。按道理讲，他应该被评为一等功的，还是多少受了这件事的影响。她不懂，她只要那个功，因为她断定他死在阵地上，一定是有功的。她不去问，他作为尖刀排排长，他的战士都荣立了一等功，为什么偏偏遗漏了他？

当着全团的人，她郑重地解开了他的上衣口袋，拿出了一封浸血的信。她依偎在他的身旁，一边哭泣一边为人们缓缓读来。那是一封他女朋友写来的绝交信，不长，每个字眼都像是冰冷的刀尖一样剜着男人们的心，那么冷酷，那么无情。最后一句是这样写的，你真牺牲了也行，若是缺条胳膊少条腿的，我和你这日子可怎么过呀！

战士们开始啜泣起来，为他们敬爱的副连长，也为了眼前这个舍身求爱的女子。直至此时此刻，他们才发现这个浪荡的淫妇竟然那么美丽无邪，是扑火的飞蛾，是真爱纯洁的圣女。他们错怪了她，更是错怪了他，还有他们朴素无华涌动着原始之能的恋爱。

10

陵园落成之日，全团的战友来为他送行。

所有的人惊呆了，在他的坟墓上插满了点燃的香烟。整个坟丘变成了雪白的颜色，缭绕在馨香的烟雾之中。那个女人背着婴儿哭坐在他的坟前，那满满当当的贵重香烟是她卖掉了家里唯一一头耕牛买来的。她知道，在他们每一次合欢之后，他只是默不作声地吸烟。她却躲在他宽厚的背上在笑，她得到了他的爱，她是世界上最幸福的人了。

她念叨着说，抽吧，抽吧，你就抽个够吧，我疼你，你知道。

在人们注视的目光里，她步履蹒跚着离开了烈士陵园。

她离开了老山脚下的小山村，再也没有回来。没有人知道她去了哪里，就像没有人知道她从哪里来。她为这个世界所知，全在那电光石火里爱的这一个片断。

流传下来的是关于他们的故事。遇见了，爱了，死了，分开了，来得轰轰烈烈，去得平淡无奇。

爱有一道痕，恰是这尘世间的阡陌闾巷，纵横交错，聚散离合。两个人，一个自天荒之域，一个自地老之城，沿一径出发，各自走来，于亘古的时间里，于旷古的空间里，于自古至今纷纭杂沓的人海之中，一时一刻一分一秒，都不曾差池，在那宿命的交合点上相遇。

这一道痕，即便是在风中划过，他和她，也只有他和她，才看得清到底有多么深多么刻骨铭心。

另一种因果，不相遇，则不离分。

你不来，我怎敢老去

1

夜，离去时，涉秋水，无痕，凉。

先是一角屋檐，慢慢地，整个小院勾勒出了轮廓。她怀抱一把笤帚，眼看着晨光挤进来，丝丝的凉风钻进她的裤脚，像个调皮的孩子，围着她的小腿儿忽紧忽慢地乱窜。

她不由地激灵一下，侧耳听听门外的动静。没有，怎么可能会有？在心里她嘲弄着自己的神经过敏，老了老了，反倒成了小姑娘的心思，盼着不可能的事情出现。她的两只嘴角牵一牵，说不上是笑还是解嘲。

她干脆走过去，轻轻地拉开门栓，把两扇旧木门“吱”的一声敞开。一阵俏皮的凉风吹乱了她的鬓发，露出了耳边的一寸银白。她抬手捋了捋，不敢相信时光竟会在她期盼的眼神里如此迅速地老去。

真的老了吗？能吗？当寸寸相思已成灰烬，那爱情的火种难道仅靠一个曾经的许诺就能得以完美无缺地保存？在她放手下来的时候，恰看到邮差骑在车上拐进胡同里来。邮差也一眼看到了她，声音失态地欢呼起来，有，有信，有你的信啊——

她的嘴角抽搐了一下，她知道，在这个世界上只有一个人还会牵挂她。她在心里对自己说，我终于把你等到了。她微笑着，站在门前的合欢树下。

2

邮差从挎包里掏出一封洁白的信，谨慎地交到她的手里。邮差也许能够想到，这个三十年如一日站在树下的女人，好像只是为了等来今天这一封信。

她微笑着说，谢谢，今天天气真好。

记起那一年，父亲被下放到郊县的劳改农场，她也被学校开除了。孤零零一个人，整天把自己锁在院子里，进进出出陪伴她的只有可怜的影子，仿佛就活该那样静静地等待生命的消逝。她听到街上敲锣打鼓，便知道一批又红又专的同学穿上了革命的军装，光荣地跳进部队大熔炉里锻造思想去了。她好嫉妒啊，这样的机会从来不会属于她这样的黑五类子女。那么，等待着她命运的又会是什么呢？就像是失明人坐在黑暗之中，她看不到前途有一丝光亮。她真得准备放弃了。就在她想要离开的那个夜里，她听到了一阵柔和的敲门声。从那不紧不慢地声音里，她忽然之间感到一份久违的尊重。

她惊异地把门敞开。他站在门外，两个人素不相识。

邮差被她的情绪感染了，仿佛帮助她完成了某种神圣的使命，随声附和赞美着天气，快乐地骑上车走了。她的眼球蓦地疼涨起来，像是被人扔进了盐水里。她努力地仰起脸，便在翠绿的枝丫间发现了一朵粉红的合欢花。

她责怪自己太过马虎，为什么早没发现呢？

她的手和着心跳一样轻轻地抖了起来，她舍不得撕开这洁白的信皮儿，她多想要一份完整无缺的真爱。

3

好准时，每周一封，洁白的信皮儿，工整的笔迹。如此的守信和忠诚，除了他，还能有谁？

她从未拆开看过，她真是舍不得，一封封摞起来，码放在她的案头。三十年了，信已至，人还远吗？她愿意等他回来后，两个人一起拆开来读，何当共剪西窗烛，却话巴山夜雨时。那该是多么浪漫的意境啊。等了三十年了，她不差这几天。

她想起那个夜晚， 门前的灯头太暗，她有些看不清他的脸。可是从那平静的敲门声中，她知道他不是坏人。你找谁？她问。

我从郊南农场来，你父亲让我来看看你。他的声音里吐露出了关切，像是她的长辈。她感觉到了一种异乎寻常的温暖。她向里一闪身，让他进了小院儿。

雪白的墙壁映衬着他俊朗的脸庞，噢，他还很年轻呢。她在看清他的那一刻，脸颊蓦地红涨起来，臊热得她有点儿手足无措。好在她坐在背光的暗处，连忙掩饰着问，我父亲还好吗？她都没敢抬起眼皮来，目光紧紧盯着绞在膝上的两只手。

说实话，不太好。我是农场里的场医，你别误会，我也是劳改分子，只是罪过轻一些，活动也比你父亲他们自由。你父亲他是个好人，我们处得关系很好，他托我出来时候看看你。说着话，他递过一张纸条来。果然是父亲的笔迹，写着家里的地址。

她心慌得很，不知问哪些才能切实关心到父亲。他看出来，劝慰说，你放心吧，我会保护他们的。只是你要好好的，免得叫你父亲还为你担心。她拼命地点头，想想如果没有他的到来，也许她已经把傻事做成了。那会叫父亲多么伤心悲痛。

他为父亲拿走了一部研究历史的初稿，揣在贴身的内衣里面，带进农场里去好让父亲继续完成。她久久地站在门外，等他的身影再也看不见了，才黯然地转回身来。

4

等接到第三十封洁白的信时，她坐不住了。她要去找他回来。

那个陌生的地址是在外省的一处深山里。多么远，多么险，她都丝毫不怕。因为在路的终点是他，是那个情深意重的离人。

第二次见到他的时候，就是在那一年深冬的风雪之夜。病危的父亲躺在一辆架子车上，身上盖着破烂的棉絮。在农场警卫的监督之下，被人送回家来。拉车的人和整个车子上都落满了厚厚的雪，父亲几乎被埋在雪里了。她扒开两名堵在门口的警卫，一下子扑倒在父亲的身上，抱住冻僵了的父亲泪落如雨。

拉车人与她一起把父亲抬进了屋里，等她认清眼前的雪人竟然是他，才将他从刚才一味的反感中排除出来。他用眼睛示意她不要说话，免得引起农场警卫的怀疑。

可是她如何能缄得住心里的疑问啊。正在她不知所措的时候，两名警卫命令他说，你留下来守着，这个老病秧子治好的话你就带回农场来，如果死了，你也要把医院证明开回去啊。

她如释重负地吁了一口气，感觉自己忽然有了主心骨。就是在共同服侍她父亲的这一段日子里，她心里装进了他的人，心门随即又关闭得死死的，生怕他再跑出来。在她伸出刺探的触觉捕捉反馈回来的讯息里，他应该也是喜欢她的吧。

人也真是最捉摸不定的了，一个素昧平生的人就成了她的希望、她的阳光、她的温暖，再看看周围的生活，一切都有了色彩，重又变得有意义起来了。

5

病中的父亲视他为自己的知音，把自己学术上的研究成果不分昼夜地向他讲述，要求他认真做好笔记，希望他能在自己百年之后加以整理。父亲一再强调，他的这些成果一定要等到云开月明之后才可拿出来，免得他们都受他牵连遭遇祸殃。

他郑重点头，用他一颗精忠之心向父亲保证。父亲在弥留之际，一把扯过她的手来，小心翼翼地放在了他的手里。父亲已经不能说话了，只是用深情的眼神向他凝望。他明白了父亲的心意，泪眼迷蒙中他贴近父亲的耳朵，轻轻地说，师父您放心吧，我会把您的学术成果整理出版发行，我会把她照顾好，照顾她一辈子。

尽管他的声音那么轻柔，却真真切切地回响在了她的心里。父亲在听了他的回答之后含笑而去。

如果没有他，她不知道自己一个人如何面对和处理父亲的丧事。在父亲逝去的那一刻，她的心仿佛被掏空了一般，就像一个失心人那样绵软无力。母亲逝世时她很小，小到不知道伤悲，不知道替父亲难过，不知道为自己担心。等她长到了明白亲人离去意义的年龄时，她才惊异地发现，她的父亲几乎是倾尽所能地把父爱和母爱完整地给了她。父亲没有再婚，父亲始终把一个原汁原味的家留给她，那一份浓浓的爱从没有因为母亲的离去而改变。父亲的头发早就白了，只是在她明白的那一刻才有察觉。在她的心里，父亲是一个多么伟大、仁慈、崇高的人啊。世界上还有和父亲同样好的男人吗？

仿佛是冥冥之中命运的安排，在父亲即将离去的时候，他来到了她的身边，唤醒了她心中的情爱。

6

如同他的到来一样，他的走也令她毫无防备。只留下十个字，人便杳如黄鹤。

在他离开郊南农场以后，她希望他能搬来她的家里。可他没有同意，而是临时住在了厂区的一间工房里。她理解他的初衷，害怕伤害到她的名誉。她过去帮他收拾屋子，却发现除了几件破旧的衣服，箱子里几乎全都是她父亲学术研究的原始资料。她知道，他始终坚持为父亲的研究做着整理。

到了谈婚论嫁的时候，他向工厂里请好假，直接从厂子出发，两个人没见面，她以为不就是开个证明吗？人很快就会回来的，再见面时，她们差不多就是夫妻了。

两天没有消息，五天还没有等到他的回音，十天了，人还是没来见面。她心中忐忑不安，下了班赶到他的工厂里。他的门上落着锁，门把手上布满了尘灰，至少最近几天不像有人来过的样子。她苦苦等在门口，等到晚班的工友下了工一问，才知道他原来几天前回来过，并且搬离了所有行李。工友们知道他快结婚了，还以为他搬到了她家那里。

她曾经那么信任他，从未对他的来龙去脉产生过任何怀疑，所以她根本没问过他来自哪里，他的家里都有什么人，以及打探他所有隐埋的过去。直至此刻，她才发现，原来一个人可以在世界上消失得如此彻底。如同一场梦遇，不，梦还有一个影子，这次却是了无痕迹，如同一个开过的玩笑而已。

字条上写着：回老家开证明，等我回来。

她下定决心，我要等他，用我蓬勃而丰盈的生命等他，他不来，我不敢老去。

7

望着车窗外的群山，层峦叠嶂，在轻巧的白云间隐现。

车窗上忽然映出她的面影，一个痴情的女人的眼神也看得清清楚楚。三十年生活的磨砺仍然不能移换她那一颗矢志不渝的心，不就是三十年吗？她只相信，他一定在世界的某个角落里想着她，爱着她，只是为了考验她，才会让她一生等下去。有一天，他会回来娶她，陪着她慢慢老去，不再分离。

这一天不是即将来临吗？车行山路上，盘绕攀升，就在下一座山里吧。

这个时候她的泪缓缓落下来，一滴滴挂在下颌上。说不上是历尽磨难的喜悦，还是度尽劫波的辛酸，反正一股脑儿地涌了上来，百味杂陈在心间。她想，这些泪水应该是三十年前蓄在眼中的吧，时至今日才满溢出来。是啊，我的眼泪就是要流在他的面前，只有给他看到才有意义呀。她笃信，在她得知他搬离工厂的那个夜晚，回家的路上，她真的没有泪流。这三十年里，她也从未哭泣，只为等着这一天的来临。

她不顾车厢中的其他人，任由着泪水萧萧而下。她是一个多么小温柔的女人。

8

在村口迎接她的不是他，是他的堂弟。她一眼就认出了堂弟肩上的帆布书包。那是他上班时她送给他的第一件礼物，唯一的一件礼物。

堂弟没虚让她进村，而是径直带领她一路攀爬上山。他什么也不说，她什么也不问。一种不祥的预感浮升上来，可她并不失望。只要她活着，他就会永远活着，她不怕。因为这些年他本来就活在她的心里。

她望到了山顶上孤零零的坟丘。她知道那里长眠的就是他，因为她看到了坟的方向正冲着她的家乡。她的心中出奇地平静，甚至涌上了一丝莫名的甜蜜。他在这里，他从来没有忘记过我，他等着我来找他，他的爱一刻也不曾远离……

堂弟说，他坚持火化自己，他想着让你带他回去，他愿意跟你最后合葬在一起。其实我们这里还没有强制执行火化，他想的是骨灰方便你路上携带。只是有一件事，是他终生的遗憾，师父的书稿他整理完毕，却没有能力寻求出版。在这个小山村里，实在是太封闭了，而他却再也没有机会走出深山去……

那些话在她的耳边绕着，仿佛是他在身旁絮语。她跪下身来，用浸渍着沧海桑田的十根手指，轻轻地挖开了他的坟土。一天一下，一时一下，一刻一下，从他们分别的那一时那一日，向着团圆的此时此刻，用手指在向他靠近，一次比一次，更为亲热地靠近。

9

他是家里的独生子，是周围几个零散村落里的一名中医郎中，为了保护几本中医古籍，在“破四旧”时说了几句义奋填膺的话语，被运动分子捉住，投进了牢狱。五年后他突然回到了村里来，人们才知道他被遣送到了千里之外的郊南农场改造，都为他喊冤叫屈。当年他被抓走时，家里只撇下年老体弱的母亲，还有一个未及过门的媳妇。他本来是不太同意这桩婚事的，因为那女子矮小貌平，自小没读过书，更不识一个字。可是母亲才是这个孤寡之家的主事人，她一个人为日子操劳太过辛苦了。他理解母亲，生活里确实需要一个好的帮手。他更心疼母亲，二十年了，母亲一个人里里外外把他拉扯大，供他读书，真是太难了。而自己满山遍野地跑，窜了东家去西家，一点儿也给母亲借不上力，更不要说身前膝下地侍俸母亲了。因为心中有了深深地愧疚，所以他没有对母亲明言过自己的婚事，他心甘自己窝憋在山里，一辈子理应如此。

是那几句真心话改变了他的境遇，让她等来了他的相见，让他们的生命有了不期而深刻的交集。如果他可以不回来开具证明，如果他可以狠心抛下那个女子，如果他可以是背信弃义的一个人，那么他们早就在一起了。只是命运的轨迹并非如此。他回来了，破败的家里只有那个女人，拖着一条摔断的腿靠全村的乡亲周济过活。那女子是在他被押走后，毅然踏进他家大门的，唤他的母亲为娘，维持着这个风雨飘摇的家顽强地走下去。在一个雪夜，她为了去山外叫医生救他的母亲，在山崖上摔了下去。那一路是她拖着断腿爬回家来，为了照顾母亲最后的病体，她把仅有的钱全部用在了母亲身上，自己没有去接骨治疗。她披麻戴孝送走了他的母亲，无奈落下了行动的残疾。在他踏进大门的一刻，他明白了她的付出。尽管他们没有一纸婚书的约束，但他却什么也没说，关于她等在城里的事更是只字未提。第五天他就偷偷返回城取走了自己的行李。那些资料是他师父毕生研究的结晶，他答应过，他不能丢弃。

为了报答那个女子，他守在她的身边生活了二十五年。他们没有婚礼，以兄妹相称，帮衬着过最简朴的日子。他偶尔替人诊病，或有微薄的收入，除了贴补一点家用，其余的全部用来师父学术著作的整理。直至五年前，那女子去世。

10

她用疑惑的眼神望着堂弟，对呀，五年前，他为什么不去找我？

堂弟的眼中噙满了泪水，到此时终于没能忍住。他想去找你呀，可就在收拾行装的时候，他的胃里查出来长了不好的东西。他一天一夜没合眼，重又把行装打散了，然后开始写信，不分昼夜地写，呕心沥血地写，写几页就装进一个他自己制作的洁白信封里。他说过，你最喜欢纯白的颜色，你的爱情里容不得任何的瑕疵。说到这里，堂弟随手打开了肩上的书包，满满的，码得十分整齐的，纯白色的信封，足足有五百多封啊！

他说，这一生最爱的人是你，最亏欠的人也是你，三十年杳无音讯，突然回去还要带给你生死的打击，他害怕你承受不起。于是他嘱咐我，在他百日之后，每周会发两封信给你，这样你既不会盼望太切也不会心焦太急，他担心你的身体情绪。他希望你是在纸上得到他无法回去的消息，那样不会太过悲痛，你才能将他慢慢地忘记，在生活中选择重新开始……

她的泪倒流进了心里。她问自己也是在问他，你不来，我到哪里重新开始？

她抱着他日行千里，终于回到了她们第一次相见的家门。她把他的骨灰瓷瓶摆在了父亲的遗像一侧，另一侧是他为父亲整理的厚厚的学术笔记。她每日都要郑重地告慰父亲，他没有辜负您，他真的做到了，他给我的爱最深沉最真挚，渗透在彼此相离的时光里，分分秒秒，点点滴滴。

有轻风从窗前拂过，她转头望去，目光越过案头上洁白的信笺，门前的合欢摇着一树繁花，笑得令人心醉。

那么远，这么近

1

黄——梅——珍——

这三个字映入他的眼帘，字字重如千钧，铿铿锵锵地砸在他的心上。风暴一样席卷而来的痛楚提醒着，他还是那一只断尾而逃的壁虎。他下意识地看看自己，痊愈了，完美了，进化了，哪来的断痕？而她呢，带着多少痛，又如何开始新的人生？

在知青报到的第一天，他被分配到牲口棚里喂牛，吃住都在牛棚里。他当然不甘心，这份工作离他想象的英雄际会人定胜天相去甚远。他把塑料眼镜往上推了推，还不等滑下鼻梁来，就闷闷地说，我不去，我要和知青们一起战天斗地。然后蹲在生产队里说啥也不挪窝了。

牛棚的师父劝不动他，只好把烟袋锅子掏出来不断地在烟荷包里搅着，抽了一锅又一锅。安安稳稳地坐在身边，看也不看他，足足半天两个人没说一句话。天黑透了，只见门帘一挑，闪身进来一个女子，圆圆的脸庞映在油灯微弱的光晕里，两只大眼睛漆黑透亮地闪着，嘴角带着大大方方的笑意，冲着板凳上的师父说，爹，牲口我都替你喂好了，快回家吃饭吧。不知为什么，他忽然从地上站了起来，毕恭毕敬地对着师父说，我去，我跟着你。然后是他用目光把师父交还到那女子身边，目送他们回家去。

他把腹外科主任叫来办公室，把手中的信笺递过去。那是一封写给院长请求减免手术费的信。说是请求，其实是在淡化贫穷带来的耻辱，一字一句无不充满了哀求的语气。他望着忧心忡忡的同事，安慰说，你去把病人的病历拿来，咱们共同研究研究，制定一下手术方案，看看总共需要多少钱，再确定减免多少。主任站起身来向门口走了两步，又返身回到他桌前，犹豫着说，她的病是肠癌转移，已没有手术的必要。我还是拿病历来看吧。说完急急地走了出去，像是怕他追问下去。

他又坐回到桌案前，拾起信纸来从头至尾地看。黄梅珍，这会是她吗？那个一撩门帘闪进来的眼珠儿漆黑透亮的姑娘吗？那浅浅的一笑，勾走了他的魂儿啊。他费了多少心思才走进她的心里，可是当他想要把她搂紧在怀抱的时候，她就变成了那条欲望之蛇，吱溜吱溜在草丛中消失了。

2

第二天一大早，她赶到了牛棚里，叫上他同去割青草。他睡得懵懵懂懂地跟着她往田野里走。那空气中弥漫着淡淡的青草味道，让他的体内生成出一种野性的分泌物，不能自控地就想着和大地亲近，和任何人亲近。多久没有这样的自由了，他不曾想到，只感到身体上每一块肌肉都想挣脱了他去，他愿意自己变成牛和羊，匍伏在大地最隐密的草地上，吃得饱饱的，不再有烦心事儿，一觉儿睡到天光大亮。

他是和爹娘划清界限才得以上山下乡当知青的。这是他妈妈被红卫兵揪上游斗车时偷偷告诉他的。爹妈都被抓走了，他们最担心的还是他。同样在他的心里，他还是最惦记他们两个人，因为从小长这么大，他从未离开过父母半步啊。小学、中学都是城市里最好的，他的学习和表现也是班上最好的。父母是他的骄傲，他也是父母的骄傲。如果没有这样惊人的变故，他们就这样一直骄傲下去，相亲相爱的一家人哪。自从父母被贴出第一张大字报，他就发现原来的自由没有了。他成了一只被关进笼子的小鸟儿，叫一声都要警惕有人听到的。他多想摆脱这样非人的遭遇啊！

他先是大步流星地走着，继而在草地上飞奔起来，身后的草袋子兜满了凉爽的风，像是一只小小的来自天空的降落伞。她咯咯地笑着，那么放肆，无拘无束，简直是原野里跑着的一只小马驹子。他被她的笑声感染了，回过头来盯着她飘在绿色海洋里的身影，由迷入痴。

那个时候学校都停课了，她也回到村里做社员。本来她的成绩挺好的，现在也只能在大干快上的社会实践中磨炼自己，把身板练壮，把手指练粗，等待公社里的推荐。是她主动帮着爹爹去喂牲口的，爹爹在娘离世之后辛辛苦苦地把她拉扯大，一把屎一把尿，又当爹又当娘，供她吃穿供她上学，从没让她受过半点儿委屈。原来她总是想着把学上好，等长了出息再孝敬爹，可现在时局一变，她既然已经回到了村里来，当然她要为日渐衰老的爹爹多承担重体力劳动啦。

那一天她听说村里来了城里的学生，她的第一个念想是，她可以利用业余时间学习文化了。她自然高兴爹爹的牛棚里专门留了一个人，那不是专门为她一个人设了个先生嘛。她兴高采烈地跑到牛棚里去，那里却空无一人。她耐下心来等着，直到天都擦黑了，还不见爹爹回来。她把草拌好料，将牲口一一喂好，这才到生产队上去找爹。

在那间黑黢黢的小屋里，她先是看见了他两只光闪闪的镜片，那就是代表着高深的学问吧。于是她的满心里，都不由地透出了异样的欢喜。

3

她把他的草袋子打开，像是领导对下属的工作进行检查。然后他看到，在他打包的青草中，她一绺一绺地抽出来好几把翠绿的大叶草。正当他疑问的时候，她抬起汗水沾湿的脸庞，郑重其事地对他说，看见了吗？你要认清，牲口吃了会死的，这是断肠草。

他着实吃了一惊，赶紧蹲下身去细看。有这种事？他不相信，这么一个阳光洒满、和风吹拂的早晨，会出现如此骇人听闻的事。他拿一把草在手里仔细端详比对，并没有发现异样啊。他摘下一片叶子来，纳罕着正想往嘴里塞，她慌着一把抢下来。他盯着她的眼睛问，真有牲畜因为吃了这种草而死吗？

怎么没有？老人们多少年多少代都是这么传下来的，谁会去破了这个规矩？去年还说前村里有个女人嚼断肠草死了呢。她态度极为认真，说的有鼻子有眼儿的。

啊，为什么寻死啊？他的关注点又从断肠草到了寻死的女人身上。

她迟疑了半天，不想说出来。他偏要追问，仿佛这个故事是她为了骗他相信断肠草编出来哄他的。最后逼得没办法了，她才说，你们知青说话不算数，那女人丈夫返城时说得好好的，等安顿好了来接她进城。她等啊等啊，等得她成了全家人的羞耻，成了全村人的笑柄。她开始变得神志不清，见了人就傻笑着问，看见谁谁谁了吗？没有人理她，有的人更是绝情地骂她，她在一天夜里，为自己梳洗打扮好，出门来到地里吃了断肠草……

他看见了她挂在脸上的泪珠儿，他相信了那个故事，相信了断肠草。

4

如果说他喜欢她是从那挑开门帘的嫣然一笑开始的，那么他爱上她的那一刻，正是在她讲述断肠草时那挂在脸上的泪珠落下时。在阳光下，在晨风中，那样的楚楚可怜，那样的令人心动。他在想，若那个女子是她，那个男人是他，他怎会舍得离开她，更怎么舍得欺骗她呀。

然而最先迎接不幸的却是他。当他怀揣着电报回到空旷的都市里来，当他踌躇着走进自家荒芜的院落，摆在他面前的只有两张骨灰领取通知单。他的爸爸妈妈都离去了，没有人告诉他，他们离去时的前后都发生了什么事，哪怕是一个细节，哪怕只有一个字。他哭坐在父母的骨灰旁，一天一夜，眼泪流干，他感到这个世界已无他的容身之地。他成了孤儿，一个流浪的无家可归的野仔。他慢慢踱到厨房里，伸手去拧灶间的煤气。就在他的手指触到阀门的瞬间，他分明是看到了她挂在脸上的泪珠儿，看到她在暗夜里正向自己走过来，听到了她临行时送别他的话，不管你家发生了什么事，请你记着，这里也是你的家。

他在心中暗暗发过誓，他是不会离开她的。他缩回手来，狠狠地捂在脸上，将泪水和哽咽从指缝里挤压出来。

回来牛棚里，他自愿当起了她的文化教师。当然这是他追求她的一个方式。

只有她的父亲没有站出来反对，但是她父亲心里也在为她惋惜。因为邻村里支书的儿子相中她，已叫人偷偷到家里来提亲。父亲看她星星月亮地喜欢他，便没作主没应承。而她全不听村里人们的劝阻，拿出了明知山有虎偏向虎山行的劲头，一脑袋扎进了他的圈套里。白天他跟着她到田地里割牧草，晚上她跟着他在油灯下学知识。没过多久，她已沉浸在他的唐诗宋词里，听不到满街的流言蜚语。而他也依赖在她的心里取暖，度过了失去双亲后最艰难的日子。

躺在青青的草地上，两个人一同望向天上的流云，心也相随着缓缓地向南方去了。她说，又送王孙去，萋萋满别情。他说，身无彩凤双飞翼，心有灵犀一点通。她说，两情若是久长时，又岂在朝朝暮暮。他翻身起来看着她的眼睛问，你甘心我们分离啊？她认真地说，你敢走？你要走，我就吃断肠草！说完，她一把推翻他。两个人倒在一起，把手举起来，围成一颗心，让干净和暖的阳光照射进来。

他们常常是一天天躺在草地上，说着别人不懂的情话，沐浴着和风丽日，憧憬着童话一样的生活。

5

高考恢复了——

蓦然之间，命运又为他在冰冷的墙壁上凿开了一丝缝隙。是她将这个消息带回来的，她的怀中还抱着厚厚的一摞教科书。她眼里闪着兴奋的光芒，深情地对他说，你是一条龙，早晚要游回大海里去。他狐疑地望着她，咱们不一起报考吗？她看出来他的疑问，傻傻地笑着说，我底子薄，多学一年，明年再考。他不晓得，为了供他上得起大学，她已经托人联系好翻砂厂的工作，体力虽说负担重可是挣得要比别人多。

为了让他安心备考，在最后冲刺阶段她撵他回到了城市里。她嘱咐说，你只管好好看书复习，生活费我会定期寄过去，每天吃一个鸡蛋，别亏待了自己，这可是个大事，等你考上大学，毕业有了工作，我就跟你到城里享福去，让他们村里人没眼光，干生气羡慕死。说完，她笑他也笑。他心里想，这是多么神圣的使命啊。他将她一把搂进怀里，在耳边细细地说，保证完成任务。

在他简单的行李里，有她用卖血的钱换来的参考书，有她蒸的馍、烙的饼、腌的咸菜，有她缝的衣、做的鞋、补的袜子。在村头的大埝上，他看着她被拖拉机卷起的风尘吞没了，就像一枚秋天里干枯的落叶。

这个画面定格在他的脑海里，永难磨灭。此时又一次清晰地浮现到眼前来。会是她吗？黄梅珍，这些年她究竟为了什么从我的生命里消失？在病历的首页上，他一眼看到了患者的住址。那个大学四年为他汇款的地址，那个他一辈子刻骨铭心的地址。

他扒开腹外科主任，一个箭步冲出了办公室，不顾别人狐疑的目光，向着病房大楼呼啸冲去。

她在昏睡中醒来了，她仿佛是感应到了有两只脚踏在她的心壁上，从记忆的蛮荒里，咕咚咕咚地一路奔向床前来。她使出全身气力向门口偏过头，便看到他正从房门里闪身进来。太长太长的梦啊，梦醒了，我也该告别了。可我是多么舍不得他啊！她向着那个洁白的影子伸出手去，她本以为等待她的只有寒凉的空气。可这一次她死死攥住的却是一只柔软温暖的手。

梅珍，真的是你啊，这些年你走到哪里去了？他一头扑倒在她的身上，她枯干的手背上滴上了他的热泪。

她怯怯地伸出另一只手，犹豫着放在他的头上，一股巨大的疼痛没顶而来。她将牙齿紧紧咬住，将冲天的哭声死死地抵在舌尖上，在小小的口腔里细细地咀嚼含化，分割成无数粒滚烫的火球儿，然后一粒一粒吞咽下去。

最后，待他隔着泪眼看她时，她只轻轻地劝慰说，你哭什么？我们这不是又见面了吗？

6

这轻如羽毛的一句话后面，在她的记忆里沸腾而出的是那一次痛彻心扉的谈话。他不知道，只有她被邀请到了那一间宽大的办公室。桌案后的那个人是谁已经不再重要，只是那几句掷地有声地提问，让她退缩了一辈子。

她哪里晓得那个人是从汇款单上找到了她的地址，并从女儿口中知晓了她们相爱的故事。作为这座都市里的医学权威，他爱才惜才，更愿意用自己手中的权力去捍卫女儿的爱情。于是这一场对话就不可避免了。

你能给他留在城市的机会吗？你能给他的医术最大的发挥空间吗？你能给他一生一世的幸福吗？你能逾越你们思想上天壤之别的鸿沟吗？你能忍心将他拖回到贫穷落后的生活中去吗？你能只顾自己的私情而毁了他的美好前程吗？如果你真的爱他你知道你最好的选择是离开吗？

她眼含热泪，默默无语。她根本没动摊在桌上的一沓钱币，孤独地转身离去。因为她没觉得谁亏欠自己什么，为了他都是她甘心情愿，她不需要任何补偿。爱他是自己的选择，离开他同样是自己的选择，离开他正是最好地去爱。

她返回县城的翻砂厂，给他寄去了最后一次生活费，然后相亲，然后远嫁到偏僻的村庄。她真的应了村里人恶毒的诅咒，成了一枚可有可无的断尾，一位遗失了过去的人。

7

十二年后，当她离婚回到村里，除了身边的孩子，她已经失去了所有的亲人。她长久地伫立在倾颓的牛棚前，忽然就想起了有他的那些鲜活如昨的日子。

她撇下孩子，疯了一般狂奔到田野里去，泪水被风吹到耳朵里，她听到自己湿重的哭泣。她想起她的誓言，抓住几棵断肠草拼命塞进嘴巴里，和着泪，和着血，狂野地嚼着，咽着，恨不能肝肠寸断，死上个百次千回。

她早已明了，自己是一颗流星，十二年前就已经飞出了他的星系。她离他越来越远，终将在无数个光年之外陨落。只是当她在星空下苏醒过来，她才知道那断肠草是一个多么虚妄的传说，她又记起了他的疑问，此时此刻她无法判定心中希望哪个是真。她活了，她还要他在心中活着。她决计去有他的都市，远远地，不打扰他，只嗅着他的气息，到老，到死。

她真的在街道上谋到了清洁工的差事，为了能天天看到他，她专门求人换到了医院的街区。二十二年，她躲在树荫下看着他早来晚归，看着他出国留学，看着他夫妻恩爱，看着他生儿育女，看着他志得意满，看着他一步步攀升到院长的位置。她为他高兴，每有他的好消息，她都会彻夜不眠。她一遍遍告诉自己，当年她的付出多么英明，她的离开有着多么伟大的意义。暗夜里，她的笑容就像是露水中一枝安静的百合。

而她的生命，正一寸一寸无可挽回地逝去。

8

她终于又把自己的眼睛映在了他的眼睛里，看那枯槁如灰的一张脸，她后悔莫及，狠狠地扭过头去。她知道自己真的要走了，为何不能留给他青春的美丽？

她无情地说，是我远离了你，抛下你一个穷学生。我是罪有应得，我不值得你可怜。你走吧，就当我们从不认识。而在她的心里，血正一滴一滴穿透薄薄的心壁。她感知他颤抖的手，就像是临近赶考那年，他在草丛中狂热地揽住了她的腰，接下来的深情之吻令她窒息。在痴迷中他们撕扯着，恨不能将对方吮吸进自己的身体里去。在即将爆发的时刻，她清醒过来，羞赧地说，我迟早是你的人啊，等你考上了大学，我要你吹着喇叭八抬大轿来迎娶。

他才不会相信，她曾经付出摒弃整个村子的勇气，怎么会随便贪图那些她早就厌恶的东西。他俯在她的身前哭诉，你哪里知道，我多少次到村里找你，那些寄出的信，那些留下的字条，一片片被风雨剥离，没有你的音讯，我的整个人都被掏空了，那吃人的空虚我负担不起，梅珍啊，梅珍，你好狠心，丢下我一个人，走得干干净净，连告别的话都没有一句。你哪里知道，我有多么痛恨自己，因为我弄丢了你，再也找不回你——

她哭了，不再说话。老天真是可怜我，这一次相见，只是为了向他作一个永久的告别吧。最后她还想告诉他断肠草到底是怎么回事。为了他她真的吃了断肠草，尽管没有即时死去，可是当她思念他的时候，她的肠子就会一寸一寸地纠结，仿佛有一把剪刀没日没夜地绞来，那疼，真的让人生不如死。

他何曾会忘了断肠草的事。在医学典集里他查到它还有另外两个名字：相思草和不归草。他懂得，这是她的名字，也是爱的名字。

走了……哥哥

1

我沿着小兴安岭的支脉一路向东北进发，终于走到了西伯哈夏草原的边缘。初秋时节的草原是最美的，极目望去，那绿浓郁、深沉，如同藏着无限神秘的未知之海。我陶醉了，痴迷其中，流连忘返。暮色升起来，远方的小镇上眨着两三点灯火。侧耳听见，一阵忧伤的马头琴声随风飘来，仿佛草原上淙淙的溪水漫上心田。

“啁啾……格格……，啁啾……格格……”有一阵鸟鸣在我的头顶上盘旋。可是当我仰头寻找时，那只鸟又飞到了高高的云层之上。我见不到它的身影，但是我能听懂它的叫声。它似是在催促什么人快回到她的身边来，不信你听，“走了……哥哥，走了……哥哥……”

我突然想起了此行的目的，想起了留言中名叫乌云的女孩儿，想起了她的故事。我要尽快找到她，告诉她真爱没有改变。可是，面对着如海的草原，乌云在哪儿呢？

小镇的客栈里只有我一个客人，晚餐与老板娘坐在一起随便吃点。说实话，在这样一个边陲小镇，也着实没有什么像样的吃食。我一边剥着烤土豆，一边有一搭无一搭地问她：“草原上叫的那是什么鸟？听得人心疼。”

老板娘狐疑地看着我：“你果然听到了？”她欲言又止，稍待片刻后终于忍耐不住地说：“你心里有一个爱恨交加的故事吧，不然你不可能听到布哈少布鸟的叫声。”

老板娘手捧土豆狡黠地望着我，像是一眼看穿了我的心思。在一盏松油灯昏暗的光里，她的故事悠然响起：“在美丽的仙女湖畔，有位像仙女一样聪慧美丽的姑娘，她的名字叫布哈少布……”

2

仙女湖边等你的姑娘。这是乌云在留言中的落款，噢，神秘的仙女湖！

我骑在马上，轻轻踏着闪着钻石光芒的露水，沿着一条悠远的小径向草原深处走去。阳光好得出奇，空气清新得难以想象，微风拂上面颊，像是远方姑娘深情地呼唤。乌云啊，我恨不得生出一双翅膀快快飞到你的身旁，听你诉说——

这是一位善良、勤劳、天真的女孩儿。十年前，当她还是一名中学生时，她的作文在全区中学生作文大赛中获得了一等奖，并刊登在了当地的报纸上。她成了大草原上一个小小的明星，每天都能收到数十封读者来信。在那么多的来信中，他是她另眼相看的一个人。渐渐地，她知道了他的身世，他不幸的人生经历，他乐观向上的生活态度，他那一颗柔软高贵的心灵，都深深吸引着她。两个人始终保持着密切的联系，成了无话不谈的好朋友。在她考到首都读大学的时候，他已经拿到了健身教练的从业证，并从每月的工资里专门拿出几百元钱来作为她的生活费。他知道，她的家里只有年迈多病的奶奶，日子困窘得很。他身材高大，健康阳光，她很是依恋他，在心中早已把他当作了托付一生的人。大学一毕业，她就一意孤行来到了他工作的小城，谋到了一份不错的工作，开始了两个人相依为命的生活。然而美好的时光总是那么短暂，病魔袭来，他轰然倒了下去，让人猝不及防。

我看到远方闪着粼粼波光，难道是仙女湖吗？我突然有了满腔的伤悲，要不要把真实的故事告诉乌云，那样是不是太过绝情，太过伤她的心？

3

根据乌云在留言中提供的线索，我找到了首都那家以治疗泌尿系统疾病著称的医院。

他的主治医师接待了我，在摊开那一沓厚厚的病历之前，我先听到了一段关于男孩儿的往事——

父亲牺牲在对越自卫反击战的一次拉锯战中，直到现在亲人都无从见到父亲的遗体。父亲和他的战友作为一个光荣的集体长眠在南国的山谷里。在法卡山脚下的一处陵园里，在成千上万个一模一样的墓碑中，有一块冰冷的石头上刻着他父亲的名字。他是遗腹子，出生在收到父亲阵亡通知书后的第二十九天。母亲曾不只一次地在暗夜里抚摸着他熟睡的脸庞喃喃自语，若是没有你，妈早就不活了。从他六岁开始，母亲年年清明节都会带上他，坐马车倒汽车再坐火车，风尘仆仆地走上半个多月，才能赶到那个令母亲魂牵梦绕的山坡，去烧上一刀纸钱，去洒上一杯薄酒，去说上一天的情话。在那些漫长得几乎没有尽头的旅程中，他望着渐行渐老的母亲，在心里一次次发誓，等我长大了，一定要让母亲过上幸福的日子，让爸爸在九泉之下放心安息。于是在高中毕业时，他主动放弃了高考而是去市里参加了专业培训，顺利地拿到了健身教练的资质证书，在小城里做起了一家小小的健身俱乐部。只是他从未向母亲提起过，此时支撑他一路走来的动力，除了年少时立下的铮铮誓言，还有他心中早已埋下的与一个姑娘深深的情爱。那个姑娘聪明、善良、温柔、美丽，写得一手好文章……

主治医师摘下眼镜，双手不住地揉着眼窝。我发现在他的手指下是湿润的泪水，我不说话。主治医师惋叹，这个男孩子尽力了，那个女孩子尽力了，他们相爱，谁也不会怪谁。我明白，那个女孩子应该就是乌云。

4

我是在博客留言中结识乌云的，说来也巧，她一句不经意的留言让我有了与她交往的好奇。她写道：哥哥，如果是你，你能原谅我吗？

我接着一条条地读下来，在我脑海里串起了这个令人唏嘘的故事——哥哥，我离开你时，没有惊动熟睡的你，甚至没有留下一个字，没有给你留下一丝寻找我的线索。是我怕了吗？我要选择退却，选择远离你。连我自己都说不清楚，我逃离北京时的想法，我只知道我的奶奶这次病得很重很重，如果我不能赶回去陪在她的身边，我这一辈子都会良心不得安宁。哥哥，我从未对你说起过我的身世，你只知道我从小失去了父母，可是你不了解我是一名弃儿，是被爷爷奶奶从仙女湖畔拾回来的弃儿。我没有爸爸妈妈，是爷爷奶奶一手把我拉扯大。在我读初中的时候，爷爷去世了，只剩下孤苦伶仃的奶奶养育着我。若没有那一篇获奖的作文，也许我早就不得不辍学回家了。多么幸运，那一篇作文让我重新认识了这个世界，更感谢上苍的是，把你引领到了我的身边。哥哥，是你的鼓励让我在泥潭一样的生活里享受到了雨露和阳光，让我鼓足了勇气一路坚持走了过来。我考取了不错的大学，又是你为我送来了学费。我知道，你放弃了自己的学业，而这一切一切，虽然你不曾明说，我懂得这都是为了我。在我得知你身患绝症的那一刻，我感到整个世界都在瞬间塌陷，我向着无底的深渊坠落而去。我躲在暗夜里，流着眼泪一遍遍地诘问苍天，为什么，为什么，为什么这样对你，为什么要用这样的方式来惩罚我的贪心和奢望？哥哥啊，我不就是想跟你终老一生嘛！

故事读到这里，我马上回复乌云：我想帮助你！

5

主治医师擦干眼泪，从他的抽屉里缓缓地拿出来一份遗体捐献书。然后他平静地告诉我，男孩儿再也拿不出一分钱了，便写信对我说，我多想继续治疗下去，我多想再陪陪妈妈再多爱爱她，我用我的身体作抵押吧，如果有一天，我终将离去，我愿把自己的遗体捐献出来，算是对这个世界最后的报答。

主治医师又从抽屉里拿出男孩儿的那一封信，被泪水打湿的信纸皱皱巴巴的。我颤抖着接过来，猛然间读到一句：她跟着我太苦了，这两年，她没买过一件新衣服新鞋子，就连头发都是她自己对着镜子剪的，如果我真的爱她，为什么要让她承受这样的苦难啊？

我用期待的眼神望着医师，医师却无奈地俯下头去。我看到了一个悲痛中的男人耸动的肩膀，我听到了深埋在喉咙中压抑的哭泣。我明白了，那个男孩儿没能等到肾源，在与病魔搏斗了两年之后，在一个静静的夜里，带着他满腔的爱和回忆，无声地离开了。

我问医师，在生命的最后，男孩儿对女孩儿是怎样的一种感情呢？是恨？是疼爱？是怜惜？是思念？是遗憾？

医师摇摇头，都不是，我们常人也许不会明白，在男孩儿的心里盛的是满满的爱，是失去时割裂一般失魂落魄的爱，是放手时把幸福交还到爱人手上那种心满意足的爱。在生命的最后，在男孩儿清醒的时刻，他一直在重复一句话：假如你还爱我，就来找我吧，我等着！

我铭记着这一句话，因为这对乌云真的无比重要。

6

带着深深的遗憾我踏上了通往西伯哈夏草原的路程，我不知道我带来的消息对于那个深陷忏悔和自责的姑娘是一个什么样的打击？老天竟没有给她一次弥补的机会，那不正是她最最需要的吗？

我快马加鞭向着那一片波光粼粼的湖水冲去。

我站在湖边高声地呼唤，乌云——乌云——

在一处寂静的毡房里，我读到了一封用蒙语写在哈达上的信：哥哥，奶奶走了，在这个世界上除了你，我已经再也没有亲人了。可是就在昨夜，我梦到了你，你轻轻地一掀帐帘，走到我的地毯前，微笑着说，假如你还爱我，就来找我吧，我等着！我一个激灵翻身坐了起来，伸出的双臂扑了个空。哥哥，我知道，你终于还是离开了。就像今夜我没能拥抱你一样，在你生命的最后，我竟然没有抱着你，让你走得凄凉、孤单。我蜷缩在蒙古包里，顿足大哭到天明。毡包外阳光明媚，仙女湖水多情而柔美，哥哥，你还记得吗？我为你讲过的布哈少布的故事，她那么美丽，那么勇敢，为了心中圣洁的爱情，她投水而去，将身体融化在清清的湖水中，灵魂化成了一只小鸟，不知疲倦地飞在高天之上，声声呼唤她的爱人归来。哥哥，我这就去找你，你等着我。

我手捧着长长的哈达，飞身跑出帐外，径直来到了仙女湖边。整个草原平静而辽阔，湖面就像是一只含泪的眼睛。信的日期果然是男孩儿离开的同一天，多么巧，多么精致，又多么壮丽，多么不可思议。故事在这里戛然而止。那两个曾经年轻鲜活的生命在轰轰烈烈的情爱里，绝然而去。我的泪水纷然而落。

忽然间，从湖面深处传来了布哈少布鸟凄迷悱恻的长鸣，走了……哥哥，走了……哥哥……

如初见，如诀别

1

刚一转身，蓦地看到迎面走来的男人，贞英的心一下子就被攫空了。那男人还在向她一步步逼近，她感到呼吸也被扼得死死的。这不是她的中民哥吗？那个牺牲在抗美援朝战场上的中民哥，那个让她魂牵梦绕了三十年的中民哥啊。她苦守着家乡的小城等了整整一辈子，怎么会在这汉城的书店里突然向她走了过来呢？

就在那擦身而过的一瞬，贞英抵不住幸福的袭击，眩晕倒地。

她感到一只温暖的大手托住她的后背，缓缓地下放到膝盖上去，然后把她稳稳地搂在了怀里。她想，让我就这样死去吧，我不要醒来。

贞英醒来的时候，发现自己躺在洁白的病房里。她看到头顶上方一只吊瓶连着自己的手臂。床头摆着一束金达莱，那淡淡的香气让她不由地想到了故乡春天的山岗。

贞英想，我大概是病倒了吧，在这个节骨眼上躺倒在病床上太不应该了。她们刚到汉城，演出的一切事宜尚未安排就绪，剧场的灯光，舞台的设计，演出的周期，这一切一切都需要她会同使馆与韩国中韩友协商讨而定，我怎么可能会在此时生病呢？

突然她想到了那个男人，她闭上眼又仔细地回想了一遍。没错，那应该不是梦中的场景吧，那只手的温暖依稀还在啊，那宽厚的胸怀贴得那么近，她能感觉到那男人的呼吸，像一阵阵和煦的微风轻拂到她的面颊上来。可是，那个男人现在在哪里呢？床头的金达莱会不会是他为我采撷而来？

贞英的头向上斜了斜，一定是中民哥吧，只有他最清楚我有多么喜欢金达莱？

病室的门轻轻地开了，一位小护士闪身进来，微笑着问候，你好，你醒过来了。

贞英笑着点点头，我没事的，只是最近太累了。

小护士略感吃惊地说，你不是中国人吗？韩语说得这么好？

贞英有些意外，我是朝鲜族，你怎么知道我是中国人？

是送你来的那位好心人说的，他可能登记的时候看到你手包里的护照，我们实在没有别的办法，我们当时只想尽快地联系到你的家人。小护士非常抱歉地鞠了一躬。

贞英失望了。从小护士的话里她感到那个人好似不认识她，那怎么可能会是她的中民哥呢？也许是自己臆想成真了吧，她的中民哥就算没有牺牲在朝鲜战场上，也不会出现在韩国的土地上啊。贞英很快收回神来，满含谢意地对小护士说，你们做得对，我很感激你们，那位好心人呢？我应该向他当面致谢的。

他回家了，不过他留下了电话，我们可以帮你联系。小护士一直笑得那么甜，刚要说完，又像是想起了什么，“哦”了一声说，这束金达莱也是他送来的，你一直昏睡不醒，他都没有打扰你。

这一束芳香四溢的金达莱，又让贞英否定了刚才的自己。为什么不是别的什么花呢？是谁懂得她对金达莱的感情啊？

2

贞英见点滴一完，匆忙起身出来。她看看时间，现在赶回住地还不至于引起波澜，不然时间拖得太久，队员们找不到她再惊动了使馆，那就是不折不扣的一个小小事件了。

小护士上来拦住她，要她留下来继续观察。贞英不由分说地谢绝了。她从小护士那里抄来了好心人的电话号码，到收费处结算时才知道有人已经为她垫付了。出租车上，贞英随手展开当日的报纸，就看到头版头条新闻：中国大型实景歌剧《阿里郎》来韩演出。贞英还来不及细细阅读，就听到收音机里主持人正在对中韩友协的负责人进行采访，当然话题还是这次大型实景歌剧《阿里郎》的演出。从他们的谈话中，贞英可以听出，关于这次演出的前期宣传和准备工作，韩国方面做得相当充足。几乎所有的韩国人都知道，有一位中国的女艺术家要带着一个真实的故事，一个现代版的阿里郎的故事踏上韩国的土地。甚至她们还没有到来，就已经在中国感受到了整个韩国那翘首以盼的目光，哪怕远隔着条条山脉和重重海洋。

为了这部歌剧，贞英可谓是呕心沥血，几乎是每一个唱段都要从她的嘴里唱个千遍万遍，感情不到位的地方也是一改再改。为了达到最好的演唱效果，她专门把在瑞典皇家剧院深造的女儿招了回来，为女儿更是一句句地讲解和示范演唱。在她泪流满面的歌声里，女儿终于理解了她。理解了一位独守着女儿并献身艺术的母亲。在女儿看来，她的后半生都是为了这一部戏，为了那一个站在高岗上唱着凄美离别的年轻女人……

阿里郎，阿里郎，阿拉里哟，
我的郎君翻山越岭路途遥远，
春天黑夜里满天星辰，
我和你的离别情话千言难尽……

贞英何尝不知，她的一生正是为了演绎这一首朝鲜族最负盛名的歌曲。她的爱情，她的别离，她的等待，她的魂梦相系，这一首歌的旋律贯穿了她的一生。她的心里只有这一首曲子，凄婉、哀转、荡气回肠、生生不息。

3

演出开始了……

贞英的父亲把小中民带回家时，她们俩都还不满十岁，也正是日本鬼子在东北最猖獗的时候。贞英从父亲口中得知，中民哥的村子被鬼子一把火烧了，村里没有几个人逃过日本人的屠杀。小中民显然是被吓惊了，两只眼睛里布满了恐惧的色彩，半夜经常在梦中哭着缩成一团。贞英娘心疼得整夜整夜地把他搂在怀里。

由于贞英的村子地处深山老林，日本鬼子从没有来过这里，加上贞英爹娘无微不至的关怀，小中民渐渐忘却了儿时的经历，长成了阳光开朗的小伙子。直到中民把参军的决定告诉爹娘时，贞英一家人才知道，那仇恨像种子一样深深埋进了他的心里。是啊，国仇家恨，是个男人谁能咽得下这口气啊。贞英爹娘没有阻拦，而是默默地为他收拾行装。

在贞英和中民走过的山坡上，金达莱正在怒放。贞英舍不得中民哥，她紧紧地牵着哥的手，送过了一山又一山。中民停下来，采一朵金达莱，戴在贞英的头上，深情地对她说，等着我，打跑了鬼子，我回来娶你。贞英哭了，手捧着金达莱，望着她的中民哥走上高高的山梁……

我不正是那个送别情哥的女人吗？我的阿里郎，阿里郎哟，你什么时候才能回来，你要娶我回家，我等着做你的新娘。

中民哥还没等来，却等来了濒死挣扎的日本鬼子。他们躲进深山，疯狂地进行各种各样的生化研究，准备反扑企图挽回他们必死的命运。贞英和几个小姐妹是躲在山洞里逃过那一劫的，村子里其他的人都被抓走成了无辜的实验品。贞英成了孤儿，躲在深山里采野果喝山泉，捱过了一年，她知道中民哥会回来找她，也许就是今年金达莱花开的时节。

就在一片盛开着金达莱的山坡上，她的中民哥真的走了过来，一把将她搂在怀里，告诉她日本鬼子投降了，国家解放了，他们终于团聚了。她哭了，委屈的泪水，害怕的泪水，幸福的泪水，一股脑儿地奔流而出，弄湿了中民哥戴着勋章的绿军装。

中民哥走到哪里，哪里就是她的家了。她义无反顾地跟着中民哥来到了部队上，凭着她能歌善舞，成了一名光荣的宣传队战士。在辽沈战役的硝烟中，在淮海战役的炮火里，在平津战役的壕沟下，在横渡长江的木船上，有她中民哥冲锋陷阵的身影，也有她穿越枪林弹雨的嘹亮歌声。无论相离多远，她知道，她的中民哥和她站在一面鲜红的旗帜下，两颗心再也不会分开。

她们的婚礼选在国庆一周年的日子。那是1950年10月1日。

1950年10月25日，她的中民哥随部队开拔赴朝作战。为了不惊扰她的新郎，她一路穿越白山黑水，偷偷地跟在部队的后面，把他送到了鸭绿江边。听着雄赳赳的歌声，看着威武庄严的军队，一路跨过长长的大桥，她在心里默默地说，中民哥，我等着你啊。

4

抗美援朝战争打响没多长时间，贞英响应党的号召，自愿回到了长白山，组建自治州民族歌舞团，也只有这夜以继日的工作才能缓解她对亲人的思念。很快她欣喜地发现自己怀孕了，这可是中民哥留给她的最好的礼物，这也是她在中民哥回家时献上的最好的礼物了。

自治州歌舞团的节目因其朝鲜民族特色浓郁，先后三次随部队出征到前线演出。贞英多么想借此机会能踏上朝鲜的土地，在那一片英雄辈出的森林里与她的中民哥相遇。只可惜她因为怀孕、分娩和哺育孩子一再错过。在她孤独等待的日子里，在她忍受着分娩阵痛的时刻，在她半夜醒来哄孩子入睡的时候，她的脑海就会幻觉一样地出现中民哥的身影，他带着一脸金达莱盛开的灿烂的笑容，在明媚的阳光里向她们娘俩奔跑过来。而此时，画面之外如流水般而来的音乐也只有在肝肠之间游走不停的阿里郎了。

每天她都会抽出时间抱着孩子来到金达莱花开的山上，向着迢遥不尽的长白山久久凝望。她想听到山外的回音，她想知道她的爱人何时才能回来。她总是逗弄自己的女儿，指着白桦林深处说，你叫爸爸，你爸爸就会出来。年幼的女儿鼓足勇气，一边叫着，一边向白桦林蹒跚迈步。她紧跟在女儿身后，只听得自己满面泪流。

调往前线的部队在不停地轮转，可她始终也没有中民哥的消息。根据上级指示，她们团里根据前线英雄事迹不停地排演新节目，她更因为自己的中民哥在做着同邱少云、黄继光和罗盛教一样的伟大事业而光荣和骄傲。可是每每回到家里，每每夜深人静，她都会暗暗祈祷，甚至庆幸那些伟大的英雄不是中民哥自己。她为自己这些不纯洁不高尚的心理整夜整夜地批评自己，可是那个站在高处的自己无论如何也说服不了她的心。她哭着说，我不要英雄，我只要你平平安安地回来，陪着我们娘俩安安稳稳过日子。

1953年7月，朝鲜停战协议签订。这一场历时三年的保家卫国战争终于结束了。全国人民都在欢庆胜利，这是新中国成立以来取得的又一伟大胜利。而贞英却急得如爬上热锅的蚂蚁，三年了，她的中民哥咋能一点消息都没有，他应该在第一时间回家来啊。

贞英找到原来的老部队，终于要来了一张纸，那是一张冷冰冰的烈士证，金中民，三个血红的大字，当着贞英的面就那样无情地填了上去。贞英还没听清一句解释，就当场昏了过去。

5

就在这如此壮烈的一刻，整个演出戛然而止。阿里郎的音乐像潮水一般涌了上来，挤满了偌大的汉江国家公园。

贞英看到她的女儿一袭民族礼服，素裹银装，缓缓地飘向了金达莱盛开的山巅。这时，整个公园里上万观众都高举起双臂，随着音乐的节拍轻轻地摇晃。她的眼里泛着泪光，上万双眼睛里泛着泪光，人们忘记了战争，人们忘记了胜负，人们心里重又回归了人性，找到了久违的爱情，找到了生命的真理。于是在前奏过后，贞英听到万人的齐唱。她像是置身于汹涌澎湃的江水之中，随着浪滔不停地上下翻卷，滚滚向前……

阿里郎，阿里郎，阿拉里哟——

在一遍遍巡回往复中，人们的感情达到了顶点。贞英在这宏大的音乐声中听到了很多女人开始轻轻地啜泣。她不知道，在那场战争中还有多少女人有着和她相同的命运，她们失去了最爱的亲人，她们一生都将背负着那场战争痛苦的阴影。而这音乐就成了她们舔舐伤口的良药，她们只会在一个人的夜里不为人知地吟唱，可是今天，她们的情感找到了共同的出口。那些压抑了几十年的伤痛山呼海啸一般劈天而降，像是倾覆的银河一发不可收拾了。

当人们都在哽咽难言的时候，一声高腔自山巅裂帛而出，击穿了每个人的耳膜——

今宵离别后何时能回来，请你留下你的诺言我好等待……

6

我是银珠，我想和你谈谈，请不要拒绝我。

贞英望着眼前这个彬彬有礼的女人。她从助手那里知道，这个女人已来过多次了。贞英并非有意拒绝，只是她来韩国以后太忙太累了。由于演出获得意想不到的成功，她不得不在汉城加演一周，然后中韩友协还要邀请她们到大邱和釜山去。

助手的一句话引起了贞英的兴趣，那个叫银珠的女人说她知道《阿里郎》后面的故事。她何尝不懂得每个女人心里都有自己的心酸故事呢？只是阿里郎还会有后面的故事吗？

我不是韩国人，我的家紧挨着三八线的北端，我的爹娘和兄弟姐妹都是朝鲜人，我是为了救一个人才不得已来到这边的，可是我们俩再也回不去了。银珠的故事一开始就吸引了贞英，因为和她年龄相仿的银珠提到了三八线，说明她的故事也是与那场战争紧密相连的。

那是1953年6月底，我到深山里去采蘑菇，在崖底发现了一个血肉模糊的人。因为我的家靠近双方僵持的前线，我猜想他可能是被一枚流弹击中落崖的。从他的军装我判断这是一名中国人民志愿军，从他行动的独立性来看，他应该是一名侦察兵。若不是我及时发现他，在这严寒的荒郊野外冻也会冻死他的。我看他还有微弱的呼吸，便毫不犹豫地把他背在身上向家里走去。半路上我忽然想起，我的一位亲戚就在山的左边，他是当地有名的医生，也只有他才能帮助救治这名受伤严重的中国人。于是我拐上另一条山路，借着森林的掩护，在夜里敲开了亲戚的家门。

就在他的伤刚刚好转的时候，战争结束了。令人意想不到的是恰恰就在我家和亲戚之间，一条三八线横亘而过，成了我永远不得逾越的政治之墙。我们回不了家了，他也只能隐姓埋名生活于此。为了保护亲戚，我们远走他乡，从此开始了天涯流浪。更令我惊讶的是，他的外伤虽说痊愈了，可他的记忆力竟然全部失去。在昏迷醒来之前的事情他一概不知。他不记得他叫什么名字，他不记得自己来自哪里，他不记得自己还有哪些亲人，他甚至不记得自己的祖国。他只记得我是他的姐姐，半夜梦中有时他会唤我银子。我们在海边捕鱼为生，邻居们视我们为夫妻。他们有时会笑话我嫁了个半痴的小丈夫，嘲讽我一定是在战时贪了他家的大便宜。我们是无缘无故的人啊，我为什么要陪着他呢？多少次我都想离他而去，可转念又会想到，他为了什么才来到这里，在纷飞的炮火里穿行，他抛舍了自己的亲人和祖国，难道在他最需要亲人的时候，我还要丢弃他吗？

三十年了，我们坚持了过来，我和他在全北开了一家小书店，生活也渐渐稳定下来。这几天，我们每天都会去国家公园看演出。在我身边，他一边唱着《阿里郎》一边失声痛哭，晚上睡梦中他一声声深情地呼唤银子的名字。我想他一定是想起了什么，也许是那歌声唤醒了他的回忆。我这才意识到他不是在叫我的名字，那也许是他此生唯一记得的亲人吧。我只想让你知道他的故事，希望你能把他的故事带回中国去，告诉他的亲人们他还活着，他还想回到家乡去。

贞英哭了，她紧紧搂着银珠的肩膀。谢谢你，银珠，你真的很伟大，我替他的亲人感谢你。你不仅把妻子的爱给了他，你还奉献了母亲一样博爱的情怀。我一定想尽办法帮你找到他的家人，希望你也能跟随他到我们中国这一片感恩的土地上看一看。

银珠嫣然一笑，我愿意。

7

巡回演出圆满结束。大型实景歌剧《阿里郎》轰动了整个韩国。

在即将离开韩国的前一天，贞英在女儿的陪同下，匆匆赶赴了全北小城。她要向救治她的那名好心人当面致谢。她已经打过电话，她想此刻主人应该会在客厅里等候她了吧。在寒江道上，她找到了那个静谧的小小院落，轻轻地摁下了门铃。

门开了，女主人半低着身子躬请客人。

贞英一眼便认出了她，银珠，是你？

银珠这才恍然抬头，她根本不敢相信，贞英会为了他的故事亲自来到她的家里。她上前一把握住贞英的手，仿佛在说，你真的来了，你要好好记住他的故事。

贞英忙着解释说，我是晕倒的那个人啊，我事先打过电话来，我要当面来感谢的。

银珠又迟疑片刻才明白过来，那个晕倒的人是你，他说那样做是应该的，不值得登门道谢，他躲到书店里去了，要我好好接待客人。银珠慈祥地笑了，像哄孩子似的开始给他打电话，要他回家来。

在坐下来等待男人的空隙里，银珠拿出了她们的一张照片交到贞英的手上。你把照片带回去吧，这样也许能更快地找到他的亲人。

贞英接过来一看，心差一点跳出嗓子眼儿来。那不是亲爱的中民哥嘛，如果在书店里匆匆一遇让她惊疑似梦的话，那么今天她几乎可以肯定这一切不再是梦。此时在她飞速旋转的脑海里，她忆起了三十年前部队首长在烈士证填写“金中民”的名字时，解释了一句“至今也没能找到他的遗体，而在敌方提供的战俘名单里依然没有他”的话。天下真有这样的巧合吗？我三十年呕心力作《阿里郎》真的为我找回了苦苦等待三十年的情郎吗？

银珠却没有注意到贞英的惊喜，她黯然神伤地说着。我的身体怕是不好了，如果在我离去之前不能将他送回祖国，送回到亲人身边，我还是感觉对不起他呀。

8

男人就在进入客厅的同时，一个箭步冲到了女儿的跟前。就在银珠和贞英措手不及的刹那间，他将女儿搂进怀里，一声声深情地呼唤着“英子英子”。

惊慌失措的女儿看着身旁的妈妈，贞英早已经满脸是泪了。她知道，中民哥丧失记忆这么多年，一定是将长相酷似自己的女儿误认成他的英子了。贞英上前抚摸着男人的手，呢喃着说，中民哥，是你吗？真的是你吗？

男人听到有人叫着他漠忘了多年的名字，记忆的闸门轰然而开——

贞英走上前来，中民哥，三十年了，我们都老了。我是你的英子，你认不出来了吗？这是我们的女儿，金玉儿。你知道她多么想念爸爸吗？你知道我有多么想你吗？说完话，贞英一下扑到中民的怀里，三个人紧紧地搂在了一起。

银珠不敢相信眼前发生的这一幕，但她还是欣慰地笑了。她理解从那个年代过来的女人，经历了生离死别的女人，那一份浓烈的等待酿得太久太久了，怕是轻轻一碰就会轰轰烈烈地燃烧开来。

贞英猛地转过身来，又一把将银珠圈进了他们的怀里。银珠姐，谢谢你啊，是你为我的女儿保全了她的爸爸，是你为我的爱情保留了完美的结果，可是你啊，太苦了自己啊，你为你的祖国、家乡和人民付出了那么多，你要我怎么报答你啊。

哭过之后，贞英突然想起来银珠说过的丧气话，刚才还没反应过来，男人就从外面进来了。这一会儿，她不想让银珠觉得自己是个被远离的人。

银珠叹口气说，没用的，我已经放弃治疗了。你们家乡真有那一片美丽的金达莱吗？我多想跟你们一起回去，让我长眠在那里吧，就像回到家一样。

9

春天来了，满山遍野的金达莱开了。

贞英挽着中民的胳膊漫步在万紫千红的山坡上，他们一路走着，一路轻轻地哼唱。有几只金丝雀从远处的白桦林里飞过来，绕着他们翩翩起舞。花丛中起起落落的粉蝶搅乱了明媚的阳光。

贞英和中民的手里撷满了最美的金达莱，他们一朵朵敬献在银珠姐姐的墓碑上。他们每天都会来到这里，两个人手拉手静静地坐在银珠姐姐的身旁。他们陪着银珠姐姐说话，让她不会感觉到孤单寂寞，就像是回到家里一样。

最后，他们会叫醒了姐姐，三个人一起把那首情歌一唱再唱——

阿里郎，阿里郎，阿拉里哟，
我的郎君翻山越岭路途遥远，
今宵离别后何时能回来，
请你留下你的诺言我好等待，
阿里郎，阿里郎，阿拉里哟，
阿里郎，阿里郎，阿拉里哟，
阿里郎，阿里郎，阿拉里哟……

我们爱过，也失去过

1

CT室的门半开了，在一团糟乱中他隐约听到医生在传唤妻子的名字。

整整一个上午，他和妻子挤在这狭小的候诊厅里。到处是污浊不堪的空气，满眼里阴云密布的愁容，他透不过气来，快要窒息而死。这是一家省内最知名的肿瘤医院，在这里候诊的患者几乎都是不治之症，在这里陪护的家属都是悲痛欲绝的心情。他时不时趁妻子不注意，偷偷望她两眼，心里在暗暗祈祷，但愿还不是太晚，毕竟她才四十六岁，生命的路还有很长。

3号CT室是强化造影，是专门来帮助医生做出病程的判断，癌细胞发展到了什么程度，有没有转移，还有没有手术治疗的可能。他知道，这一次将妻子推进屋去，如同是把她推上了宣判席，是生是死就在那轻飘飘的一张纸。只是他不忍说明，这样严酷的现实他根本找不到合适的语言来向她表达。

他说，等在这里，一会儿我回来叫你。他将水瓶递到妻子的手上，一个人向CT室的门口小跑过去。

门敞开了，上一位检查的患者坐在轮椅上推了出来。推轮椅的女子稍稍地一抬头，那阴郁的目光正与他幽然相对。就在这一刹那，他怦然心动，怔在了这一束摄人的目光中。

是她？真的是她吗？在这个生与死的门槛，他和她再次相逢。

2

那个冬天雪来得早些，冷透了小小的县城。坐在阴暗的教室里，衣衫单薄的他瑟瑟发抖，根本无心听老师讲课。他望着窗外枯枝上起起落落的麻雀，心里默默地问，小麻雀，你告诉我，春天还有多远？

春天没有来，老师的粉笔头狠狠地落在了他的脑门儿上。他一个激灵醒过味来，便看到老师伸手向门外一指，他只能乖乖地走出了教室。对于一个怕冷的孩子来说，让他在寒风中思考自己的前程才会产生最可靠的动力。隔着玻璃，他看到教室后排的同学向他做着鬼脸，用手挡着嘴巴发出夸张的坏笑。他感到风更猖獗了，如刀子一般割着他的头皮。他无奈地扭回了脸，心里重回教室的希望像墙角处的那群麻雀，倏地从眼前飞走了。

一群麻雀咋会同时飞走呢？他正在纳闷，却见班主任伸腿转了过来。他真够倒霉的，如果赶上班主任心情不好，没准下一节课还要继续罚站。就在他失望至极的时候，从墙角那边又转出来一个鲜亮的女孩儿。莲花瓣似的黑皮靴，浅灰色的微型喇叭裤，翠绿色三紧短棉服，小鹿纯子式样的短发。女孩儿的手上捧着几本书，与班主任隔了三步远，不紧也不慢地向着他走了过来。

忽然他觉得自己比教室里那个嘲笑他的坏子小幸运多了，因为是他先看到了这个明媚如春的女孩儿。她成了他的前桌。他又在心里暗自庆幸，他是离她最近的男生。

那年她十八岁，读高中二年级，从省城转学回到老家，远离父母孤身一个人来读书学习。这所高中虽然基础条件不好，但比起省城的高中来教育质量高出很多，年年都有好多学生考取本专科的大学。第一次月考成绩出来，她居然排在了倒数第四名。她原本在省城里是成绩优秀的好学生，没有经受过这样的打击。坐在一群衣着土气的女生中间，她平生第一次生出了不共人言的自卑。她没有亲人，也没有朋友，看看身边，这个以成败论英雄的战场，处处杀气腾腾，她不可能会得到别人的援助。下午课外活动的时候，她一个人悄悄地跑到西操场外的小河边，盯着水面上沉默的夕阳，禁不住泪落如雨。

她没有去吃晚饭，而是选择一个人回到了教室。她刚坐下来，就发现自己的笔记本里夹上了一张纸条，上写着一句原本在她看来俗得不能再俗的诗：冬天来了，春天还会远吗？可是在这个寂静的教室里，这个无人关怀的冬日黄昏，她却莫名地感动了。她知道还有一个人在关注着她，在她无助的时候伸出了一只手。

羞涩的心中，她仔细地寻找着，揣度着，这个人会是谁呢？

3

她对他的好感来自于那次月经地不期而至。

那是一个秋雨绵绵的下午，或许是连日来的阴冷天气，还有几个多月来的营养不良，再加上她的学习压力过大，反正离她正常的经期还有五六天的时候，就在那天下午倒数第二节的课堂上，她忽然感到小腹里一阵疼痛。继而她捕捉到了那一股温热的液体一点点流出了她的体外，又一点点透过内衣，渗出了浅灰色的喇叭裤。

她的脸颊燥热起来，因为她闻到了空气中异样的气味。她木然地望向老师，在讲台上像是吊线木偶，重复着机械而蹩脚的表演。她满脑子里都是月经，在她眼前洪水一样泛滥。她发现同学们都像站在红色河岸上对她进行围观，而她变成了血河中奄奄一息的那条鱼。她手足无措，把头低到手臂上来，偷偷地观察身下的状况。

她吸了一口凉气，因为在她的凳子上，她看到了一滴坚锐刺目的红色。

同学们陆陆续续地离开了教室，在飘飘洒洒的小雨中准备去吃饭了。可是她像是粘在了座位上，对铃声不闻不问，仿佛学习到了入定的状态。只是她的心里并非如此，如同无数条花心的蕊，触觉伸展到了教室的每一个角落。她在细细地捕捉着一丝一毫的动静，似一只出洞觅食的小老鼠，机灵而警惕。

她听到窗外饭勺敲盆的声音了，她知道教室里前排还剩下最后一位同学。如果今天足够幸运的话，她还能有时间趁同学们打饭之机，回到宿舍好好地整理自己。就在她犹豫的时候，那位同学终于站起来伸着懒腰走了出去。她如释重负，从书本里抬起来头来，长长地吁了一口气。她赶紧地从抽屉里撕下几张白纸，回过身来把凳子上的经血擦去。

就在此时，她怔然看到了他。坐在她的身后窥探，她的秘密一览无遗。那一刻她忘记了呼吸，她的尴尬能令她立刻死去。她怎么会忽略了身后的这个人，这个坏蛋藏在她的身后，竟然同她一样没有发出任何声息。她记起了转学来时的情景，是他在教室外面罚站，果然他是一个不折不扣的坏蛋。

坏蛋什么也没说，只是从桌屉里抽出了一件雨衣，轻轻地放在她的手上，一个人跑出教室，跑进了淅淅沥沥的雨里。

她将雨衣裹在身上，遮住了裤子上的血迹。她从从容容地穿过校园，心中升起了一股异样的温暖。原来这个坏蛋早就知道了发生在她身上的一切，他不声不响地等在座位上，只是为了在无人看到的时候递给她遮羞的雨衣。

4

那年的新年晚会，班主任点名要她作主持人。因为她来自省城，说着最标准的普通话。她没有推辞大大方方地站出来，像是电视里的明星。她的声音在他听来是那样的悦耳动人，仿佛天上的云雀。她很好地将同学们调动起来，平日里最沉默寡言的女生也在她的鼓励下唱起了歌。她还不失时机地将矛头对准了古板的班主任，让暮气沉沉的老师在那样一个辞旧迎新的舞台上焕发了难得一见的青春。那是他亲身经历过的最好的晚会了，他躲在角落里不停笑着，眼睛里全都是她的身影，耳朵里全都是她的声音，心眼里全都是她的美丽。就是在晚会某个平凡的瞬间，他的心里突然想到，我要发奋学习，我要考取省里最好的大学，我要配得上她，我要赢得她的爱情。

晚会不知不觉接近了尾声，忽然班主任提议说，咱们的主持人还没有表演节目呢？我们怎么能饶了她？同学们全都站起来拍打着课桌，制造出山呼海啸般的欢乐浪潮。她微微笑着，待教室里安静下来，她说，我出一道题，如果有人答对，我就为你们唱首歌。

同学们屏住气息听她的提问，生怕错过了某个关键的字眼，错过听她唱歌这个千载难逢的良机。她问，冬天来了，春天还会远吗？这句诗的作者是雪莱还是拜伦？在那个精神枯竭的年代，在那个闭塞落后的县城，还真没有人知道这句诗，更不消说听到过外国诗人。同学们一时语塞，都把目光投向了班主任。

这时，他站了起来。他说，是雪莱，是《西风颂》里的一句。接下来他用家乡话满怀深情地背诵了整首诗。教室里响起了掌声，她也情不自禁地拍起了手。因为她找到了，那个真正关心她的人。

掌声渐渐落下来，她的歌声缓缓响起来——

> 我们在回忆，回忆那过去，
> 在冬天的山巅，露出春的生机。
> 我们的故事，故事多甜蜜，
> 在春天的好时光，留在我们心里。
> 啊，啊，这就是春天的美丽……

5

因为这一首歌，他更加深情地爱上了她。无人的时候他总是憧憬着，他和她，只有他们两个人，多年后的一天，一起走上冬日的山巅，一起去寻找春天的生机，一起去重温这美好的故事。他懂得，如果想实现心中这美好的憧憬，他必须努力再努力，必须考入理想的大学。于是他只能将爱埋在心底，在深夜无眠的时候把这首歌轻轻唱起。

一年后，他得偿所愿，来到省城的知名大学里报到。而她在高考后就返回了省城，与同学们失去了联系。高楼林立，街道纵横，他明知她栖身在此，可是他到哪里寻觅？只是每每想到，他和她已经生活在了同一座城市，心里就氤氲着说不出的甜蜜。他相信，只要他还爱着她，他就能发现她，找到她，陪着她去登上冬日的山巅。

果然，在寒假组织的同学聚会上，酒过三巡之后，他故意把话题引到了那次联欢会上。同学们怀旧情绪突然爆发了，几乎每个人都在回忆她唱的最后那首歌。他停了手中的酒杯，从班主任的描述中记住了她的消息——她没能考取大学，选择了在省城的高中复读，她的父亲是省公安厅的处长，她的家就在槐底路公安厅大院里。

开学后的每个星期天，他都会去槐北路上寻找省公安厅，为此他还专门买了一辆旧自行车。清晨吃过早饭就出发，然后沿着槐底路一直向西。午饭就在街边的小食摊上解决，到了黄昏的时候他才会掉转车头。他本可以向路人询问，但是他不愿意，他不想透露自己的秘密，更不想在寻找她的途中走了捷径，慢怠了自己对她这一颗虔诚的心。

第四个星期天的时候，他终于站在了省公安厅的大门前。他试着走进门去，却被躲在门后的士兵拦了下来。他是一位不速之客，只好不情愿地报上了她的姓名，只到不得已又搬出了她爸爸这个救兵，士兵的脸色这才稍稍缓和了些。士兵指给他说，你应该去家属院，走到前面那个路灯杆就行。

他对那位年轻的士兵感激不尽，仿佛前面那个路灯杆下，她早已站在那里，等他。

6

两天后，妻子的CT结果出来了，手术已没必要，只能选择保守性化疗。他读着医生的宣判书，心中感到十分内疚。作为丈夫，在等待结果的两天时间里，他的心反而飞回了校园，在关于她的回忆里徘徊。

在这家知名的医院里，几乎时时处处都能遇到躲开亲人痛哭的家属，泪湿的眼，声嘶力竭的喊，捶足顿胸的恸，万般无奈地熬煎，他都见过了，麻木了。他真得哭不出，尽管他知道妻子的生命时日无多。他不想逼迫自己，他倒想着看看妻子还有什么未了的心愿，也许他可以帮她实现。

妻子说，天气预报说了，明天小雪，你注意到病房楼后面的花园了吗？在小山上有几株腊梅，也许会开呢。

第二天果然雪花飞舞，他想着妻子的欢喜，便来到小山上折梅花。可是在树下，在含苞待放的腊梅花里，她等在那里，就像是在等他。

这么多年过去了，她依然有着超凡脱俗的美，比雪花白，比梅花香。

她和他竟然没有一句寒喧，没有像久别重逢的老同学那样互问长短，原来两个人都分别住进了对方的心里，他们天天相见，分外熟悉，这些年根本没有分离。他们来到山背面的小亭里，看纷飞的雪花一片片漂白了他们的心事。她的丈夫是手术两年后复发转移，根据医生的判断，生命以半年为期。她的声音里好似没有痛苦，也听不到什么希冀。

他将一枝梅花递到她的手上，自己又为妻子折了一枝。然后他们就在小亭里坐着，什么也不曾说。

7

他没有提起二十年前的那次寻找。他站在那根高高的路灯杆下，望着家属院里高楼林立。他猜想家家户户都是铺着柔软的地毯吧，都有着叮咚作响的门铃。他想象着她闪身为他开门，身穿着温馨的家居服，他站在门外向里张望，看到了宽敞的客厅，高档的家具，茶几上果篮里盛满的时鲜水果，自己叫不出名字的鲜花和绿植。她家的保姆从厨房里走出来，腰上扎着绣花的围裙，手里端着银质的餐具。她笑着说，是你，怎么是你？快进来啊！他多想接受她的邀请，一脚踏进门去和她拥抱在一起。可是他的脚躲在鞋窠里一动再动，却没有脱掉的勇气。他清楚地知道自己袜子有几个洞，他的贫穷和寒酸不是一双廉价的皮鞋就能掩盖过去。所以他只是站在家属院门口向里张望，等到头顶上路灯惊醒了他的幻梦。

她没有提起二十年前写下的日记。她明明记得全班只有他考入了省城的大学，为什么暑假开学了也没有他的消息。她复读的高中就在那所大学的附近，好多次她都有了闯进校园去找他的冲动，可是她根本不知道他是什么专业什么系。她一个女孩子，怎好意思拐弯抹角地到处打听，她更不好意思向老师问起。这些矛盾的心思她都细细密密地写进了日记。写得那么缜密细腻，仿佛她确信有一天他会读到这些词句，会听她含羞解释。课堂上老师讲过每一篇课文几乎都能将她的记忆勾回偏远的小城，记忆中他的一举一动都和她书本上留下的记号密要相关，他是她一切问题的谜底。她的成绩可想而知，她再一次丢掉了大学的录取通知书，一年复读只收获了这本写满回忆的日记。

病房楼里的灯光次第亮了。听着雪花落地的声音，他心中忽然记起了年少时的憧憬——在冬日的山巅，只有他和她，去寻找春的生机。这不正是今天的情景吗？此时此刻，雪花是他的诉说，梅花亦是他的诉说，还有那一首携着温暖和希望的老歌……

> 我们的故事，故事多甜蜜，
> 在春天的好时光，留在我们心里。
> 我们慢慢说着过去，微风吹过冬的寒意，
> 我们眼里的春天，有一种神奇。
> 一遍一遍深情回忆，春天带来真诚友谊，
> 我们眼里的春天，有一种神奇……

你还记得当年那个女生吗

1

第一眼见到她，仿佛在暮色苍茫之中，有一轮明月升起，华美而清亮。他的心里说不出是什么感觉，只是欢喜，欢喜得像个双手捧满糖果的孩子。

在这座远离战火的偏僻小城，他的心中还隐隐约约藏着一个桃花源的美梦。这种欢喜的感觉原本深藏在美梦之中，在不为人知的夜里，在逃开世俗的背后，他才敢一个人带着苦涩和委屈细细品尝。他以为，这个秘密一辈子也不会泄露。可是，她，十九岁的她，一袭嫩黄的连衣裙，无声地跨进门来，似一道摄人的月光，令他的心猝不及防，顷刻间暴露无遗。

他刚参加工作一年，在教育处担任文艺干事。这是他迎来的学校里第一台迎春晚会，因为校长邀请了县长参加，所以学校较往年更为重视。从策划到筹备，他重任在肩事无巨细。为了保证演出效果，他当仁不让出任男主持。

而女主持正是她。她的手上拿着他撰写的晚会主持词。“老师，我来和你对对台词。”她的声音柔软宛转，像一只柳叶间的黄鹂。

接下来的半个月时间，他和她常在一起，彩排走台，有事没事总是形影不离。触碰到他温暖的目光，只是一眼，她便深陷其中。那熠熠的眼神，成为初春里照耀她心头的一抹暖阳。还有他翩然的风采，磁性的嗓音，都令她沉沦着迷不已。

谦谦君子，窈窕淑女。那一台珠连璧合、精彩绝伦的晚会，见证了他们两情相悦的开始。

2

他心中那无可名状的委屈，皆是来源于一个粗俗卑微、扁脸宽臀的乡下女人，他无奈之下迎娶进门的发妻。

他的父亲是挑担吆喝、走街串巷的小货郎，为人诚实，童叟无欺。因为不定期地为邻村的杂货店送货，便与店主相好结成了拜把子兄弟。过年过节，送往迎来，两家人便熟稔起来。一次酒酣耳热之际，两家孩子一儿一女便订下了娃娃亲。他自小聪颖好学，人也俊朗伶俐。只是自从日本兵占领了交通要道，他父亲的货担便长期短货，再者四处叫卖也太危险，他的家道一天天衰败下去，竟至要荒废了他的学业，急得父亲一病不起。倒是岳父得知消息，差人送来银两救急，一是供他读书考学，二是保他家生活无虞。就是这样，他从偏远的乡村一步步考入到大学里去。毕业那年，他奉父母之命，早早成婚。也只是到了花轿抬进门来，他才第一次见到自己的新娘——性格木讷，大字不识，身板粗壮，能旺夫生子，是持家过日子的能手。他是孝子，又受人恩惠。于是双方父母满意，他便满意。

婚后，他谎说工作需要匆匆赶回城里。平时没有特殊情况，他都是吃住在校，很少回家。偶尔有事回来，两个人也没有话语。可他看到，他的女人把家里家外收拾得妥帖安稳，老人对她也无可挑剔。鸡鸭成群，猪羊满圈，庄稼也打理得有模有样。在父母和乡亲们眼里，这是他家几辈子修来的福气。他是自小吃人救济的穷小子，原应该没有什么不满意，只是在他一个人的时候，便觉得满心里委屈。他知道，就算他不动这个女人一根手指，他也只能把日子将就下去。永远就这样死水一潭，没有涟漪。

可是她闯了进来，令他躲避不及。炮火一天天逼近了小城，人们在硝烟的笼罩之下，都生出了拼死而活的勇气。他开始动摇了，他想挣脱那一潭死水。他日夜拷问自己，我还有求爱的权利吗？

3

毕业季来临了。

她对他展开了最后的攻势。她把自己浅紫色的毛衣拆了，一针一线织成了他的手套和围巾。她从家里偷来了雪莱和普希金的诗选，他们共同朗读着《简爱》里的名句。她在家里专门为他烧制了雪菜银鱼，又配好了上等的法国葡萄美酒。她将闺房里的吉他抱进他的宿舍里来，坐在他的床铺上一起饮酒赋诗，弹琴唱歌。她晚上与他在校园的小河边约会，依偎在他宽厚暖贴的怀里数星星看月亮。

他投降了，心被她一点点俘获。在她的呼吸里，世界上每一寸空气都那么香甜无比。

他们相爱了。她吻他光滑的额角，她许诺他一生厮守，不离不弃。

她毕业离校的时候，他也搬离了单身宿舍，与她在城里租房，过起了欢天喜地的夫妻生活。在那个年代，一个男人本可以拥有三妻四妾，这是十分正常的事。可他偏不这样想，他从来就不认同那样的婚姻方式。他是一个凡事追求完美的人，要么爱，深爱，要么不爱，那就离开。

他爱她，他不要人与她分割，他要把整个人整颗心全部交给她，这样才不会辜负她的情义。他与她告别，他要去乡下与发妻厘清关系。那个清晨，阳光从门缝里射进来。他信心十足地站在她的面前，由着她将他颈上紫色的围巾绕过肩头。

在她含情脉脉的目光中，他轻快地转身出门，向小巷深处走去。

4

乡下女人吃惊地望着他紫色的围巾，结婚这些年来，他从来在这个死气沉沉的家里没有焕发出一点色彩。女人以为他或许是在回心转意，便羞低了头匆匆跑出屋外，一个人在院子里切猪草。可是两只耳朵却像是长在他的脚上，听着他一步步走到近前来，枯死的心里复活般狂跳不止。脸渐渐地红了，每根汗毛都微微地发痒。

他犹豫再三，还是说出了他和她的事。最后他斩钉截铁地说："咱们离婚吧，我不该再耽误你，你一定会找到一个喜欢你的人。"

女人始终低着头，一句话也没说，切猪草的手上也没有停顿。他无法判断女人是否听懂了他的话，还是女人根本就没有听。在女人的沉默面前，他变成了一片无足轻重的羽毛。他忽然感到自己成了忘恩负义、以怨报德的小人。他令自己无地自容，像个没有归宿的逃兵。

他逃离的身影还没有走出村头西行的大道，就被父亲派来的追兵捕获。当面第一句话在他听来犹如晴天劈雳，在他的头顶狂轰乱炸，他的爱情自此无法复原——上吊了！

那个可怜的女人用一根麻绳把性命和对婚姻的保卫捆绑在了一起。

5

他的父亲和岳父一起从乡公所告起，长长的状子投到县衙里去。说他是喜新厌旧、嫌贫爱富的陈世美；骂她是水性扬花、勾引人夫的狐狸精。也是在父亲的骂声里，他才晓得她的父亲竟然是堂堂的一县之长，是那位坐在台下静静欣赏他们迎春晚会的洋派绅士。

他暗暗地想，怪不得她把雪菜烧小鱼烧得那样美味精致，怪不得她把吉他弹得那样动听迷人，怪不得她能拿到那些外国人写的诗和小说。原来她有着这样高贵的出身，可是她竟然爱上了我这样的穷小子，不惜从家里搬出来与我吃罪受苦，从来不摆小姐的架子，她的爱比自己领略的还要深吧。

正值他守在乡下处理妻子丧事的时候，一夜枪声紧迫，县城解放了。

当他回到城里的租住房门前，一把锁横在那里，她像一粒掉进沙砾的尘土，转瞬间，消失得无影无踪。他离婚的事早已闹得满城风雨，他成了尽人皆知的陈世美。

关于她消失的几种传说他都在心里翻来覆去地想过，他坚信她不会爱上别人，她的离开只与这场战争有关。在无数的夜里，他都梦到她乘上了一列开往春天的火车。他的视线紧紧追逐着，那嫩黄色的背影一点点消失在车厢的深处。关于他的命运，他更愿相信这一切都是上天对他的报应。让他为了得到一切，结果却是一无所有。

小城的人对他更是幸灾乐祸，当面唾弃他，他成了小城人民的公敌。

6

十年之后，他方才遇到一个外乡的女人，不介意他的过往，愿意和他一起过日子。就冲这一点，一颗孤苦凄凉的心又生出些许暖意，他对妻子终生感激。

很快，他有了女儿。隔两年，又有了一个儿子。小城里对他的非议渐渐地少了，没有了。他终于过上了正常人的生活。他明白，这一切都得益于他老实忠厚、乐于助人的妻。“文革”时，有人把他当年的事情翻出来，揭露他爱过国民党高官家的阔小姐，想借此整治他，甚至发动他的妻子揭发他的丑陋。那个年代一日之间夫妻反目，兄弟成仇，再寻常不过。可是无论那些人如何威逼利诱，他的妻硬是没从嘴里说出他的半个“不”字。正是他的妻，保佑他躲过了十年浩劫。

十年，二十年，女儿大了，工作了，出嫁了，嫁了个不错的人家。儿子也长大成人了，到外地读了大学找到了薪水丰厚的职业。

小小的屋檐下，他和妻在烟火里厮守，华发渐生。年轻时那一场痛彻心扉的爱情，有时会随着一阵风，偶尔飘过他的脑际。他稍稍一怔，竟怀疑是别人的故事。还有那位女生的面容，他更是记不起了。

梦里也是如此，依稀得难辨真假。他笑笑，无奈地，又摇摇头，不知从何说起。

7

那一日，他到街上去为妻子订一个生日蛋糕。他记得很清楚，那是妻子六十八岁的生日。妻小他两岁。

隔着街上喧嚣的人群，一位华贵的妇人径直来到他的面前。颤抖着问他：“你可认得我吗？”

那声音轻柔宛转，像柳叶一样软。在最沉的记忆里，是多么似曾相识。可是眼前人，他却不认识。

妇人泪珠纷乱，缤纷如雨。双唇颤抖着再问：“你还记得当年那个女学生吗？”

只这一问，记忆的闸门轰然而开，瞬间将他兜头淹没。春天的阳光，嫩黄的长裙，紫色的围巾，长长的里巷，含情脉脉的眼神。他以为自己早已遗忘，不料想轻轻一触，往昔便如柳絮，满山遍野，铺天盖地。

他与她相隔咫尺，中间的光阴似一列火车，呼啸而过，永不回头。

8

电话里，远在大洋彼岸的儿子告诉他，她走了。来大陆寻他时，她已是身患绝症。儿子说，妈妈心里只有一个他，为了他，孤身等了一辈子。妈妈当年跟着姥爷从大陆退居台湾，原只是避避风头，根本没想到被一条海峡隔成了牛郎织女，她一直后悔，没有来得及把怀孕的事告诉你。她为了晚年能和你在一起，她可以不要任何名分，只要一幢房子，哪怕是傍着你住下，日日相见，便日日心安。如果有可能，她当然愿意和你一起去美国，一家三口人亲亲热热在一起。

他想起街上一遇，手中提着妻子的生日蛋糕。他的心被绞成了一片一片，望着妆容整齐的她，望着她身边挺拔俊秀的儿子，他多么想说，“好啊，我不会再让你等，我愿和你们一起去。”可是他不能说，他晃晃手中的蛋糕，他家有老妻。

她说：“都怨我，我不能怪你。你回家之后，半月没有消息。战火烧到了城池，我跟着父亲撤走，只想保护肚子里的孩子。现在想想也好，幸亏我没来得及留下只言片语，不然会误了你一辈子。”

而她的一辈子又是怎么过来的？他不敢想，在那样美的花样年华被突兀地横切了一刀，最后都没能复合，该是怎样地痛彻心扉。这份痛，仿佛只有他一个人才能体会。可是这个时刻，她已经走了。

挂断电话，他的泪水滑过鼻翼，暗凉入夜风里。纱窗上，月色朦胧。

他恍惚看到，尘封的岁月后面，光阴列车一节节远去，透过暗昧的车窗玻璃，有她窈窕的身影，嫩黄的衣衫，莞尔一笑，深情不语。

第二章 痴痴地守着呆呆的你

他——

他真——

他真的——

他真的回家来了？

这个消息，她不是不敢相信，她只是被这几个字轻而易举就击溃了。

痴痴地守着呆呆的你

1

他——

他真——

他真的——

他真的回家来了？

这个消息，她不是不敢相信，她只是被这几个字轻而易举地击溃了。

她的心瞬间被洞穿了无数个弹孔，那鲜红的血就在她的眼前如注如瀑，顷刻之间她的整个人都空虚得小了，没了，仿佛她的生命根本就不曾存在过。

五十年啊，她到底是在用青春和生命切断他回来的路，还是用痴情和守候铺就他回来的路，连她自己在心中都分辨不清了。那一刻，她两眼干涸，一屁股坐在当屋里，怔怔地张着一张嘴，仿佛要把这横亘在命运里的光阴吞它个一干二净。

在她苍凉的目光里，有一条幽暗深长的小胡同若隐若现。在那幽秘的背景里，他抱着书包走出来，她跟在后面腆腆地送出来，一前一后，两个人缓缓走进阳光里。他回过头来向她笑着招手，她抿着含笑的樱桃小口，脉脉地望着情窦初开的男人。一片红霞飞上了她的脸颊，那是一个多么令人留恋的早晨。

他只有十六岁。他从学堂里和几位同学一起出发时，没有回家见她最后一面，更不用说给她一个郑重其事的告别、一个与子偕老的承诺。

2

得到他离家的消息时，她离预产期还有一个月，肚子撅出去老远了。

她的母亲来看望她，守在她的炕头儿上惴惴不安地说，闺女呀，你哪能这么糊涂啊，男人放出去就很难收回来了。你肚子里若是个男娃，你还有的活，若是生个女娃出来，你这一辈子差不多就看到头儿了。说完了，母亲一个劲地唉声叹气。

她听不进母亲的话，她偏不信这个邪。她赌气说，他才不会那样呢。那一年，她只有十八岁，模样俊俏，浑身上下嫩得像一根儿水仙花。

母亲用可怜的目光望着她，不再言语了。其实她的心里是极为自信的，不为别的，只因为每到晚间男人对她的厮守和依赖。

她揽过一面镜子来照看着自己。掠过满头的银丝，仿佛在她的肩头上闪出了他的一张脸，浓浓的眉毛，挺直的鼻梁，不厚不薄的嘴唇，一笑，露出了白而整齐的牙齿。她将头轻轻地依靠上去，就闻到了那股淡淡的胰子香味。真好闻，有文化的人都是这样整洁干净的味道吧。

今天，她忽然闻到村街上满是香胰子的味道，如洪水滔天而至。她竟然无法挣扎上岸，她多么笨，多么傻。

3

当她在土炕上做着垂死生产的时候，她的脑海里浮现的只有他。她晓得她是在进行一场战斗，一场保卫他的战斗，一场没有增援的战斗，胜负全系于她一身。她紧紧攥着双拳，死死地咬住了嘴唇，她在积攒全身的力量，每在爆发的时候，便对着头顶上透窗而过的日头竭尽全力地呼喊着他的名字。

她希望他能够听见，她希望他能够知道她为他付出了多么多。可是在她感觉几乎是撕心裂肺的呼喊，身边的产婆还在不依不饶地为她打气，使劲啊，你得使劲儿，喘大气，用力，来，用力——

恍惚中她记起了他离家前的某个夜晚，他调皮似地问她，姐啊，我要是去参军的话……

她的心里一直盼望着他长大长出息。他在学堂里是人见人夸的好学生，若是憋屈在家里岂不是白白浪费了知识，毁了前途太可惜呀。所以她不及他说完话，就毫不犹豫地回答说，你放心走吧，我一个人能行。

可是当听到他同学的家里人告诉她，他已经出走了，她的心里还是空落落地痛。现在不正是考验她的时候吗？她哪里能轻易放弃呢？孩子是他的命根啊，无论如何我得渡过这一关，等他回来好好地向他表白。

果真是个女娃，公爹整天虎着脸，大姑姐在一旁跟婆婆咬耳朵嚼舌根。孩子哭了没人照管，公爹在上房屋里嫌吵嫌闹骂大街。第五天，她勉强支撑着起来哄孩子，下炕来为自己做一点吃喝。她撩开薄薄的门帘一看，女儿的屎尿褯子扔了一地，散发着难闻的秽味。她哽咽着拾进盆里，在冰冷的水中一洗再洗。

每当她的手关节疼痛欲裂的时候，她都在想，我要挺过去，老天爷总会给我那么一天，让我当面问问他，你怎么舍得丢下我一个人受苦受难啊。

4

三年后，她收到了他从部队上写来的第一封信，他邀请她带着女儿到部队去团聚。她欣喜若狂地收拾着行装，把他落在家里的衣裳晒暖包好，将他爱看的几本厚书一一带上……

恰在此时，她父亲的问题被揭发出来了，日伪期间做过村里的保长，给鬼子派过丁缴过粮。当时的解放区里左倾得厉害，这可是个要人命的大事。她抱起孩子回了娘家，面对调查问题的领导，以她的丈夫是革命军人的名义为父亲担保，请求革命政府从轻处罚。

她哪里知道，他因为有文化有知识，在部队升职很快。如果能再提拔一级，她就可以带上孩子随军了，那不正是她梦寐以求的生活吗？正是由于她的担保，他的任命在最后审查时被撤了下来。首长找他谈话时隐约告诉他，身背着这样不清不白的历史，他的前途只会到此为止了。

就在他苦恼纠结的时候，家中父母来信了。除了批判她的家庭之外，还状告了她的诸多不是。在那些东拼西凑的只言片语中，她成了一个不懂孝道不守妇道的无耻女人。他正处在意气风发的年龄，哪里受得了这些不明不白的打击。于是在一个雨骤风狂的夜里，他在赴了首长家宴之后，血脉贲张，伏案疾书，为她写去了离家后的第二封信——离婚书。

在她接到信的那一日，她父亲被无情地正法了。那天夜里，耳边回响着爆炸似的枪声，她紧紧搂着女儿没合一下眼。天塌了，为何还有那满窗的料峭寒星？地陷了，为何偏留这一院如水的月光？

5

她想到了死。

她翻出第一封信中他寄来的照片。他英俊挺拔，个子蹿起了一大块，肩膀宽宽的，胸膛厚厚的，目光炯炯地望着她。在她即将告别的这个世界上，若说她还有什么留恋，那就是他这个厚实的胸膛了。她多么想在这个孤苦无依的时候，他能让她躲在那里，哪怕暂时靠上一靠，缓一缓这口气啊。可是没有，他不但连个影子都没有，而且将她的念想也死死地掐断了。

她系一条绳子到梁上，人正要站到窗台上去，熟睡的女儿醒了，平时乖巧的女儿突兀地大哭起来，两只小手高高地向着她举着。那哭声一下攫住了她的魂，她忽然醒悟过来，把女儿的两只手紧紧地贴在泪湿的脸上，再也不愿挪开。

我还有女儿啊，我和他的女儿啊，他能抛下我，还能一辈子不管女儿吗？说不定哪天形势雨过天晴，他回心转意了，他就会回来。我不能干傻事啦，我要活着，活着等他回来。我倒要亲眼看看他这一颗心，到底是个什么颜色？

她本可以不同意离婚，这是母亲教给她的拖延战术。可她在婆婆咒骂的话语里，偏偏只记牢了那一句。你不同意离，你不等于害死他吗？你是什么人？汉奸的闺女，谁跟你扯上关系，谁倒了血霉，祖宗八辈都甭想翻过这个身！

对呀，我到底是爱他还是害他呢？爱他，就要能够为他舍弃一切！

6

法院缺席判决了。他没有回来，她见上一面的梦想破灭了。为了孩子的前途，她主动提出来不要孩子，她自私地想，孩子有一个军官爸爸，长大了会谋个好前程吧。

她一个人孤零零地回到屋里来，一件一件收拾着自己的物什。她明白，只要是夹上包袱一走出这个家门，她就不会再踏进半步。她那可怜的女儿哟，如果受人虐待可要怎么办？就在这短短的半日里，她忽然做出了一个疯狂的决定。她卷起包袱向胡同深处走去，径直走进了铡掉右手的光棍家里。她将包裹往那烟熏火燎的土炕上一扔，斩钉截铁地说，我要跟你过日子，我要守着我闺女，不被别人欺负，你愿意不愿意？

她的下嫁令他的家里人都感到万分吃惊，他们想不到，仅仅是为了保护女儿，她能做出这样彻底的牺牲。没有人明白，其实她还有一个陈旧的观念，我在这里，那个负心的人何时有脸回他这个家？

当那个残疾男人扑压在她的身上，疯狂地蹂躏她身体的时候，泪眼中她想到的还是他。她厌恶地将头偏到一边去，她害怕那一股浓浓的酒气破坏了她的想象，将她无情地捆绑到现实中来。那个时候他还小，小得什么都似懂非懂，他又是那么羞涩，被她一身玉白的皮肤吓得目瞪口呆。她搂紧了他，像哺乳儿子一样将他的脸掩进燃烧的胸脯里面。

她学会了吸烟。无数个夜里，当残疾男人发泄过去。她翻身起来，两眼迷茫地盯着黑夜，穿过袅袅升腾的烟岚，一遍一遍在诘问着自己，我过得这样苦这样难，他真的回来时看到会不会为了我心疼一点？

7

关于他的消息，有一些是她无意听来的，有一些是故意传到她耳朵里的。他与她离婚后，很快与首长的漂亮女儿结了婚，而他的任命最终还是通过了。首长的女儿自然是城里人，能唱会跳，能写会算，比乡下人不知强了百倍千倍万倍，跟他那是郎才女貌，要多般配有多般配，真是天作的一双，地设的一对。

也正是因为他的再婚，她的女儿在那个家庭里越来越成了一个讨人厌嫌的多余人。

看着女儿受不够叔伯的欺辱，为了打官司要回孩子，她开始向残疾男人妥协，答应怀孕生子。结果在要回女儿之后的五年里，她生下三男一女，身体迅速塌陷下去。拖着病恹恹的身体，她出工下地，挣不下几个可怜的工分，填不饱嗷嗷待哺的几张嘴。残疾男人天天醉在烈性酒里，对日子不闻不问，还偷偷拿走她的首饰换酒或是讨好别的女人。

她麻木到不见不烦不理不论，一门心思地打理身边的几个孩子。她可怜地望着几个酷似残疾男人的孩子，心里在深深地忏悔，简直是在造孽呀，摊上这个家，这样的爹娘，白白来世上受这一遭罪。

当然，也有她觉着解恨的时候。那个军官漂亮的女儿在与他怀孕生孩子时莫名其妙地疯了。后来他才知道这是从母亲那里遗传来的疯胎病。报应啊，报应啊，她咬着后牙根说，仿佛死死咬住的是他的骨头他的筋。

随即她又神色黯淡下来，他也够可怜的，为什么总要他摊上这样那样的倒霉事啊？

8

他随着部队北上南下走远了，最后落脚在哪里她已经不会知道了。但她笃信他会回来，叶落归根嘛。

在这互不干扰的半个世纪里，在这苦苦支撑的陌生生命里，她其实仅仅是为着一个信念活下来——等他回来，向他讨债。因为有了他们共同的女儿，她始终认为自己还保留着这样一个永久的资格。

终于等来了这一天啊！如果这一天早来十年，她会号啕大哭，恨不能哭出来心肝。如果这一天早来一年，她会泪水长流，把委屈在他面前洗刷干净。如果这一天早来一天，她会心潮起伏，将苦难掰开揉碎一点点吞咽。只是这一天不早也不晚，她怔怔地等着发生什么，可是什么都没有出现，只有那光阴之河咆哮而过，她站在岸上，反倒成了麻痹无觉的观潮人。

她不清楚为什么人们都会为她自动让出一条路，穿过这窄窄的人缝，她望到了一辆鸣笛的救护车。她猛然间想起了残疾男人就是被这样的车接走的，男人像是泡在酒里的一枚枣子，缩得不能再小了。他早已没有了强暴她的力气，可她还执着地守着她最初给过的承诺，在解愁的卷烟中不离不弃。那男人像是临终前望了她一眼，是不是感激，已经失去了任何的意义。

他被人从车上搀扶下来，口水涎着，长长地滴在衣领角，眼光里什么都没有，呆呆的成了傻子。他乖乖地相跟着，被亲戚侄子推进老宅荒颓的门内不见了。

她听到人们嘁嘁地议论，老婆疯胎死了，女儿住进疯人院里，当官做什么，有钱又怎样，连自己也老年痴呆了，身边没有一个人，事情做得太绝了，现世现报啊。我们都不来管他，让他也尝尝被抛弃的滋味吧。

这时她的心里隐隐地痛起来，一个声音越来越响，差一点从她口中冲破出来：你们不要这么说他，不要这么说他啊！

9

当年她曾经在心里暗暗发过誓的，如果他不给自己当面认错赔礼，她再进这个门，一定是来抽他的筋扒他的皮的。可是，在人们都呼啸散去之后，她来到了他的门前，手里端着热腾腾的粥饭。

她记得她刚刚跨过了女儿跪在她面前的身体，她根本不知道自己哪儿来的力量，从她女儿的哀求中走出来，来到他的门前。女儿哭着说，娘啊，你忘了，在你最难的时候是他抛弃了你，这是老天在惩罚他，他罪有应得啊。

她平静地说，闺女，千错万错，他是你爸呀。别人怎么说都行，你不能这么说他！

闺女不依不饶，你忘了，是他将你推进了火坑，一辈子受苦受难。他在城里高官厚禄享清福，他有爱咱们没有得到过一点，他的钱咱们没有花销过一分，他的侄子兄弟不管他，为什么你要去摊上这个业？

是啊，为什么呢？这不正是她想要的答案吗？他为何忍心地抛下我一个人啊？他看到我受苦受难会不会难过一点点？他的心到底是什么颜色的啊？她认真地看着女儿，无怨无悔地说，闺女，他离开咱娘俩当初是我也同意的，你哪能全怪他？

这就是她心里的答案吧，她绕过在地上的女儿，坚毅地迈出门去。

10

她举着小勺，将粥饭吹凉了喂他。他笑了，天真地笑。她看到了他白而整齐的牙齿，似有淡淡的胰子香味盈满了她的呼吸。她问他，你还记得吗？我说过的，你走了，我一个人能行。

他乐呵呵地点点头，姐，我怎么把你丢了呢？

她惊诧他还记得她，你认识我还？她的泪流下来，覆盖在心中的雪慢慢在融化。

他一头扎进她的怀里，这苍老的怀抱啊，错失了多少相亲相爱的悲欢离合，而他却是一点印象都不存在了。他可怜兮兮地叫，姐啊，姐啊，姐啊……

她郑重地点头，下巴磕在他的头心上。她已在心底里告诉自己，只要我还活着，那就守着他吧。所有的债，在他是一笔勾销了，讨不回来了。可这又有什么关系呢，仿佛她心里并不曾真的责怪过他。

痴痴的一个，呆呆的一个。相互守着，耳鬓厮磨。

来生，还有来生，他能还我，会有谁来告诉他，我在哪里，我是哪一个，上一世到底欠我有多么多？

你的爱，没有如期归来

1

哪怕是最纯真的爱情，也没人能预知它的结果，是长相厮守，还是陌路天涯。

大学临毕业时，男朋友出人意料地获得了保送读研的指标。我只好一个人根据支教报名来到了吕梁老区。当初和男友之所以选择山西，是因为我非常渴望把我们的音乐创作扎根在最朴实最深厚的民族大地上。我没有听从妈妈的召唤，一毕业就奔赴香港，去过一生她为我安排好的生活。我还要到陕西、云贵、新疆和内蒙古，西藏更是非去不可的地方。那时候我和男朋友憧憬着，一路的蓝天白云，一路的欢歌笑语，那该是神仙才有的日子吧。可眼下只能靠我一个人来完成了。

妈妈的电话追踪了我一路，说到最后几乎成了对我含泪的声讨。你这孩子太不懂妈妈的心了，我为了你，专门跟你姥爷求情，这才同意我从美国来到香港，我还不是为了离你近点吗？还不是为了搬到你身边来，照顾起来方便吗？你可倒好，连招呼都不打，就私自做主去搞什么支教，你太理想主义了，你知道那是什么地方吗？鸟不拉屎，日子太难过了，有你后悔的一天。

我半是调侃半是认真地说，妈，你又没来过，你怎么知道鸟不拉屎？妈妈在电话那端半天没搭话，最后无奈地说，这样吧，你挺不住了，就跟我说，咱就撤回来。我笑了，鼓足勇气说，我听你的，不过我尽力撑住，等我两年支教结束了，香港也回归了，咱就成了一家人了，你来我去都随便。

我可不想到那种鬼地方去。妈妈这才挂断了电话，把我饶了过去。紧接着男友的电话打进来，勉强地问我，你的电话可真够忙的，我的短信你看了吗？

你怎么也像我妈似的，不放心是吗？刚离开就唠叨个没完。你的短信我还没来得及看，有什么事吗？快说。

他支吾了一声，你还是看短信吧。我听出他的身边是有人在步步紧逼。

“既然我们选择了不同的道路，你看我们的关系是不是……”狗屁的省略号，连分手都没有勇气说出来，你还算是男人吗？其实离校前，我也听到了一些闲言碎语，说他被系主任的女儿收买了，不然保送读研的指标怎么会砸到他的头上。我没太当回事，至少他没有表现出任何异常。我坚信我们之间共同走过的一段路，应该抵得上这貌似关乎前途的诱惑吧，更何况我们还有对未来美好的愿景呢？看来我错了。

如果爱情可以标上价码，用来交换你想得到的任何东西，那它还有什么珍藏的意义吗？

2

我选择这个最偏远的学校，有两个原因：其一，我可以把自己藏起来，任何人很难轻易找到；其二，那里民歌小调多，音乐营养最丰富。

教育局派来送我的车真比老牛走得还慢，山里也是一会儿阴一会儿晴的，搞得我晕头转向。可是在山路上，车又不敢停，我只好不断地把头伸出窗外，呕吐不止，得不到一丝喘息的机会。我终于明白了妈妈的良苦用心，也在脑子里把那个留在都市的负心汉骂了千遍万遍。

忽然一道阳光从山石后面闪出来，我仰头望去，但见青青的崖畔上，有位放羊的老倌。更令我想不到的是，他突然鞭子一甩，唱了起来——

桃花开你就红来，

杏花开你就白，

爬山越岭我寻你来呀，

啊格呀呀呔，

……

我正听得入神，司机兴奋地说，快到了。我的眼神一直追随着老汉把羊赶下了草坡，这才顾得上答话。我怎么没看到呢？学校在哪里啊？

小伙子平安地完成了任务，有些如释重负地说，就在草坡的后面啊。

果不其然，峰回路转，我也看见了几间低矮的石屋。在乱石垒起的校门口，一位头发花白的老师领着十来个孩子，站在那里向拐弯处眺望。

等小伙子停稳车，那老师一步跨到跟前来。小伙子高声说，林校长，你的歌唱得越来越好了。

让你见笑了，我是给孩子们送个信儿啊，新老师来了，他们早就等着盼着呢。刚才那位老羊倌显然是刚换好了一件中山装，摇身一变成了我的新领导林校长了。

我打起十二分的精神，把一张灿烂的笑脸投给孩子们。孩子们簇拥着我向坑洼不平的校园里走去。我注意到，林校长从屋里搬出几个麻袋放到局里来的车上，低声嘱咐了几句，然后挥手把小伙子送走了。

林校长手上接过我的行李，对孩子们说，自己玩吧，让方老师歇一会儿。他把我领到宿舍里，半掩了门说，方老师，这山路颠簸得厉害，你哪里吃得消，快休息休息，暖壶里有开水，晚上到我家来吃饭。

我着实有些吃不住了，他出门我连站也没站，直接倒在板床上睡着了。

3

相比林校长，我和他的爱人大芬更快地熟悉起来。我记得那天晚上，她特意为我炒了一盘笨鸡蛋，还把山蘑菇和土豆炖了一盆儿。我晕车没胃口，她却一个劲儿地为我夹菜。为此林校长还委婉地劝阻了她。

时间一长，我发现大芬特别地在意林校长，总想把他看得紧巴巴的，可又怕林校长反感。那种松紧张弛的爱让人摸不着头脑。我暗暗揣恻，这一切根由大概是因为他们至今没生个孩子吧。

一个周末，住校的十几个孩子都回家了，校园里一下平静了许多。本来说好与林校长他们一起吃饭的，可刚到做饭的工夫，大芬说话的嗓门就一声声高了起来。我从窗户里看到林校长无奈地转到校外崖畔上去了。这时，大芬也握着一把铲子哭着到我屋里来。

这都二十多年了，他从来就没有一个心眼跟我过日子哟。大芬一把鼻涕一把泪的，把我当成了唯一倾诉的人了。的确如此，这个院子里只有我们三个人嘛。

我无话可说，只好听下去。那些山蘑菇和药材都是我们一个个从山里挖起来，晾干了，挑出来，准备卖了钱给他治病的。他倒好，偷着运到局里去，全都给孩子们换书本了。我刚说两句，他就拉下脸来走出去，这一招他治了我一辈子了。你说说，小慧，我这还不都是为了他，为了我们这个家吗？他的老胃病拖了快十年了，这个岁数了，还不去根儿，你说我们这个家还有啥奔头啊！

我也有同感，尽管林校长做得没错，可这样一意孤行，毕竟没考虑到家庭的责任嘛。大芬见我没反对她的说法，正想展开进一步的血泪控诉，恰在此时，崖畔上响起了林校长忧郁的歌声——

榆树树你就开花，
圪节节你就多，
你的眼泪比俺多呀，
啊格呀呀呔
……

如果说林校长最初的那一段唱，像阳光一样照亮了我进山的路，那么今天，我从他的歌唱里听出了更多的思念和心与现实生活的隔膜。大芬又像是抓住了有力的证据，眼泪汪汪的，你听听，听听，他的心就是没在我这里啊，他在和谁比眼泪，他心里有个过去的人呢。

我的嘴上劝慰着大芬，心里一直在想，林校长应该是个藏着过去的人吧。

4

与山民接触时间久了，我才知道林校长唱的歌就叫《开花调》，是当地山里非常流行的一种即兴演唱，想到哪里看到什么都可以唱出来。采风中听山民们唱得很多，内容也特别丰富，但最吸引人的还是有关男女情爱的唱段。而他们的演唱都没有林校长唱得深入人心，让听者柔肠百转，肝胆缠绵。

暑假里，林校长让我代表学校去县教育局开表彰会。我问他自己为什么不去，他说家里有地，还要到山上采蘑菇，大芬一个人不行。他又嘱咐我千万不能忘了，把孩子们新学期的课本带回来，还找送我来的小司机就行。我感觉，在林校长心里，除了大芬指责的过去，确实盛的学校学生多一些，但并不是撇清了家里，没有大芬的一丁点位置。大芬之所以那么敏感，可能是与她的期望值差距大了一些吧。

表彰会上与我邻座的老大姐得知我的来历后，主动问起了林校长的情况。我不知从哪里说起，只简单谈谈学校的事。她神秘地说，他两口子还吵闹吗？我有些反感，对她不置可否。她倒没看我的反应，只顾了自己说得高兴——

老林是上海知青，是知青组组长，有好多次返城机会，他都照顾别人了。到最后据说只剩了他和另外一个女知青，那个女的祖辈上是跟着国民党做生意的，出身不好，社会上也没关系，看起来无论如何也不会走在老林的前头，注定要在山里结婚生孩子过一辈子了。不过那个年代，就连山里人也没人敢找这样的对象嘛。真没想到，最后还是那个女的先填表走人了。剩下老林一个人，最后娶了队长家的女儿，就是大芬，窝在山里过了一辈子。大芬是被人休了的，说是不能生育，要不老林还捞不到这根稻草，家也安不好呢。后来队长跑关系，为他办了民办教师，才在那鸟不拉屎的地方熬了个校长。按说老林是应该感谢大芬一家人的，不知道是什么原因，可能确确实实两个人没有共同语言吧，说不定为了什么事就会吵闹一番。这也不能全怪在老林身上，他年轻时琴棋书画、吹拉弹唱都是一把好手，好多女知青都暗恋他呢。

看来你对我们林校长知道不少呢。我心里暗想，这位老大姐说不定也是暗恋者之一吧。

那当然，那时我在公社广播站工作，为他还专门写过一篇扎根农村建设山区的广播稿呢。从老大姐得意的神情里，我基本得出了答案。

可是我总觉得林校长的故事肯定远不止这些，我怎么才能拨开岁月的风尘看到更多的真相呢？

5

在山脚下一下车，就看到林校长身边放着背架等我。此时我才发现，如果他不来接我，我根本不可能将这厚厚的两大包书带上山。

他故意走得很慢，好让我跟上他的步伐。我看着他略弯的身背，根本想不到他仅仅四十六岁，若从他的面容和体态上判断，说快六十了我也会相信的。生活的磨砺是一个方面，那些压在心头的往事该是他生命里不能承受之重吧。

方老师，我晓得你家在上海，哪个区？在林校长说这句话之前，我们俩就默默地走着。我心里一直装着他的事，却不知从哪里问起，没想到他先开口了。

徐家汇。林校长去过上海啊。我赶紧答话，免得断了线。

不是去过，我就是上海人啊，只是有二十多年没回去了。他的语气里满含着无奈的酸涩。

为什么不回去看看？你知道上海的变化有多大吗？我不解。

亲人们都走了，变化再大和我也好像没关系了。他话语楚怆，我不忍卒听。急忙岔开话题说，你们那时候怎么会到这里来？你扎根深山真不容易，我真的很敬佩你。

他苦笑了，思索了片刻，是心在犹豫……

我喜欢上了一个女孩儿。她在我们知青组年龄最小，长得最瘦弱。别人对她有些霸道，生产队上派工也从来挑最累的活给她。可她不敢说话，也没人听她说话，我好多次发现她在半夜里躲出去偷偷哭。我是知青组组长，刚开始只是觉得不公平，我们知青都是怀着一腔热血来到广阔天地里大有作为的，不应该有贵贱之分。我多次向公社里反映情况，才知道她家的祖上是跟着国民党做生意的。可她又没有罪，她主动跟家里划清了界限，加入到我们的时代洪流中，在大风大浪中磨炼意志，为什么我们还要排斥她歧视她呢？从那以后，我利用组长的小权力开始帮助她，保护她，至少不让别人欺负她。慢慢地，我们的关系变得微妙起来，相互之间有了好感。我承认，她人长得很美，脾气又温顺细腻，接触起来和那些天不怕地不怕的女知青们真的不一样。她有知识，有涵养，浑身透着那么一股儿书卷味，与人不争，与世无争，就算别人伤害了她，她也不会针锋相对，只在承受不了的时候，才会跟我倾诉一下，随即也就释然了。

其实到后来，我是被她深深吸引的。我始终放不下要保护她的冲动，总感觉没了我的保护，她的一生就会毁在别人手里了。知青们开始返城了，每一次队长都会交给我几张表格，其实我当时要离开再简单不过了。可是我没有走，因为那个女孩子拿不到表格，她的出身妨碍了她，没有哪个城市愿意接纳她，即便是生她养她的上海。她并不知道，我为了她出让返城机会的事，仍然一如既往地关心我的生活，直到最后剩下了我们两个。她就是这样单纯，从不问我的出身和来历，也许她认为自己没有这个资格吧，也许她害怕当一切说明的时候也就到了我们分手的时候了。我们俩曾在星光下发誓，走不了没关系，只要有相爱的人在身边，天涯也是幸福的家啊。

可那个女孩儿最终还是走了，只留下你一个人，是吗？我惋惜地说。

这不怨她，是我骗她离开的，因为她不应该属于这里，一辈子待在山里太可惜了。林校长的话还没说完，我们就看见大芬站在崖畔上圈羊，夕晖把她的影子投到我们脚下，谈话的思路自然而然地断了。

6

相比林校长深爱的女孩儿，我的妈妈就没有这么幸运了。她返城后被安置在货场里看管等待装卸的货物，面前放着一本出入单，天天勾勾画画，无所事事。可她的心里在苦等着她的恋人，他们约好几个月后相见的。可是三个月过去了，她的恋人没有如期而至，这时，她才发现，月经也已经不来了。

她几乎是一周一封信写过去，可是泥牛入海，没了消息。她无法再等了，一个未出嫁的女孩子，肚子若是挺起来，就是唾沫星子也会把她淹死的。无奈之下，她只能躲到六安乡下的表姐家去。六个月后，她早产生下了我。刚出满月，妈妈就狠心离开了我，后来我才知道，她孤身一人去到海南岛寻找她的父母了。在劳教农场里，她根本没有见到爹娘的影子，她以为他们或是死了吧。但她又从劳教人员的口中隐约听出，有一对夫妻好像是偷渡到香港去了。那会是她的父母吗？

在上海郊县她一路询问着来到了恋人的家。带她走来的邻居告诉她，老太太早在半年前去世了，想儿子想得成了病，儿子从知青点上成家不回来了，急火攻心，一口气儿没上来，真是太可怜了。出殡的时候儿子回来了，披麻戴孝，痛哭流涕，但是乡亲们没一个留他吃口饭的，甚至没有一个人愿意帮他的忙。若不是看在老太太的份儿上，估计他家的丧事是办不妥当的。事后，他挨家挨户地谢了孝，灰溜溜地走人了。她最后的一个希望破灭了，那个接受她奉献出身体的男人就这样消失了，把海誓山盟统统地丢在了身后，一个人过日子去了。她无助地站在颓圮的废园里，把泪水向肚里咽了又咽。

她只在我身边停留了一小段日子，便不顾表姐的阻拦，撇下我只身一人回上海了。第二年她参加了高考，读了大学。从那时起，我不自觉地会向表姨喊妈妈，直到小学毕业时她突然回来将我转到徐家汇的中学去。

我总在想，爱情是不是就和橡皮筋一样，一头抻得紧了，另外一头早晚会松手的。林校长没有错，妈妈也没有错，我更是没有错嘛，可我们得到的结果却是惊人的相似。

7

利用周末的机会，我偷偷下山找到了大芬的家，见到了她的父亲，当年的队长。

是我害了我的闺女，更害了小林啊！没想到，老人家第一句话就把眼泪说了出来，看来是有些东西憋在心里太久了。

自从有了返城这件事，我发现小林回回都关心一个女孩儿，而令我惊讶的是只要女孩儿没拿到表格，他都会悄无声息地把表格让给别人。当然这一切都瞒不了我，因为他得到我这儿来征得我的同意。而我并不是不想帮他，只是因为那个女孩子的背景太复杂了，上级根本不可能给予考虑。小林就这样一直坚持到最后，知青点上就剩下了他们两个人。如果照这样发展下去，那个女孩儿走不了，小林也会心甘情愿留下来陪她一辈子的。那时大芬被婆家休了回来，天天在家里憋屈哭闹。一个偶然的机会她遇见了小林，心情渐渐开朗起来，每天她都到知青点上跟他俩一块玩耍。我一个当爹的，还能看不出来，大芬喜欢上了人家。可我这个当爹的怎么才能说出口啊。小林那么优秀，大芬又是二婚头，放到谁的眼里也不般配不是？但我作为当爹的，哪有不希望自己闺女幸福的呢？我想如果无休止地等下去，小林一辈子待在山里也是必定无疑的了，与其他只有这一条路可走，为什么我不能为大芬争取一下呢？我认为那个女孩子在小林心里应该是个不错的筹码，让女孩子返城，不正是小林梦寐以求的吗？其实到了后两年，返城的指标有些松动了，只是没有人为女孩子尽心尽力，她已经被所有人都遗忘了。

我看着眼前的这位老人，他的表情说不上是悔恨还是自责。但我相信他的心地是善良的，至少我可以理解他当年为了女儿的急迫心情。也许在他想来，林校长并没有失去太多，无论如何他都是会留在山里过一生的，只不过是身边的人换了换而已。他开出的条件应当是公平的，不然林校长怎么会答应呢？

这大概是山里人最朴素的想法了。不过现在，他可能有所体会了，爱情是什么，他很难说得明白，但只有婚姻没有爱情，肯定是不能幸福的。那么只有爱情没有婚姻呢？

8

在我升入高中的那一年，妈妈突然接到了美国姥姥姥爷的电话。果然是他们偷渡到了香港，又辗转去了美国，接手了祖上的生意。这些年他们无时无刻不在惦念着自己的女儿，那个在时局逼迫之下与他们断绝了关系的女儿。他们是无辜的，女儿是无奈的，他们怎么能不理解呢？在地球的另一端有他们唯一的举目无亲的女儿啊！

因为我选择了学习民族音乐，妈妈在征得我的同意后，一个人飞去了美国，远离了这一片伤心之地。黄连泡在泪水里，妈妈的青春就是这么度过的。她没有婚姻，可她拥有过令她持守一生的爱情，尽管这一份感情最后只会无疾而终。我记得有很多年轻的叔叔追求她，可都在她的冷若冰霜面前败下阵来。我不明白是这份情给她的记忆太深，还是给她的伤口太狠，注定就这样纠结在一起，向着未知的方向前行。

在我离开大芬家的时候，老人用颤抖的手从柜子里摸出了一个暗淡的布包儿，他像是一个承认错误的孩子，一层层把布包揭开。我看到了二十多个泛黄的信封，写着大大的"林卫宁"的名字。老人低下头说，是我扣留了那个女孩儿的信，我害怕小林接到信会后悔，会休了大芬，会在这穷山沟里待不下去。我太自私了，我不仅要把他和大芬绑在一起，还要把他们和大山绑在一起，只有这样，他一辈子才不会逃出我的手掌心。麻烦你把这些信带给他，告诉他千错万错都是我的错，别再跟大芬过不去了，岁数都不小了，塌下心来跟我闺女好好过日子吧。把信交给他的时候，把我这话也原封不动地说给他。

我照办了，果不其然，林校长和大芬生活得消停了许多。是那种心照不宣的谦让，我看出大芬有些不自然，不习惯。

9

我支教结束了。两年时间就这样匆匆而过，是大山里的民歌滋养了我，让我彻底忘记了那个背信弃义的男人。现在想来，他也该准备毕业论文了吧。

在我离开大山的时候，林校长专门拎着一个小柳条箱过来。他爽朗地说，这是我帮你搜集的山歌资料，带走吧。我接过来，手上沉甸甸的。这不仅仅是一些民风淳朴的音符，更是一份伴我一生的深情厚意呀。我突发奇想，与其有这些无声的资料，为何不把林校长高亢清越的歌声保留下来呢？

林校长犹豫片刻，没有拒绝我。可他好像又想提出什么条件，但最终张张嘴没有说出来。待他酝酿好了情绪，我摁下了录音键。

晚饭过后，大芬悄悄地跑到我的屋里来，说了几句惜别的话后，问我能不能给她一张照片留作纪念。我的行李箱里根本没有我自己的单人照，只有大学期间跟妈妈的一张合影。两年来，我一直将它摆放在办公桌上，想家时就对着妈妈说说话。可是大芬的请求我怎能推脱，只好拿出来，一再解释说，等我有了单人照片一定再给她专门寄来。大芬手上捧着那张照片，如获至宝似的笑着走了。

在县教育局里召开的表彰总结会上，不知从哪里冒出来那么多的领导，一一发表重要讲话，永远在我们眼前晃来晃去，想躲也躲不掉的。我在人缝中注意到林校长缩在一个最不起眼的角落里，又黑又瘦，像是目不转睛地在看我，又像是隔着千山万水似的看不清我。我总是忘了提醒他，就算是对自己负责，也应该到县医院去查查身体。我知道，他能来一趟县城是多么不容易。中午聚餐时，领导们挨桌慰问敬酒，到这时我再找林校长已经没了踪影了。我一打听才知道，他们已在会后各回各地了，午餐没有他们的安排。我非常生气，紧扒了两口饭，招呼不再打，出了大门奔向车站。我将行李托寄回上海，然后一人乘车向祖国的大西南走去。

领导们和婚礼上的亲戚性质一样，平时不走动，到了捧场的时候谁也是不能少的。多么重要的事情都成了一个过场，或是说这样一个过场让整个事情都变了

一点味道。我以为有机会向林校长正式道别的，可没想到是……唉，年轻啊！

10

半年后我来到了布达拉宫前，站在世界最高的广场上，我突发奇想地给系主任的乘龙快婿拨通了个电话，我大声问他，你知道我现在在哪儿吗？想知道吗？我在布达拉，一个离太阳最近的地方。说完，我大笑起来。管他在干吗？也不听他的反应，我挂断了。

这半年里我真成了一只在蓝天上自由飞翔的小鸟儿，从云贵入川，又沿川藏公路一路来到了拉萨。正在我飘然若仙的时候，忽然想起好长时间没能和妈妈通话了。我知道，现在妈妈经常在上海和香港两地来回穿梭，可是这一次无论我拨打哪儿的电话，都处于无人接听状态。

也许是高原反应，也许是对妈妈放心不下，我心慌了一路，从拉萨机场直飞上海。闯入家门的那一刻，第一眼便瞅见桌上摊开了的柳条箱，在整整齐齐的乐谱上面，是一封尚未开启的信。我不敢相信自己的眼睛，收信人竟然是妈妈的名字——方洁。那真的是林校长的字体，遒劲有力，仅仅是两个字而已，似乎倾尽了他多年的心血。

原来所有的故事他都已明了，甚至结局他也早已写好。

11

我狂奔进寂静无声的校园，一把推开林校长的家门。没有人，正对着门口的桌子上摆着林校长的大照片，镶在黑色的镜框里，黑边眼镜，人好似又瘦了一圈儿，大大的眼睛看着我，仿佛在说，小慧，你怎么又回来了？

我看到在镜框下边是我专门为他录制的一盘磁带。我的泪水夺眶而出。他没有拒绝我，就是想把他无法说出的话通过歌声留给我和妈妈吧。他欲言又止，就是想让我听完他的故事吧。可是他选择了沉默，没有把故事的结局说破。

在崖畔上的坟墓前，大芬坐在妈妈的身旁，一边拆着那些发黄的信件，一边递到妈妈的手上。妈妈仔细地读着二十年前她写下的每一个字，泪湿了衣襟。大芬搂着妈妈耸动的肩膀，在她耳边轻声致歉。大芬说，妹子，我把你和小慧的照片放在他的胸前了，你抄给他的那本小说我给他枕在脑袋下了，是我们家对不起他，对不起你们，我们不敢亏待他，他是笑着走的，他说他没有遗憾了。

大芬的眼泪也涌了出来，哭着说，我明白，他是成心不想治病的，他跟我真是过够了，这一辈子他是多么委屈啊。他是一个多么好的人，就为了俺爹那一句话，他守着俺，没打过没骂过，自己搁不下了就躲到山畔上去，我哪能不懂得他难受啊，我劝他离了我吧，离开这深山吧，可他从不理会，俺爹后来也后悔了，求他走，可他就是死了心，说什么也听不进去了……

我将磁带轻轻放进单卡机里，一阵高亢婉转的歌声绕过了最高的山梁，天上的白云缓缓地停了下来，随着歌声舒卷离合，久久不忍离去。透过泪光，我看到妈妈和大芬回过头来，动情地向我招手。

锅儿来你就开花，
下不上你就米，
不想旁人光想你呀，
啊格呀呀呔——
金针针你就开花，
六瓣瓣你就黄，
巴望和妹妹结成双呀，
啊格呀呀呔……

记着，我要回来娶你

1

那年是她第一次走进省城。她从起火的库房里抢背出二十个大棉包，一条裤腿烧着了，腿上留下了再也去不掉的疤痕。那一年她很快入了党，成了市里的劳动模范，又被确定为重点培养的青年干部，到省里参加为期一个月的妇女干部培训学习。

第一个周末，省里的领导专程来看望学员们，并为她们安排了精彩的演出，晚上在省委礼堂观看样板戏《红色娘子军》。

从他登台的那一刻，她的心情就一直平静不下来。他高大挺拔的身姿，英俊潇洒的面容，激昂清越的唱腔，刹那间便攫住了她情窦初开的心。可是她想想自己偏矮的身段，单调平常的容貌，最不愿示人的腿上的伤疤，她在激动之余深深地自卑起来。当他站在熊熊烈火中高呼“杀了洪常青，自有后来人”时，她仿佛也同他一道置身于炽热的火焰之中。她热泪盈眶，突然在那个瞬间，她勇敢地做出了决定，她要嫁给他。原因很简单，他们都经过大火的洗礼，他们都没有退缩，他们浴火重生，成了万人敬仰的英雄。

在接下来的时间里，她总是一个人到省委礼堂来欣赏他的演出，直到培训即将结束的时候。最后一次演出完毕，她偷偷地留在了礼堂外高高的台阶侧面，她想等他，哪怕只说一句话。等到剧场里的灯“哗”的一声暗了下来，她看到他从高高的台阶上下来，迈着轻快的步伐，嘴里哼着抑扬顿挫的小曲儿。她正想闪身出来，却蓦地瞅见一个风姿绰约的女子从一棵杉树后走了出来，迎着他小跑上去。他极为自然地牵起了女子的手，趁着凉爽的晚风走远了。她只记得那女子清秀温婉，婀娜妩媚，比林黛玉的眼神还忧郁摄人。

她孤孤单单地回到宿舍，通宵不眠，一睁眼便看到他的英姿，一闭眼便出现女子深如幽潭的眼睛。

2

半年后，她被市里安排到曙光水泥厂做革委会主任。水泥和纺织是市里两大支柱产业，水泥厂里工人最多，又大都是血气方刚的小伙子，是运动中一股左右全局的力量。她一夜间成了市里呼风唤雨的大人物。

她就是肩负着如此神圣的使命走进了依山而建的厂区。坐在半山腰的办公室里，她放眼整个市区，拥挤如鸽笼一般，人如蚁蜉。她顿生满怀豪情，她要大干一场，不负这轰轰烈烈的伟大天地。

她随手抄起劳改人员名单，不敢相信竟在第一页看到的是他的名字。她紧张地出了一身的冷汗，一字不落地读下去。他的恋爱被剧团发现了，那名女子竟然是资产阶级阔小姐，她父亲早就被划成了反革命。剧团里为了保护他，规劝不成，把他反锁起来，让他彻底与阔小姐划清界限。他却破门而出，在阔小姐的批斗会上一跃上台，拿出洪常青英勇就义时的大无畏气概，慷慨陈词，表明了他感天动地的爱情。他被剧团开除了，就在他被装上汽车开赴水泥厂劳教的头天晚上，“林黛玉”只留下一句话“是我连累了你”，就投河自尽了。他这才知道，她还怀揣着三个月的身孕。

3

她没有勇气再看下去了，她要了一辆车，亲自到山里视察劳改犯。在尘土飞扬的工地上，她没有寻到他的身影。犯人报告说，他脾气很坏，从来都不接受改造。她听出犯人心里落井下石的意思，狠狠地训斥了他们几句，便装着恼怒的样子向他的宿舍走来。

门敞开着，老鼠在当屋里窜来窜去，一群苍蝇正聚集在他床前的秽物上争食。她探进头来一看，他倒卧在黑棉絮上像是僵死的人了。一股股恶臭难闻的腥气撞到脸上来，她看不到他的脸，但从那一双纤细苍白的手指上，她认定了眼前这个可怜的人正是她心目中无人替代的英雄。

往回走时，她刚刚鼓起来的雄心壮志不知何时消失得无影无踪了。她心软了，犹豫了，彷徨了。她不明白如何把舞台上光彩夺目的英雄与劳改犯等同起来，他只不过就是爱上了一个人，那个女人美得令人心动，如果她是他，她也会死心塌地去爱的。难道父亲是反革命，女儿就不能有人喜欢吗？她想象不出那女子投河时的悲壮，三个月大的婴儿，一个无辜的小生命，连世界是什么样子都没见过，就为这场不为世容的爱情殉葬了。女人已经付出了生命的代价，难道还不能放过他吗？看他自暴自弃的生活，他的心也已随着爱情的枯萎死去了。

我要拯救他。她暗下决心。

4

市里没有等来她惊天动地的行动，每次汇报革命工作，她都谎称，她正在积蓄力量，试图掀起震惊全省的狂风暴雨。然而利用这个时间，她正在一个人整理他的改造材料，以水泥厂革命委员会的名义，一次次跑到省城的剧团，希望领导给他一个重新登台的机会。剧团领导念在他曾是台柱子的情分上，终于被说动了，答应派人来调查他的改造情况，如若事实清楚，马上借调他回到省剧团，参加新戏的排演。

她从省里回来，专门派人将他的宿舍收拾出来，卫生搞得一尘不染，特地为他换了一身新的劳改服装。她甚至亲自到他的屋里跟他谈回省城的事。他睨视着她，一句话也不说，仿佛在猜测眼前这个身材矮小的女人葫芦里卖的什么药。她不管他究竟怎么想，反正把她想到的一遍遍嘱咐给他听。在她眼里，此时他就像一个孤苦无助的孩子，她是他的守护神。

然而剧团的人还是失望地走了。他的嗓子已经坏了，一辈子不可能再登台唱戏了。在工厂的接待室里，她什么也没说，主动拿出两瓶烧酒来，一人一瓶，你一口我一口，从傍晚喝到深夜，两个人醉得一塌糊涂。

第二天早上醒来，他抹了一把脸，只丢下一句话，我接受你的改造。推门，走了。这是自打她们认识以来，他说给她的第一句话。

5

他的怪病来得太突然了。她去看他，他蜷缩在床上，两只手伸进衣服里一刻不停地乱抓乱挠。她看到他的胳膊他的腿，被自己挠得鲜血淋漓。她的眼泪急得在眼眶里打转，可她却制止不了他。她想到为他去省城看病，可把一个劳改犯人带在身边，太招人眼不说，阶级立场出现问题那可就大难临头了。

她狠下心来，让人把他的手死死地绑在身后，让厂里的卫生员用碘酒为他全身消毒。他又疼又痒，在床上翻滚着，高声叫着她的名字，我要杀了你，我要杀了你。

她是一路哭着来到省城的，访遍了各大医院，也没有一个大夫能解释他的病，更别说抓药治症了。只是有个老中医多说了一个偏方，用人奶煮枸杞子涂抹可能会有效吧。实在没有更好的办法了，她横下一条心，死马只当活马医吧。她买了一大包枸杞子，乘夜车回到了市里。

第二天醒来，对着一大包枸杞子她又犯愁了，人奶到哪里找呢？她一个大姑娘家，总不能挨门挨户地讨人奶去吧。就算人家肯舍得，有谁会相信她编造的理由呢？连她自己都不能说服自己，自己也不信呢。这时她忽然想起来，在省里培训的时候，同屋的一个姐妹提到自己生孩子时不下奶，是到医院里打过一支催乳针的。她很害怕，她低头盯看着自己刚刚发育的胸脯。一个上午，头再也没好意思抬起来。

下午，她又去了一趟省城，还是乘夜车悄悄回来。早晨刚一上班，她就接到了市里领导的电话。电话里领导借着百姓的口吻毫不吝啬地夸赞了她，说她肯动脑子，有智慧，有办法，是个运动的好苗子。她听得一头雾水，不知道用什么话来应付。领导接下来像是要同她讨要什么秘方，一个让人喝下去奇痒难耐的秘方。领导笑着说，就是要让这种人动手揭下自己的伪装，露出他们丑恶的真面目。这样的好方法不仅对身边的劳改犯有震慑作用，还值得在市里大大推广，上报到省里，要让每一个对革命不满的人一听便胆战心寒。

她明白了，领导说的是他的病。他们误听了别人的谣传，真的以为是她在里面下了药。她将错就错地随口谦虚着，她宁可背上一千口黑锅，也不敢在这个时候暴露他暴露自己。可是她觉着自己的乳房像被人吹起的气球，一直向着身体外面挣脱，马上被吹爆了似的疼痛难忍。两只乳头儿也像是雨后的花苞，四分五裂地绽放开来。

6

两天后，她端着煎好的药汤来找他。远远地听见他嘶哑的叫骂。你这个千刀万剐没有男人要的女魔头，下三烂，我要杀了你，杀了你——

她走进房门，深情地看着他。他的头抵在墙旮旯里，一下下地撞着。他听到有人进来，转脸见是她，才又停止了辱骂，狠狠地瞪视着她。她坐到他的脚边，轻轻地卷起裤管，用纱布醮了药汤，一点点为他擦拭。她不看他，也不知同他讲什么才好。可她明显地感觉到，他没有拒绝，他静了下来，那一刻，安然地享受着她温柔地触摸。

她换了一块块沾满了血的纱布，为他从前胸擦到后背。她不敢为他松绑，她只能解开他的腰带，又为他把大腿和屁股清洗干净。他渐渐地明白了这个女人为他做的一切，他只好顺从地听凭她的摆布。他被一个陌生的女人扒去了裤子，他害羞了，是那种含着感激的不自然，脸红红的，恨不得再也不敢看她的眼。

他没发现，她其实更不自然。她感到透过厚厚的棉花团儿，奶水贴着乳房快流到肚子上了。她不住地低下头，生怕浸湿的衣服当他面前出她的丑。有那么一刻，她很害怕，她怕自己产过奶的身子是否还配得上他。

7

终于她硕大高耸的乳房还是出卖了她。风言风语迅速传到了市领导的耳朵里，说她作风不正，在水泥厂里利用职务之便乱搞男女关系，来了不到一年，就私自生了孩子。市领导本来是对她抱有厚望的，可除了听说她折磨的劳改犯恢复得越来越精神之外，一切都没了下文，正在生她的气。这下可被人抓住了小辫子，那些眼红她职位的人趁机生事。当她坚挺着两只乳房走进市领导办公室时，她的命运彻底被改变了。

一夜间，她从一位人人敬仰的英雄沦落成了令人侧目的淫妇。还好，市领导满足了她的最后一个请求，她要在水泥厂接受改造，因为她的孩子要吃奶，她走不开。她不敢让乡下的爹娘知道，一个人收拾了小包袱，一步步走进山里去。

她咬着牙，没有落一滴眼泪。她知道，她的一生就这样毁了，真的应了他的话，没有男人敢要她了，她成了路人鄙视的下三烂。可当她远远地望见他的小屋，她又活过来了，因为他还需要她，他的病还没痊愈。他应该好起来，重新站在人生的舞台上，回到他精彩纷呈的生活中去。

8

高强度的劳动是心灵最好的安慰剂，她挺着乳房在石场里与男犯们干着一样的活计。只是她会利用休息的间歇跑回来，把奶汁挤进小碗里，留着为他煮枸杞子。一年后，他的病神奇地康复了，酒也戒掉了，整个人又魁梧伟岸起来。在他面前，她变成了一只枯干瘦弱的麻雀。

他主动要求和她分到一组，她掌钎，他抡锤，她装车，他运料，从不让她干重活。省里有同学来看望他，他也总是把她叫在一起，好吃的都留给她。他还让亲人从省城捎来各式各样的花布，偷偷地送给她做新衣裳。刚开始，她不想要，她觉得他太宠着自己了，她根本不值得他这样喜欢她。后来她想明白了，她只有心安理得地接受，他才能在离开的那一天，走得心地坦然。他是省城的人，早晚都是要走的，她不能那么自私，妄想着把他捆在自己的身边。他始终也没同她谈论过那些风言风语的事，可她知道他一定会听说的。她一直找机会把话题引到那里去，可都被他有意绕开了。她总是怀疑自己，是不是真做了什么见不得人的事，她究竟配得上他吗？

果然，他要走了。他的问题查清了，帽子摘了，省剧团为他安排了工作。而她的问题还在查，她的孩子没有踪影，男人也从来没出现过，她从开始就咬定自己是无辜的，可她却从来拿不出什么有力的证据，而她更是说不清楚乳房的问题。他专门来到她的屋里，一坐就是半天，他在等着她说话。而这时她倒无话可说了。接送他的车来了，他忽然明白了她的心意，她是愿意放开他的。他不顾一切跪在她的膝下，把头埋进她的怀里，让泪水肆意横流。她的泪长流下来，打在他的头顶。她捧起他的脸，哽咽着说，你还年轻，我不能拖累你，你的生活根本不属于这里，我们相遇，就当是命运的捉弄吧。

她调转身子，狠了心不再理他。他站起来，颤抖着把她紧紧地抱在怀里，在她耳边坚毅地说，你比我还年轻，你真是傻瓜，我要回来娶你，你等着。

9

他走了没多长时间，她便听厂里的宣传队讲，“四人帮”被逮起来了。劳改犯们陆陆续续地离开了，她也被重新安排到一家街道工厂里做缝纫工。而他更是因祸得福，因为在“四人帮”最横行的那一段时间，他没有站在样板戏的舞台上，没有政治错误，被提拔成了副团长。她从报纸上看到了有关他的消息，她为他高兴。可她从来没对任何人说起，她救过他，他让她等着，他要回来娶她。每当她在夜里想起他，她总是认为那是她一个人编造的故事，那是她一个人看过的电影。

直到有一天，他衣着光鲜地闯进她的车间，就那样笔挺地站在她的面前。工人们都围了上来，她感到世界的阳光只照着她一个人，那强烈的光源是他深情的双眼。她仰望着他，心里一遍遍呼唤着他的名字，却不敢上前。他一把扯过她皴裂的手，仔细地抚摸着，就像当年她为他擦拭身体一样。他把娇小的她揽进怀里，只说了句“你让我找得好苦啊”，便已泪流满面。

她听到他怦怦的心跳，她不敢相信这是真的，他真的回到了她的身边。她呢喃着，你还是走吧，我配不上你。他抚摸着她干枯的头发，别说傻话，是你救了我的命。她说，你不用感激什么，那是我心甘情愿的，你这样做是要后悔的。他坚定地搂紧了她，我不后悔，你就是我唯一的亲人了。她还不确定，你不怕吗？她指的是漫天飞舞的闲话。他看着她的眼睛，我不怕，我都死过的人了，我只怕你不敢跟我走。

于是依照她的意思，他们在市里举办了一场简朴的婚礼。哪怕没有多少亲戚朋友，他理解她的心，她是想让这座城市记得，她既不是人们眼中的英雄，也不是水性扬花的浪荡女人。那些曾经败坏诋毁过她的人，那些在暗中与她抢夺政治风头的人，那些恨不得将她溺死在生活底层的人，一时间都在羡慕妒嫉着她，整个市里的话题也都是她的事了。他为她办理了调动手续，她跟着他迁到省城里去了。那一年，她30岁，他35岁，距离她第一次坐在省委礼堂观看他的演出，已经过去8年了。

10

第二年，她意外地怀孕了。他十分后悔，他懂得她的身体遭受了这些年的折磨，三年两年恢复不过来。她一直希望为他生个孩子，她开他玩笑说，你长得这么英俊潇洒，多生才是多贡献。他不同意，尽管他也非常想要一个自己的孩子，可他更在意她的身体。在这次意外面前，他俩的态度截然相反。他劝她为了保重身体，先不要孩子，等以后体质好起来，想生几个随她的心。她坚决不答应他，她说，我都30多岁了，怀上孩子不容易，这次机会错过去，以后怀不上了那会终生遗憾的，不为你，为我，求求你了，行吗？面对她的哀求，他最后妥协了。他何尝不希望他们的爱情开花结果呢？可是他看着她渐渐隆起的肚子，坠得她东倒西歪，又总是莫明其妙地担心。

她说，我要为你生个男孩儿，长得同你一样英俊潇洒。他捏起她的小嘴儿，我愿意要个女孩儿，就像你这么娇小可人。他们憧憬着未来美好的生活，等待着孩子降生的时刻。八月里，孩子临产了，他正在团里抓紧时间赶排一出新戏，要在春节前赴京献礼的。她知道他忙，晚上她更不敢把他留在医院里陪夜，无论多晚，她都会找出各种理由把他撵回家去。凌晨二点多钟，她的羊水破了，护士把她推进了产房。护士看到她身边没有家人，嘴里一直在抱怨她。你是高龄产妇，你懂不懂？头胎是很危险的，身边连个亲人也不留，到时候，签字都找不着人，你叫我们怎么办啊。

她浑身疼得冷热交侵，整个人在汗水里泡着，虚脱了一般。她勉强支起头来，告诉护士说，有事我自己签。护士白了她一眼，准备手术去了。

当他赶到医院的时候，她已经失血太多，血压快测不到了。她的一只手紧紧地抚着刚出生的女儿，另一只手伸在枕头下面，死死地握着她的一本旧日记。她似乎是看到他俯身下来，拥住了自己塌陷的身体。她平静地微笑着，两行泪淌出眼角滑落到湿漉漉的鬓发里了。

11

女儿始终不理解，自己长得像只丑小鸭，爸爸却如同爱仙女似的呵护着她。女儿更是不明白，那么多漂亮的阿姨追求爸爸，可他却喜欢抱着一本旧日记自言自语。女儿长大后，偷偷打开过那个发黄的本子，读到了那个坐在台下仰慕英雄的自卑女子，读到了那个摧残自己身体换来劳改犯康复的痴情女人，读到了那个守望在爱情里度日如年的辛劳女工……女儿看到这本日记的书签竟是一个女人在手术单上写下的三个字：保孩子。

女儿懂得日记里的女人最爱听爸爸唱戏，女人没有留下来一张照片，在女儿想来，能赢得爸爸的深爱，她的美定是无与伦比的。

深夜里，女儿总能听到爸爸竭尽嘶哑的喉咙在演绎一曲乌江畔的离歌。他把那本日记搂在怀里，唱念做打，一丝不苟。透过窗子的星光，也来探听这低回哀婉的唱腔，照着他两鬓如雪，泪下潸然。

等一辈子，我也愿意

1

她的父亲是台上的名角儿，而他的父亲只是个为人拉弦儿的琴师。

小时候他常常跟着父亲到她家里，父亲专门去为她的父亲定调和弦儿。而他就哄着她在院子里玩儿。郎骑竹马来，绕床弄青梅。五六岁的孩子就会学着戏台上似的扮演夫妻，择菜，烧饭，用泥巴团几个小娃娃养活。她抱着小娃娃说，叫爸爸，然后自己学着叫一声，他也粗声粗气地答应着。然后他也抱起一个娃娃来说，叫娘亲，自己也低低地叫一声，她也答应着，脸蛋儿就有点羞红了。她是怕人听到。可他怎么会听不到呢？就是从那个时候起，他就认定了，今生他只要娶她为妻。

随着年龄的增长，他渐渐意识到在人们眼里，他和她地位相差悬殊。他知道，那都是因为他的父亲不是角儿。为了娶到她，他开始偷偷地练功，用心揣摩她父亲的唱腔和身段。他想当然地认为，只要他能像她父亲那样成了台上的名角儿，娶到她就成了顺理成章的事情。

在他的软磨硬泡下，他父亲带着他来到她家拜师。她父亲收下他之后，他才发现，她已经被送到学堂里读书去了。

2

在最初学徒的日子里，他不免有些许失落，毕竟他忍受这一切苦都是为了她。而她又离家远远的，根本看不到，这就让他时不时会产生动摇。也许是他在唱戏上真的太有天赋了，她的父亲却十分珍惜与他的缘分，教得极为认真，对他的要求也是极为严格，就像父亲对待自己的儿子那样。他慢慢地习惯了这样的生活，尽管他们还是以师徒相称，但在佣人眼里，他俨然算是这家里半个主人了。

每到假期的日子，她父亲都会早早地打发人去学堂里接她回家。然后他就会站在院子里那棵高高的桐树下等她进门来。他总是第一个跑上去抢她贴身的行李，然后牵上她的手一起往家里走。她从不拒绝他，只会略显羞涩地低下头，怕人们看到她红酽酽的脸庞。

那个时候，在那座平原小城里，他已经是仅次于她父亲的人物了。他和她，包括所有人，都把他们走到一起看作天经地义板上钉钉的事了。

然而就在那年暑假返校之后，她和几名同学从学堂里消失了。没有人知道她们去了哪里。

3

在他16岁那年，新中国成立了。整个小城还是没有她的消息，她父亲非常失望，经常静静地发呆，以至于唉声叹气，而他总是不失时机递上小茶壶去，陪老人坐坐，说说话来宽慰师父的心。

第二年，小城成立了京剧团。她父亲被推举为团长，彻底把舞台让给了他。他功底好，人又英俊，戏学得也扎实，没多久整座小城的话题都被他一个人占领了。他总在想，如果她能在他的身边该有多好，如果没有意外，她就应该陪在他的身边啊，和他一起分享人们的注目，这本该是只有她才能给予的幸福。直到有一天，一位小城里的最高领导来剧团检查工作，他才意识到占尽风光绝不是什么好事。

领导是给他的女儿提亲的。团长没有答应什么，只说会征求一下他的意见。他自然不会同意，不要说团长是她的父亲，就是换了别的什么人，他的心里也只存得下她一个人。

领导是个军人，炮筒子脾气，在团长的屋里把桌子拍得震山响。什么你说？他年龄小，我闺女年龄也不大嘛，没说让他们现在就办婚事呀，只说把事定下来，我是想给你个面子，谁不晓得你又不是他亲爹。

他亲爹已经不在了，他体谅师父这事无话可说，自己就冲了进去。我只听我师父的，我现在还不想谈这个，你去找别人吧。

领导怒了，你他妈混蛋，这是配牲口吗？找这个找那个的，就找上你了，要敢不答应，在这小城里，没你们好果子吃。走着瞧吧。领导一拍屁股走了，留下他看着师父急得眼泪都掉出来了。

你不用难过，我就不信这个邪，他能把咱们吃了。他像个小牛犊似的，还在给师父打气。师父摆摆手，让他出来了。

4

运动一个接着一个地来了。每每让他始料不及的是，回回都是从他师父开始。检查写得一山高，会上会下作保证，可下次运动一来，点的第一个脑壳还是他师父。剧团里没戏排了，更不说演戏的事，天天都是开会和斗争。他觉得很是无聊，这个世界和生活再也没有规律可寻。好在每到晚上，他师父都会把他叫到自己的屋里大段大段地讲戏，这是他们共同的寄托。

你晓得为什么团长总是不过关吗？一位好心的女副团长提醒他。他当然不懂得师父怎么会和那些运动沾上边。女副团长点破他说，要不要那桩婚事我再为你提一提？他一下子想到了那个粗鲁的领导，他不相信事情的关节会在这八杆子打不着的小事上。你师父待你如父子，你也应该为他着想啊，他这样为你一味地顶下去，总有一天要吃大亏的。女副团长语重心长地说。他不知道师父为他挡过多少回了，师父没提起过，师父担心他的脾气。他想来想去，心里真的有了些犹豫。

等他师父的大字报被贴得满街都是的时候，他沉不住气了。他瞒着师父找到了女副团长。对方果然很爽快地答应了。可他却不敢跟师父说起半句。

小城太小了，到底师父还是知道了事情的原委，一气之下，把他赶出了家门。他没有一句解释，为了师父免遭苦难，他就是再被人误解，他认为也是值得的。

5

然而，那位刚过门的新娘子是早已怀恨在心的，她哪里会轻易放过追求幸福路上的绊脚石呢？当又一波运动高潮席卷小城的时候，他的师父再一次被推上了风口浪尖。

他以为这次会同以往一样，写写检查过去了，在他岳父的政治高压下，他采取了缄口沉默的态度。他想如果我再掺和进去，引起妻子的反感，说不定简单的问题也被自己复杂了。然而事态的发展很快就出乎了他的预料。师父被人扣上了反革命的帽子，只因为在旧社会他为国民党和还乡团唱过戏。

在批斗台上忽然有个红卫兵头头说，这个人是半男不女，糊弄人民群众，我们今天就是要扒下他的伪装，让人们看看他的真面目。果不其然，还不等他醒过味来，上去几个小伙子，将他师父扒了个精光。一生优雅的师父何曾受过这样的污辱，仰头破口大骂他的岳父，一阵拳脚相加。他的师父再也叫不出一声，低着头任凭唾沫混着鲜血满身淋漓。

他哭着冲到台前来，几个红卫兵架住他。他使出浑身力气挣扎，但他隐约看到师父在冲他使着眼色，让他平静下来，让他不要冒险，让他回到人群中去。

6

第二天早晨一开门，他发现台阶上放着个布包袱。打开才发现整整齐齐的是师父编写的说戏的书。他预感到问题有些蹊跷，把书藏在墙洞里，就撒开脚步向师父家赶去。

师娘坐在大门槛上，蓬头垢面的，说不上是哭是笑。他急了，两步跑到院子里，师父吊在高高的桐树丫上，穿戴得异常整洁。他不明白师父是如何爬到树上去的，又是如何狠心钻进了小小的绳套里。他想痛哭一阵，可是却一滴眼泪也没有。他搬来梯子靠在树上，慢慢地把师父放下来，抱在怀里放到床上去。他烧来温水，为师父一点点擦拭干净，把衣上的尘土轻轻地掸去。他清楚师父是个要强的人，他不想让那些肮脏的罪名玷污了师父最后的尊严。最后他跪在师父的灵前，一边烧着纸钱，一边同师父说话。

他说，我要同那个泼妇离婚，你都走了，我和她过下去还有什么意义。师父，你放心，我会孝敬师娘，守在她身边，不让她老人家挨冻受饿，让她老人家安享晚年。

就在此时，她被押回了小城，身边带着一个孩子。

7

二十年杳无音讯，原来她一直在为国民党效力，更不知她把身体出卖给了什么人，孩子都这么大了。

整个小城只有他不相信，他问她，可她一句话也不说。关于生活，她只警告给他一句，你没必要往火坑里跳，以后还是别来了。关于她自己的过去再没提起过半句。他从此再也不问，可每天还是照样来，收拾院落，照看师娘，挑水做饭，一样活也落不下。

每次批斗会结束，游街回到家里，他都会帮她把挂在脖子里的一对破鞋摘下来，在大门后脸对脸地码放好，然后把她身上的烂菜叶择下来，为她打好洗脸水放到门台上，做完这一切，他都会躲在师娘屋里去，他知道她不想让别人看到自己的伤痕。

半夜，他偷偷地起床，沿着西街口一直向东清扫，每到十字街的时候，他必会遇上她，她由南向北，裹在肥大的中山装里，像个饿死的鬼魂。他多么可怜她，可她不会同他说一句话。他不奢望她的感激，他只想为她分担一点，好让她在天明前能有一个时辰的休息时间。他知道天一亮将要发生在她身上的游斗，他担心她会承受不住走上她父亲那条路。所以每天晚上，他选择以这样的方式陪着她，他要让她知道，她还有人疼，有人爱，有人需要，他们之间还有一个未曾明说的誓言。

8

真没想到，你离开我竟然是为了和那个破鞋在一起。他没等这句话说完，瞅准那个泼妇的臭嘴，一巴掌狠狠地抽了下去。

那泼妇捂着半张脸恶毒地说，我让我爸爸成全你们，成全你们。

她很纳闷，为什么他也被揪到了批头台上。而他却很欣慰，终于和她站在一起了，以后她再也没有什么顾虑了，她会和以前那样同自己亲近了。果然，她有了很大的变化。她开始在台上高声驳斥那些人，她不再忍气吞声，更不会低头认罪。她站在他的身边，好像是专门为了让他听得清楚。她说，我不是国民党，我是共产党派到敌后去的，我都搜集过重要的情报，我的联络人是谁，我的同事都有什么人，我不后悔做的这些事，你们甭想篡改历史，更不能抢班夺权，谁与人民为敌，最终是自取灭亡。

他越听越振奋，他没想到她会是李侠那样的英雄，顿时胸中也平添了几分豪迈气概，就像样板戏里的杨子荣一样，带领着成千上万的人高呼起了革命口号。台口的红卫兵慌了神，抄起木棍朝她的身上打来。他反应还快，一下扑倒在她的身上，为她抵挡着雨点般落下的乱棒。他两只手护着她的头，听到身后他的岳父在教唆，给我狠狠地打散这对狗男女，晚上我管你们好酒喝。

9

冷月里，她背着皮开肉绽的他回家。她看到疯颠的母亲搂着她的孩子坐在桐树下等她们归来。她第一次流下了眼泪。他看到了她的泪珠挂在睫毛上，抬起肿胀的手背轻轻地为她擦拭。别哭，我们不能哭，让他们得意。原来是你一个人，现在我们在一起，我们不能哭，我们应该笑。

她郑重地点点头，就真的半扭过脸来微微笑了笑。他在月色中看见，她还是那么清纯美丽。他想起二十年前，就是这个院子里，这棵桐树下，儿时的他轻轻地掀起了她的红盖头……

他的头隐隐地肿了起来，身上的伤口正在感染。他发起烧来，全身烫得厉害。她寸步不离，用湿毛巾覆在他的额头上，用手醮着凉水一遍遍地为他拭着胸膛。他敞开干裂的嘴唇，轻轻笑着呼唤她，她俯下身来细细地听着，他在学着儿时的腔调喊——娘亲，娘亲。

她不再害羞了，她对着他的耳朵，一声不落地答应着。她要让他懂得，无论再过多少年，他的爱都一直装在她的心里，没有留下半点空隙，更不会盛下任何人。

十天之后，他的烧退了。她以为他会没事，可他却只会嘻嘻笑着叫娘亲，如同他五六岁时的样子。

镇上的人对她们动了恻隐之心，批斗会廖廖无人。没过多久，那领导被另一派赶下台，一家人灰溜溜地逃跑了。

10

五年后运动结束了，一位省里的首长突然来到小城里，市里县里的领导陪着，接走了她身边的孩子。

自从有外人进到院里来，他就一直牵着她的手，那颗心里还是害怕她会走。她向首长苦笑着说，这是我爱人，为了我被批斗成这个样子，这么多年，我们家都扔给了他，我再也不能离开他离开这个家了。我只是希望首长能尽快查清我的问题，给我们一个明确的交待，落实党的政策，有一份我们力所能及的工作。

首长也是刚恢复工作的，当然知道她是被冤枉的。感谢她忍辱负重照顾着自己的孩子，这次本想着带她重回省城的，可是她拒绝了。

为了照顾他方便，她和他又重新回到剧团，工作也很简单，卖票。

每天，人们都会看到她坐在他的后车架上，在小街上穿行而过。在槐花清凉的风里，洒一串响铃。他的意识在慢慢地好起来，可他更愿意停留在少年时的梦中，车上坐的是他的新娘，他的幸福他想让整座小城听见。

她故意捶打着他的背，一只手搂稳了他的腰，压低了声音却又夸张地说，你要慢点嘛，人们都在看呢。

他就是要的这个样子，他还担心人们不会看到，一位英俊少年带着他的新娘从每个人身边一闪而过。多少年了，如今到了白发皓首的年纪，那辆老旧的自行车上，载着的依然是这座小城里最令人心动的风景。

执手相看，你已无言

1

第一次见面是在作协的招待所里，正式为他们作过介绍之后，几位媒人在那里聊得热火朝天，唯独把两位主角晾在一边。女人是一贯的内向少言，而男人也是不发一语。只是在女人望向男人的时候，男人就会把头低下去，掩饰着情有独钟的眼神。

从招待所出来，男人主张由他将女人送回家。女人知道男人是有话想要对她说，而女人又何尝不是呢？在舞台上演绎了那么多才子佳人的动人故事，哪个少年不多情，哪个少女不怀春啊？果然是男人率先打破了沉默："我非常喜欢你们新演的《红楼梦》啊。"女人没想到她们的恋爱是从戏里开始，便愈发俏皮地问："你倒是说说看，怎么个喜欢？"没想到男人是有备而来，私下里为了今天的相见做足了功课。更没想到男人对艺术对表演的见解竟与女人不谋而合。女人停下脚步，满心欢喜地望着眼前的男人，清澈的眼眸、俊朗的面容、儒雅的神态、迷人的声音，男人所饰演的一个个银幕形象就像走马灯一样在女人的脑海里闪回。女人仿佛又重新认识了男人，认识了在心中的银幕上异常熟悉的他。

男人接下来说："你可能不记得，我第一次遇见你，是在KARDON的剧场里，那时我们出演下午场的话剧，你们演夜戏。我在后台就望见过你。"女人果然在记忆深处搜索到了，化妆间的门外偶然闪过的一瞥深情，那么动人，那么含蓄，那么叫人回味良久。

这时，男人伸手一指，说，快看这一轮新月，真美啊，今天是什么日子？女人从男人的肩上望过去，时至今日，女人还记得那是什么日子。

那是1958年的春天，这个城市的黄昏时分，淮海路上的柳梢缝里，有明月升起。

2

那段日子，只要男人一回到这座城市里来，他最喜欢的事就是约女人出来散步。男人晓得社会上有一些对女人不利的流言，害得女人除了登上那一方明亮的舞台之外，常常是一个人躲在生活的暗处，仿佛她将自己藏起来就不会为流言所伤。男人懂得，那一顶“脱离社会主义新生活”的大帽子任是压在谁的头上久了，谁也会受不了。男人想到这些心就隐隐地痛，同在演艺圈里，他知道女人要出演什么戏，戏中扮演什么角色，岂是女人自己的抉择？最后要女人一个人来背负这沉重的骂名，她确实负担不起。他想让女人知道，他懂得她的委屈，他愿与她一起分担。

女人又怎的不想有个倾诉的人啊！可是她作为家中的长女，早已习惯了有事自己默默地承担。她13岁离家考入戏班，家中所有的事就都成了她的事，拉扯弟弟妹妹成人，培养两个弟弟如愿考入了大学。为了这个家，她拼死拼活地演出挣钱，三十多岁还待字闺中，心中那一份无法想象的坚强自是别人不知。可是在男人面前，在那一只温柔的肩膀上，女人第一次流下了泪水。

男人轻抚着女人的手臂，柔声劝慰着说：“不怕，有我呢。我告诉你一个道理，若想做成事，就得经风雨。”然后男人讲起了自己的身世，讲起了年轻时坎坷的经历：在崇德中学时，他受了同窗好友的影响加入的共产党，卢沟桥事变之后转入了地下工作，随后考入燕京大学就读。大学期间由于党组织遭到破坏，男人被捕，所幸他没有暴露身份也没有给党造成损失。出狱以后他多次设法联络党组织，却始终未果。他只好回到燕京大学继续完成学业，太平洋战争爆发后，他积极投身爱国学生运动，参加学生剧社的宣传演出，直到又一次被反动政府逮捕……男人愈讲愈痛苦，他说："你不知道，我一直想告诉你，我不能隐瞒你，这两次被捕都有可能成为我说不清楚的历史，我的党籍也可能得不到恢复，可是我们不要怕，我相信事实终究会有真相大白的那一天。"最后他自信地笑了，转了轻松的话题说："或许某年某日，我们在赴朝慰问演出的山洞里还曾擦肩而过呢！"

男人的自信感染了女人，她的心情明显地好了起来。是啊，男人那么大的挫折都被他讲得云淡风轻，自己这样被一时的误解又算得了什么呢？两个人在僻静的马路上散步，女人习惯性地走到树下的阴影里去。男人则有意识地引着女人走向皎洁的月光地里来。女人低声地说："教人认出来，我怕是对你影响不好嘛。"男人当然懂得女人的良苦用心，他偏要挽着女人走得乾坤朗朗月明风清。女人到家了，男人舍不得转身离去。女人说，那我再送送你。于是两个人折回来接着走。到了男人家门口，男人自是对女人不放心，又说，还是我送你吧。

就这样兜兜转转，反反复复，直到东方渐白。如同《梁祝》里的十八相送，演出的舞台，是悠长静寂的武康路。

3

意外还是不期而至。

女人的单位领导找女人单独谈话来了。"你会不晓得他身背着的历史问题？我看你这台柱子是不想当了。你知道多少人盯着你吗？"女人也想到领导培养她多么不容易，可是男人那又算什么历史问题呢？女人连忙解释说："他都跟组织上汇报过了呀，再说那也不是他的错嘛，又没有给组织造成损失……"

领导显然不能满意女人的表态，见从业务上说服不了她，又搬出了政治手段。"你这是站在什么立场上啦？别忘了你是新党员！"

团里的领导们轮番上阵，天天把女人叫到办公室里苦口婆心地谈话，动之以情、晓之以理，最后使出了杀手锏——如果坚持结婚就要考虑退党。女人一下子懵了，退党意味着什么，这个后果是她和男人没有想到的，更是男人承受不起的。女人食不甘味，辗转难眠，好端端一桩迟来的姻缘就这样被生生斩断吗？女人在心底是深爱着男人的，可她又怎能叫男人背负上这么沉重的罪疚呢？

那一晚，月光出奇的洁净。女人第一次主动约男人出来。男人像是一个简单明快的孩子，笑语盈盈地来到了女人的面前。可是当男人读懂了女人的心事，他怔愣在当地，不敢相信女人说出的每一句话，不敢相信接下来要发生的故事。女人的心里挣扎着，那个反悔的她与怜惜男人的她相互撕扯纠缠。女人于万箭穿心的痛苦之中，将厚厚的一包信交还给男人的手上。那个道德的十字架女人选择了自己来背，然后转身离开，消失在街树的黑影里。女人不想看到天上的月亮，一滴滴融化流淌。

男人靠在梧桐树上，仰起头，甘心地，让泪水恣意长流……

4

那些信件中的一字一句，女人哪里又能忘怀？分离的日子里，鸿雁传书，鱼寄尺素，总是叫人心生情窦。女人的回信尚未寄出，男人新的一封又飘至女人的案前。男人的信似雪片，美而轻盈，读起来是一首诗，回味起来是一首动听的音乐，叫女人寤寐思服，辗转反侧。尽管男人的信中没有海誓山盟，没有地老天荒，可是女人却在信中读到了忠贞不移，读到不离不弃，读到了相伴白首。

每到静谧的夜晚，在月光之下，女人静静地起了男人。想到了男人的肩膀和手臂，想起了男人春风拂面般的话语，想起了男人仰头泪流的场景。女人就会满心凝噎，瞬间被心中的那一份眷恋不舍彻底击溃。

女人对天，长歌当哭。我如何能辜负这一份深爱！

一夜未眠，坐等黎明到来。女人急匆匆跑过微晞的街道，在清晨敲响了男人的门扉。门应声而开，原没有锁，是男人忘了？还是男人未归？女人揣度着走进屋来，恰与一双红肿的惊恐的眼睛相对。就在眼神相遇的一刹那，那双失神落魄的眼中突然就燃起了希望的火苗。女人真切地看到了，心中暗暗惊异，不需要一句话，眼前这个男人是真的懂得自己。

男人抓起椅背儿上的衬衫，一时间显得手足无措：“你来啦？我……我去给你买蛋糕……”

还不等女人开口，仿佛女人一开口就会反悔似的，男人已飞快地冲出门去。女人在男人的书桌前安静地坐下来，面前正是她退回来的男人写给她的信。女人写给男人的信也整齐地码放在案头。每一个信封上都写着一句话，女人拾在手心里来读，眼泪终究忍不住地汩汩而出——

我多想携着你的手，往明月多处走！

5

既然结合又不能，分开又不忍，男人和女人拿定了一个主意——等。那一年，男人39岁，女人35岁。在所有人认为等不起的年纪，男人和女人决定继续等待那个遥不可及的未来。哪怕用一辈子去等，男人和女人也愿意。两个人同时想到的是那一句戏词：发不同青心同热，生不同衾死同穴！

政治风暴愈演愈烈，轰轰然，席卷全国。先是女人无戏可唱，渐渐退出了舞台。继而是男人主演的电影被斥为毒草，展开了全国大批判。就在命运将两个人逼入死角的时候，男人还是和往常一样，每天都要约女人出来散步。当整座城市从喧嚣中昏昏睡去，在武康路上月光下，就会走出那一对璧人。不急不缓，不言不语，只是一双手携在一起，紧紧地握着，相互传递着爱的讯息。

一年，两年，三年，五年，十年……

二十年苦苦地等待，女人从首都回来，把听到的好消息迫不及待地去告诉男人。男人竟然不敢相信，他张口结舌地说：“那是不是说我们可以在一起啦？”

女人点点头，四目相对，两双泪眼。

五十九岁的男人，白发配红花，泪洒酒中，烛光里，笑了，醉了，是女人怀里最美的新郎。

6

男人歇下来了，可他还有一个梦想，他要为女人创作一部戏，让女人重返精彩的舞台。在男人的心目中，那方舞台如何离得了女人这样一个曼妙婉转的精灵？

而男人和女人的故事不正是一出荡气回肠离合悲欢的戏剧吗？

多少个日日夜夜，男人写唱词，女人定唱腔，一出《明月楼》蘸着男人和女人的血泪，一笔一划写就，一板一眼唱出。排练中，男人片刻也不曾离开现场。男人将电影中的表演模式和方法借鉴过来，将场景切换与转场引用进来，大大增强了现场演出的连贯性和演出效果。

首演日，举国期盼，万人空巷，人们从城市的四面八方纷纷向天蟾剧场聚来。而就在那一刻，男人突发大面积心肌梗塞，跌倒在后台上。在救护车的鸣笛声中，演出开始了——

女人在舞台上唱念做打，一丝不苟。在那粉墨之下，她知道她不是一个人。她相信她的一招一式，一吟一咏，男人离得再远，也一定能够看见听见。女人唱着，每个字每个词都仿佛是男人向她的倾诉和表白：有一日如能全力克魔障，飞越关山也要与你完婚姻，若是远离人世间，我的魂定要伴你飞升到天庭，若是凤凰不变音，若是君子不变心……

抢救床的男人此时耳畔有丝竹之声，心有共鸣，泪水盈睫。

演出大获成功。女人却撇下鲜花和掌声，急速赶往医院。抢救室里，现场一片狼籍，只有男人的面庞还是那么清秀俊逸，仿佛专等着与女人最后的告别。

女人握住男人伸出床沿的一只手，手心里还存着星星点点的余温。女人一步抢上去，扑倒在男人的身上。女人哪里愿意相信，相聚这么难，离别竟是这样容易，从此这个世界上再也没有那个与自己风雨同行分享悲喜的人了。女人记起男人说过的话，爱情是一场终将告别的相聚，留下来的人，只有活下去，才能把逝人更好地想起。

女人透过泪眼，最后一次从男人肩上凝望，窗外是一轮新月，恍如那年那月那日。

我在这里，你在哪里

1

你贞姨年轻时可是个大美人，唉，红颜薄命啊！

母亲每每提到贞姨的事，总是用这句话来开头和结尾。但我却从来没见过贞姨一面，这不由地增加了她在我心中的神秘感。

直至我升入高中的那一年，贞姨才从乡下突然冒了出来。有一段时间，她来县城我家的次数很是频繁，可每次到家的时间她都掐算得特别准。在我吃完午饭上学的路上，一出大院，就能看见她在对面的小桥上犹豫徘徊。她习惯穿一件灰色的斜襟大褂，蓝裤子，黑方口布鞋，胸前抱一个碎花的小包袱儿。她的眼神总是喜欢停留在她的脚上，像是在逃避着什么人。看她一眼，我便会不由自主地想到鲁迅笔下的祥林嫂。我相信，她的心中一定埋藏着不为人知的辛酸往事。

贞姨和母亲是堂姊妹，曾祖父是晚清举人，她们是名副其实的大家闺秀。民国三十七年腊月，一顶花轿将贞姨抬出了家门，那一年贞姨十六岁。这是一桩天作地设、珠联璧合的天赐良缘。对方是江北的官宦大家，公爹在南方某省政府作检察官，丈夫在北平读大学。两家正是利用年节前放寒假的时机为他们举办了婚礼庆典。过门后，贞姨对公婆晨昏省安，恪守妇道。与丈夫相敬如宾，举案齐眉。小夫妻二人读唐诗、阅宋词，鱼水和谐，甜蜜恩爱。正月底，公爹赴任，丈夫返学，只留下贞姨和婆母二人守在老家过起了平淡宁静的日子。

2

麦梢就要发黄的时候，丈夫突然从北平回到了家里。贞姨十分惊喜，亲自下到厨房里为丈夫做他最爱吃的下车面。可一想到丈夫忐忑不安的神情，贞姨又倍感惊慌。果然吃饭的时候，丈夫才吞吞吐吐地提出，解放军就要包围北平城了，是走是留，决不可再迟疑了。他的同学们有的选择留在北平，绝大部分都在收拾行装准备开赴南京。贞姨听着，眼泪扑簌簌落了满襟。她不懂得什么国家和民族，作为新婚燕尔的小夫妻，她只求丈夫平平安安。到南京去，路途遥远又一路烽火硝烟，危机四伏。可留在北平城里，那听上去更是是非之地，攻城的炮火随时都会呼啸而来。她本舍不得丈夫离去，她害怕这天涯海角，阻断了丈夫的归期。可她没有主见，上有公婆，还轮不到她拿什么主意。她无助地望着婆母。公婆送儿子到北平读书十分不易，都是为了他将来步入仕途，能光耀门楣。婆母毫不犹豫地说，这点儿事还要跑回家来，你是舍不得我，还是舍不得你媳妇，真没出息。我们不是白养了你，你留在北平，落在解放军的手里，就算是幸好捡条命，你这大学在人家也是不作数的。你快快给我走吧，到南方去，到承认你这大学的地方去。

回到自己的房里，贞姨为丈夫收拾东西。她忍着心里的泪水，怕是流出来对丈夫行程不吉利。床头上摆着一双尚未上底儿的布鞋。那是贞姨亲手为丈夫纳的，是她为他想到的第一件礼物。丈夫拿在手里看了又看，与贞姨恋恋不舍。贞姨劝慰说，等局势平稳了，就快回家来。丈夫黯然说，谁知道呢？哪一天呢？贞姨听出丈夫心中的悲观，便掩饰着苦笑说，我是你的妻子，不管到哪天我都等着你。丈夫的眼里闪过一线光亮，他望着如花似玉的妻，将贞姨的双手死死地贴在胸前。贞姨把头抵在丈夫的心口上，听着他怦怦的心跳，含着泪呢喃，你看到咱门前的江水了吗？就算是它干了，我也在这里等着你。

婆母性急地敲起了窗棂。都什么时候了，还这样磨磨唧唧，到底走不走了，再晚恐怕你就走不成了。丈夫攥贞姨的手更紧了，贞姨也死死地搂住了丈夫的背。婆母把窗户纸捅了几个大窟窿，破口骂了起来。你这个狐狸精，存心耽误我儿子的前程吗？贞姨吓得退开身，把包袱递到了丈夫的肩上。趁着夜色，送丈夫到村外的码头上，眼睁睁地看着丈夫搭上船，一点点儿漂远不见了。

3

解放军和平解放了北平城，然后一鼓作气，一路南下攻陷南京，攻占了整个大陆。蒋介石带着一大帮残兵余勇龟缩到了台湾岛。

贞姨发现自己怀孕了。她满怀欣喜地告诉婆母，希望婆母能设法告知公爹和丈夫，好让丈夫尽快回家来。婆母没脸没色地说，他在外面当了大官自会回来接你，你现在把他勾回来，让他守你一辈子吗？贞姨不敢再言语了。在新中国成立举国欢庆的日子里，贞姨和婆母提心吊胆地日日苦盼着那一对父子的消息。可二人却杳如黄鹤，音讯皆无了。

春节的时候公爹回到了家里。他并没有因为作过国民党的政府要员，受到新中国的排挤和打击，而是官复原职。公爹讲起那些自愿留下来的老牌大学生，共产党不但没有另眼看待，反而都进行了很好的安置，在众多技术岗位上发挥着不可替代的作用。贞姨的心里一团乱麻，她不敢开口向公爹讨问丈夫的消息。半夜里，她听到公婆的屋里传来了号啕大哭，婆母那悔恨的哭声，在贞姨听来像是把她的心扔进了冰冷的江水里。她明白，丈夫已经去了台湾，今生怕是再难一见了。贞姨咬着被角儿抽咽，眼睁睁地瞅着晨光从窗台一点点爬到窗纸上来。

儿子降生了，响亮的哭声让公爹和婆母感到了一丝心慰。可丈夫不在身边，如果他能亲眼看着自己的儿子，那一家人该多么其乐融融啊。贞姨不能去想，甚至头脑往那儿一走，她就赶紧去找活干。半夜里，她恨不得找个刀子把脑袋割开，将这件事像个线头儿似的抻出来。公爹给孙子起的名字叫世寒，让贞姨心里仅存的那点温暖的小火苗儿也“噗”地一声熄灭了。

4

两年来，婆母常常是无缘由地痛哭起来，引得贞姨哭着劝着，一样无济于事。终于有一天早晨起来，婆母的眼睛什么也看不见了。可贞姨能听见她疼在心底的哭泣，也能看见她倒流至心的泪水。她困坐在大炕上一动不动，一整天都念叨她的儿子，是她把独生子撵到了与世隔绝的偏安一隅，再也回不来了。贞姨艰难地带着儿子，守在婆母的身边度日如年。第三年，公爹突然从南方被押回家来，据说上级正在调查他儿子远走台湾的背景。公爹无法说明情况，自是逃脱不了干系，只好先停职回家。婆母承受不了打击，撒手西去。

从此公爹被戴上各式各样的帽子，每一次运动他都首当其冲地被揪出来批斗。每次游街回来，贞姨都把他的衣服脱下来，撕坏了缝缝补补，身上的血和土也及时清洗。运动分子们多次找到门上来，先是动员贞姨和公爹划清界限，后见贞姨不为所动，便干脆也将她归入斗争对象。贞姨抱着孩子跟在公爹的后面，看着公爹脖子里插着“里通外国”的大牌子，而自己的胸前挂上了“反革命老婆”。她不明白为什么自己一下子站在了斗争的风口浪尖上，她从没感觉公婆和丈夫是坏人，她只想一家人在一起过日子。她不抛弃公婆，在她认为那是公理，她自小受到的教育就是敬老爱幼，相夫教子。还有，她曾经答应过丈夫，她要在这里等他，哪怕江水干了，她也不离不弃。

半夜，贞姨听着汹涌的江水东流而去。她只能宽慰自己，就当那是我的泪吧，不哭，不能哭，为了孩子，为了等回自己的丈夫。贞姨咬碎了牙坚持着，可公爹却坚持不下去了。在一个秋雨连绵的夜里，公爹支撑着起来，没有惊动儿媳和孙子，在高高的门框上栓上绳套，把自己悬挂在了耻辱的名声里。

清晨贞姨前邻后舍挨家挨户地下跪，小世寒跟在身后溅得满脸是泥，善良的乡亲们还是被贞姨感动了，他们都不顾运动分子的警告来到贞姨家里，用一口薄棺装殓了公爹抬到村外去。

5

在以后的批斗队伍中，三里五乡的人们都会把同情的眼光投向那个牵着孩子的女人。正是因为有了贞姨的存在，乡亲们才慢慢体会出这样的批斗是不是丧失人性，是不是对人性的摧残，有没有大搞特批的必要。老百姓不敢说出口，不敢交流，但是渐渐地往“坏分子”身上泼脏水扔垃圾的少了，甚至站在街边的也不再起哄看热闹了。这一场遍及全国的轰轰烈烈的运动刚开始，在江边倒是一下子失去了光彩。

然而，就在那一年冬天，世寒死了。17岁的世寒被征走修河工，队长分配给他的活永远是最苦最累的。世寒明白自己的出身，从来没有微词。他埋头拼命地干，经常是别人都收工了，他还在取土筑堤。有一天傍晚，他在江堤上听到了冰上孩子的呼喊，他不及把土车子停稳，就一个箭步冲上了堤坡。世寒看到几个小孩子正拼命地往岸边跑，冰窟里还扑腾腾有两个。他顾不上想太多，三两步跃到了冰面上去。当他把手上的搭裢甩到孩子的身边，两个小孩子惊惶失措根本抓不住。世寒不得不往前伸手去够水面上乱挠的小手，直至冰面又一次塌陷下去。

孩子没救上来，自己又搭上了性命，贞姨昏死过去。生产队对于世寒舍生救人的事迹说法不一，那些“积极分子”为了不让世寒获得荣誉，想把整个事情说成是世寒趁天黑无人把孩子推进了冰河里。贞姨顾不得病弱的身体，长跪在生产队的门口，滴水不进。她只想为儿子讨回公道，不能让儿子背着黑锅含冤而去。两天两夜的对峙，那些丧失天良的人终于不再言语，但他们在给公社报送的材料里，故意将事情经过写得模棱两可，以至这件事竟然不了了之。

那一年，贞姨三十五岁，头发白了一大半，眼睛蒙上一层雾翳，彻底失去了光彩。她完全丧失了抬头的兴趣，她不敢看任何人，听任何事。在她心里，这个世界上她还有一个亲人，远在天涯的一个亲人。她相信，他没有忘记她，因为她是他的家。

她的房子被队上没收充公了，她只能搬到逼仄的磨房里。她所有的家什和用物都被盖着红印章的封条封死了，她除了好心的邻居接济，更多的时候要靠自己外出讨乞。但无论走出多远，她都想着赶回到院子里，她担心若是哪天丈夫回来了，她应该等在那里。

6

十五年，她守着公婆和儿子的坟，坚守在这个不称为家的家里。贞姨斩断了所有的后路，顽强地活了下来。她唯一的信念只有一个，她是那个人的妻，那个沦落天涯的人，那个生死未知的人，那个一诺今生的人。

贞姨从队上分得了几亩地，没人帮助，她只能以多换少，在江边的地上种起了菜园子。她像照顾自己的孩子那样照看着菜园，她常常在想，丈夫最爱吃茄子卤面、茴香馅饺子，第一刀韭菜又嫩又鲜，烙几个鸡蛋盒子他可以带在路上吃。就在贞姨的日思夜想中，突然有一天她听说河对岸有个落后分子收到了台湾的来信。她感到头顶上闪过一个霹雳，哗啦一声，天为她扯开了一条缝。她甚至都不敢仰脸去看，她害怕这是个梦，她强烈地感觉到丈夫正顺着那一缕阳光，缓缓地降落到她的身边来。她一口气跑到江边的菜地里，对着汹涌的江水号啕大哭。

贞姨想到能帮助她的第一个人便是我的母亲，于是她匆匆地赶到县城里来。母亲携带着贞姨写的资料找到市里的港澳台办公室，然后给《天涯共此时》栏目写信。贞姨就像是溺水的人抓住了一根救命的稻草，死活再不肯撒手。她隔三岔五地跑到县城里来，探听消息。我能猜想得出，她的心里重又燃起了一团火，可是她的人却平静如水，每一步都轻轻地落在地上，她的眼神也始终不离开身前一步的土地。她真的害怕伤害到一只蚂蚁。她仍然觉得自己是一个罪人，她甚至不清楚她正在做的事情是不是又增添了她的罪恶。

7

我升入高三的那年秋天，放学回到家里，却看到贞姨坐在院子里抽泣。在母亲的手边放着几张信纸。贞姨抬起头来，脸上充满了歉意，她压抑不住心里的兴奋，她说，你姨夫来信了呢。我看到，贞姨那一刻如同个刚过门的小媳妇，半是高兴半是羞涩。那是她三年来第一次同我说话，尽管她已有近六十岁的年纪了，声音依然娴静透明。

我看了信的落款，才知道那个让贞姨苦苦等了一辈子的男人名叫关义。他当年追随蒋家去了台湾，却没能捞到半点差事。他被疏散到大山里做工，给当地的农人搭活计。他娶了当地的农家女，先后生育了两个孩子。他在北平读了大学，却在台湾干了一生的农活。他的生活是中下等，勉强供两个孩子读书。前些年妻子病故了，孩子们都不在身边，他一个人孤苦伶仃地过日子。他没有一天不盼着回家来，做梦都是门前的一川江水，还有他的爹娘和娇妻。在信中，他提到，他已经与孩子们商量好了，他正在攒钱，他要回来，叶落归根嘛。

贞姨催促着母亲抓紧时间给他回信，简单地说一下公婆的情况，最好是能定下他的归期。因为台湾省还在使用繁体字，贞姨不得不借助我的帮忙。那个年龄的我一边翻着繁简字对照表一边想，爱情是个什么东西，婚姻又该是个什么样的东西呢？让眼前这位女人赔上了青春不说，一生都无可救药地搭了进去。如果说爱情是个约定，婚姻是个承诺的话，那么她拿在手里的岂不是一面只能照照自己的镜子吗？尽管那个男人没有主动地选择背信弃义，可他毕竟在那个远离贞姨的世界里开始了新的生活。而贞姨却用痴心坚守着自己的那一句离别时的回答，在孤独的守望中挣扎了一生。我在心里为眼前这个可怜的女人鸣叫不平，可贞姨脸上安静如水，仿佛这是她已知的命运，也是她选择承担的命运。

我为贞姨把信重读了一遍。贞姨若有所思地听着，到最后她狠了狠心说，提两句世寒吧。话没说完，她的泪已经流到了唇边。

8

那个男人没能如期回来，贞姨倚在门边望穿了眼睛，望得门前的村路落叶翻飞，茅草枯黄。年节再见贞姨时，我感觉她一下子瘦了一圈老了几岁，我听到母亲宽慰她时，她掏出男人的信来说，他病了，钱花了一部分，盘缠不够了，明年再攒。她长吁了一口气，好像在问自己，明年多长啊，明年又是什么时候呢？

备战高考的几个月里，贞姨不来我家了，因为课业太累，我和母亲再也没谈起过贞姨的家事。在我拿到大学通知书的那天，也不知贞姨从哪里得到的消息，她背着一大筐新鲜的菜蔬敲开了我的家门。一进门微微笑着说，我来沾沾大外甥的喜气，你姨夫说准了秋后回家呢。我和母亲都很高兴，那顿饭也吃得有声有色。我向贞姨保证说，等姨夫回来的时候，我定要赶回家见识见识他。

然而我刚入学一个月，母亲在信中说，贞姨得病了，好不了的那种病，真不知道能不能挺到你姨夫到家的那一天。我顾不上多想，抄起笔来给台湾写去了一封信。我不清楚贞姨是否知晓自己的病，也许她早就想到了。现在想来，年初的时候贞姨瘦得那么快，就应该是发病的先兆吧。这样说她也许是一直瞒着我们，怪不得在她看来明年都是一个遥不可及的日期了。

仅仅过了半个月，母亲又写来家信，告诉我国庆节务必回家，因为台湾的姨夫回来了。我掐指一算，那封信在路上的时候，这个男人就已经上路了，他肯定是收不到那封信的，他不可能懂得这一次相见便是今生今世的最后一见了。母亲在信的末尾还有一句话，你贞姨不愿让你姨夫知道她生病了，你回来千万别说破。

我本打算揣着一肚子的话说给这个男人听的，可如今我明白了，我真的没有这个资格。贞姨有，可她却连自己生病都不想说，她只想要一个大团圆的结局吧。这便是她毕生所求了。我怎么能只图一时之快破坏了她的梦呢？

当我走进那间阴暗的屋里，那个男人正佝偻着身体抚摸贞姨的额头。我想他们是在说什么悄悄话吧。我站在断间墙门口，哽咽着叫一声贞姨，那个男人缓缓地回个头来，惨白的头发，枯干的面容，削弱的身躯，早已没有了年轻时的英武之气。看他一眼，便想象得出他在台湾过的又是什么日子。母亲曾经说过，他把所有的积蓄都带回来了，兑换成人民币共计五千多元。别说贞姨的病已经到了晚期，就是能治他也掏不起钱。

贞姨说不了两句话，就要停下来大口大口地喘气。男人坐在她的身后，为她扣背来缓解肋间的疼痛。贞姨的眼睛大得有些吓人，一头白发在昏暗的屋里格外刺眼。她总是抽出时间来笑一笑，安慰着我和母亲，向我们传递着此时此刻她是幸福的信息。

9

深秋霜降的时候，贞姨含着笑走了。贞姨苦苦等了四十年，只换来四十天的厮守。她的笑容告诉我们，她没有白等，她很满意。她的男人握着她手，一刻也不曾离开她的身边。男人的哭声并不高，都压抑在咽喉里。男人不哭的时候，就一遍遍地数着贞姨的手指，翻来覆去，不厌其烦，仿佛在贞姨的手指上记录着他们分离的月月年年。

男人平静下来，种着贞姨的菜地。菜地离他家的坟不远，他每天都会到坟前坐坐，那里有他的爹娘，他的妻，他的儿子。他总有说不完的话，在心里默默地倾诉。他希望他的亲人们能听见，来梦里再与他相聚。

仅仅是四个月，男人就无疾而终。在他的家里，乡亲们发现了他早已托人刻好的墓碑。正面是两个人的名字：关义、玉贞，背面是他专门写给贞姨的两句诗：忆君心似西江水，日夜东流无歇时。

我和母亲前去吊唁的时候，发现母亲拎着的正是贞姨经常拿在手里的碎花小包袱儿。母亲说，那是贞姨偷偷交待的，一定要把这个包袱儿和她男人葬在一起。贞姨只给母亲一人看过，里面是她做给男人第一双鞋，还有一张梅花笺。纸上是首古诗，是男人在新婚之夜的时候为了教她写下来的。

我看到一行行清秀隽永的小楷，枫叶千枝复万枝，江桥掩映暮帆迟。后两句我已经猜到了，男人更是没有忘记，他刻在了墓碑之上。

这一世红尘落了，但愿在那个世界里，他们能从落笔的一刻再重新爱起。

你幸福了，我才能快乐

1

放下班长的电话，我的脑海里有一刻的空白。这个高中毕业十周年的聚会，我到底要不要去呢？

我不由地想起了校园中那一方清清的池塘，先是一株株垂柳随风懒散摇摆，沿着脚下修剪如茵的草地，甬路边是一排高大的榕树。榕花开得正好，偶尔会有一片两片落在我的肩膀，像是淡粉色的蝴蝶。我跑到小路的一边，悠闲地坐到操场边的秋千上去。我的手上有一本《少年维特之烦恼》，那是小溪专门借给我的。今天我约他来也不问别的事，只想知道维特的烦恼他有没有？你说好笑不好笑？我喜欢这个男孩子和他喜欢我的方式一模一样，谁也不会明讲。我们就在那样朦胧的意境中追逐着彼此，猜测着对方，幸福地享受着那一段颇为神秘的年少时光。

是哪一只手为我轻轻抚去了肩膀上的落英？我含情脉脉地回头看时，才知道不是他，反倒是校园里臭名昭著不求上进的泼皮无赖。“请你放尊重些！”因为害怕，我厉声呵斥但声音抖得离谱。

我的过激反应让无赖着实吃惊，他四周看看担心被老师听见。可是在安静的池塘边，在这个午休时刻，没有同学们熙熙攘攘的身影，更不要说老师会到这样幽静的地方来。无赖肆无忌惮走上前来开始要对我动手动脚。我像一只受惊的麻雀四处躲闪着，可怎么也逃不出他的手掌心。就在他扳住我的头要强行吻我的时候，我听到一声凄惨的叫声，无赖松开我缓缓地倒在地上。我的维特出现在我的面前，小溪修长细白的手指上淋漓着鲜红的血。那一柄水果刀在正午的日光里夺目而闪耀。

小溪被勒令转学了，转去了一所毫无教学质量可言的高中。我随父亲工作调动，全家搬去了一座大城市，彻底与他与同学们失去了联系。算一算离开那个初恋的伤心地已整整十年了，同学们是怎么找到我的呢？同学们和小溪还有没有联系？他的生活又变成了什么样子？

如果我不赴约，那是因为我还深爱着小溪，在那个过往的青春里，还有一份负债等着我去重拾和面对。

2

如果我去赴约，那仍是因为我还爱着他，我多么想知道他的境况，哪怕是听到只言片语，我要断定他很幸福。若是那样，我的不幸就会抵消我心中深埋的愧疚。

所以我要去，我要回到那个池塘边，那个操场边的秋千上。我知道，虽然罗大佑在我们那时的校园里只能算是过气明星，但是我和他都不明就理地喜欢上了《童年》——池塘边的榕树上知了在声声地叫着夏天，操场边的秋千上只有蝴蝶停在上面……也许是这情景让我们留连忘返，也许真如小溪所言，是罗大佑那锈迹斑斑的嗓音在我们女孩儿听来充满了沧桑之感。管他呢，喜欢就是喜欢，哪有那么多理由。我的言外之意他应该听懂了吧，我喜欢你，也是这么简单。我笑着跑开了，在四月的风里裙角飞扬。

小溪没有追上来，而是把手拢在唇上，冲着阳光中我的背影在喊：你知道吗？你好像一只素净的蝴蝶。

累了，我倒在草坪上休息。阳光从或稀或密的树叶间筛下来，在长短变幻的光线里果真飞来了几只素净的蝴蝶，在我情窦初开的目光中翩然起舞，没来由地撩乱了我的心。

高中毕业的那一年，我考取了省城的大学，四年之后，我的关系开进了一家省直机关。我想我们终于可以脱离开世俗的一切束缚，自由自在地在一起相爱了。在等待报到的日子里，我只身一人回到小城找他，我要给他一份新生活。

可惜小溪没在。我想我可以等两天的，见见他就是我最大的欢喜。我蹲在他家门前，我想他也是吧，如果见到我，听到我获得了平步青云的发展机遇，他肯定会为我高兴的。

3

机场安检的时候，安检员死死地盯着我怀孕的肚子。我也发出挑衅的目光，我又没私藏毒品我怕啥？一个女安检员走上来，用手在我的肚子上轻轻地摸了摸，冲我点头微笑着致意。

唉，我为什么要带着这样一个孩子来赴约会？可是这就是我生命的一部分啊，我能剔除掉吗？如果那一年小溪的妈妈在门口看到我的那一天，像这个女安检员一样抚摸我一下，而不是怀疑我敌视我，没有冲着我说出那一堆拒人千里的话，那么生活会是另外一番样子吗？在飞机起飞的轰鸣中，我一直得不到这个问题的答案。

我认识小溪的妈妈，因为我从他的钱夹里看到过他一家三口的合影。在黄昏的夕照中，阿姨从自行车上下来，拎着几只土豆走到单元门口来。我站起来，怯怯地叫一声，阿姨好！她略显迟疑地望着缓缓起身的我。我或是蹲在地上太久了，两只脚同时麻痹，站立不稳差一点扑倒在阿姨的身上。我一手抵住墙壁，不好意思地说，我来找小溪，我想……

阿姨自上往下地打量着我，从我的穿戴上她可能已经猜出了我的身份。她的眼神和语气都突然降到了零度以下。她说，你是小溪高中里喜欢过的那个女孩儿吧，你那时走得干干净净，为什么现在又突然回来找他？你把他的学业和前程都毁掉了，当初为什么连一句话都不给他留下？他去到少管所里三个月的劳教，好端端的优异成绩为了你耽误成三本都不够，最后只考取了个职专，现在有一份油腻腻的修理工作，加班加点是家常便饭，既便这样还要担心哪天被老板炒了鱿鱼。阿姨抖了抖手上的土豆，说，看见了吗？他爸爸病了，需要他在外面挣钱，每一分钱我们都要算计好了再花，我们是真正的穷人家，你是谁？大城市里富贵人家的宝贝小姐，咱们门不当户不对，你不用来可怜我们，我们也不需要你的施舍。你走吧，不要再来啦。我不想再见到你，你只会给小溪给我们家带来不祥和噩运……

趁着阿姨打开门的瞬间，我看到了一个四壁皆空的家。“哐啷”一声，门无情地关上了，没有人看到我心痛羞愧的泪水。

4

春节前，我刚到单位报到上班没几个月，就被单位领导安排赴欧考察学习一年。我知道这样的考察学习对我意味着什么，这样的名额有多少人虎视眈眈想得都得不到。可是我却在心里犹犹豫豫，我害怕我飞得越高，就会离小溪越来越远，好像我们生活在两个星球之上，就会与他在这个社会的评价体系中永无交集。我天真地想，如果有人能让他的家人痛痛快快地接受我，那么我宁愿将这个指标拱手相让。

趁着春节前休几天年假，我又一次偷偷回到了小小的初恋之城。可是这一次所见之景却生生地将我的心脏痛击粉碎。在我来到他家楼下的同时，喜庆的鞭炮正在串串鸣响。在一片烟雾缭绕之中，迎新的花车缓缓驶了进来，车门轻轻打开，新郎把一束鲜花放在新娘的怀里，然后俯下身去，在工友的欢呼声里把洁白婚纱包裹着的胖新娘拦腰抱起。就在新郎走进单元门口的刹那，他轻轻来个转身。啊，是小溪！我双手不相信地捧住了眼睛。他仿佛向过去回望了一眼，又像是在寻找着丢失的什么东西。而那道剑一般的目光向我直刺过来，我的身体迅速洞穿成寒风中的蜂巢。

恍惚中我听着邻居们在纷纷议论：多好的孩子啊，听说是被大城市里的女朋友甩了，前几天还喝得酩酊大醉，坐在门口大哭呢！就是啊，都说是爹娘逼着分的手嘛，嫌那女朋友美得像个妖精，哪里会踏踏实实过日子！也对呀，丑妻家中宝，只是这新媳妇听说孩子不怎么满意呢！谁说不是啊，新郎官不喜欢，可架不住爹妈安排相亲会，今儿个相明天相，这相亲安排得满满的，最后随便选一个，怎么不能凑合一辈子？

人声喧嚣的婚宴上，小溪尤其放肆，大口喝酒，主动出击。不一会儿，就被工友们草草架离了现场，只留下他的爸爸妈妈和新娘子收拾这一地狼籍。我不晓得小溪是否看到了我，但我懂得他已将忧伤深深埋进了心底。是该我离开的时候了。

那个悲痛欲绝的春节过后，我孤身一人飞赴欧洲。

5

一出航站楼，班长就举着高高的大牌子映入了我的眼帘。我偏目不斜视，径直从他面前昂首走过。我倒要看看，在这座伤心小城，究竟还有谁会认得我？

自欧洲学成归来，按干部培养需要，我被提拔走上新的工作岗位，成了同事和业界眼中的精英，自然而然身份也转到了高不可攀的“圣女”。其实，这正是我所需要的一种假象。我的心还没有复原，怎么可能会容下一个没滋没味的追求者？接下来，我还是没能摆脱小溪曾经遭受过的非刑的折磨。父母为我定下的是他们朋友家的儿子，弃官从商有一份不小的产业。我自然是不屑一顾。他们开始了无休无止地劝说，无用之后是哭诉，无效之后是威胁，是跪地哀求，是绝食相逼，继之以蜂拥而上的是爷爷奶奶姥姥姥爷的苦口婆心，好像我再不同意就成了天下第一号大逆不道之人。终于我麻木了，妥协了，心死成灰了。

我知道，在我点头答应的同时，在我决定放弃自己的同时，我的选择对那个陌生的男人是不公平的。当他在我的冷若冰霜面前热情不减，当他在我的不置一词面前滔滔不绝，当他在我的不闻不问面前彬彬有礼，我相信，我终将会受到来自于这个优秀男人的惩罚。他是驰骋商场的男人，有的是征服对手的强烈欲望。有一天，他终会以胜利者的姿态走出我的视野，他以为那是对我最大的报复和伤害。没错，理应如此，我接受我毫无怨尤。可是他还不够了解我，他伤不到我，我始终不会让自己进入他的杀伤范围。

果然，我一怀孕，他便弃我而去。一时间，旧爱新欢，纷至沓来。我们俩都更像是为了满足双方父母的意愿而结合，如今离开则是为了不委屈自己。

我决定将孩子留下来。我想，命中该有，这就是我的命吧。

6

一只手轻轻地抚住了我的拉杆箱。我淡淡回眸，是那一双干净清澈的眼睛，像一泓明亮的湖水。时光骤然间闪回到十年前那个晴朗的夏日午后，如果拂去我肩膀上缤纷落英的正是眼前这个人，那么该有谁来为我们逝去的青春和纯洁的爱情买单？

片刻惘然，我微笑着读出他的名字——你好，小溪。声音出奇地平静，我没有泄露那一份蓬勃生长的秘密。

他回手一指，停顿之后，这些坏东西，他们都没能认出你。然后他欢呼着跳了起来，“我赢了，我赢了，噢——”同学们都急转身围拢上来，引来了整个大厅里羡慕的眼神。班长这才道出他们事先打好的一个赌——谁能认出我，谁就可以和我荡秋千。

是啊，若不是班长举着那块写我名字的纸牌，我对他也同样浑然无知。即便这样，我一个也没有认出在他的身边站立的都是我曾经的同班同学。更何况走出通道出现在他们面前的是一个挺着大肚子的孕妇呢。

全班同学仰天大笑，最高兴的当属小溪。

又是一个寂静的午后。

我看看身边相伴的人，曾经沧海地说，幸亏是你。不等小溪询问，我自己解释给自己听，我不习惯和别人来这里。

小溪则全然不理会我的话，他关心地问，你过得好吗？你好像并不快乐。

我很想说，我就是不快乐，因为你为了我从来就没有快乐过。可是我什么也没说。

小溪扶我一下，好让我在秋千上坐稳。我没有注意到，在秋千索上恰好泊着一只素净的蝴蝶。它不仅没有立刻飞走，而是与我默默相视，似是在回忆散碎的旧时光阴。

我仿佛听到某种神秘的召唤。我开始漫无目的地诉说，我离婚了，我想生下这个孩子，在这个世界上，我只剩下了这一方池塘，这依人的垂柳，这几株烂漫的榕树，这一架高高的秋千，哦，还有这或静或舞的粉蝶儿和我的孩子……

小溪蹲下身来，在忧郁的神情中挣扎，泪水流向颤抖的嘴角里。他应该是在心里喃喃自语："我们还能回去吗？"

我轻轻一抬手，那只素净的蝴蝶轻盈地飞起来，在晴光中翩跹巡回。

"如果重新来过，如果让我们重新选择，就像这只蝴蝶一样，飞回到那日的时光，该有多么好。可是，这只是如果，人生中没有如果。小溪，忘了我，忘了那些不堪回首的过往吧。我们执着的爱，不能以伤害他人为前提，不然我们会爱得心神不宁，永远不得安生。放下吧，你幸福了，我才会快乐。这一次聚会，之所以我会来，就是为了看看你，告诉你一定要快乐。我们都是幸运的，你赢得了我们单独相处的这一次机会，为我和你赢得了告别昨天迎接明天的机会。祝福你，小溪。"我紧咬着嘴唇，没有说出来。我站起身来，牵起小溪的手沿着甬路走向了同学们聚会的大教室。

没有问，没有答，我们只是更加懂得了人生。我的手机响了，铃声还是罗大佑的沙哑之声——流水它带走光阴的故事，改变了两个人，就在那多愁善感而初次流泪的青春……

一见，再见

1

隔着那么多层厚重的光阴，她还能看到月台上女子窈窕的背影。溜肩的旗袍，下摆刚刚过膝，露出了两根莲藕似玉白的小腿，左腕上挽着一只小小的苏州缎的手包。在女子的视线里，一列火车呼啸而至。刹车时大团大团的蒸汽裹到月台上来，女子像是飘在云雾里。车门缓缓打开了，他映了出来，一袭长袍，平易亲和，儒雅含蓄，向着欢迎的人群挥手致意。然后他握住了女子的手，轻唤了一声“青萍”。

咳，那是我的名字——她不由得讶异了一下，幸好那女子似是觉察到了她的轻诧，稍一回眸。她看清了，女子不是别人，正是年轻时的自己……

他还能唤出我的名字。他们第一次偶遇是在五年前一个小型的画展上，他被人簇拥着进来出去，他只关注了两幅画作。恰好那两幅画都是她的手笔，她的名字在他的耳边出现了两次。她躲在人群后面，没有机会走到他的面前去。她没想到他真的记住了她，今天一见竟像是故交知己。

这是民国三十年（1941年）1月的吉隆坡车站，他46岁，她29岁。他是应“南侨总会”之邀来南洋讲学的艺术大师。她是“雪兰莪州华侨筹赈会”的接待人员。

2

在她的安排下，他入住画展举办的地点中华大会堂。一天下午，他从梦中醒来，信步走进正在布置画展的大堂中。她正爬在梯子上专注地挂一幅画，一缕金色的阳光透过窗口投射到她的身上来，那柔美的曲线和跃动的青春气息刹时感染了他。他发觉自己心中最软的那根琴弦好像是被拨动了一下。他急忙摸出画笔，可就在他下笔勾勒的时候，她不经意地转身别处了。他略感失望，没能捕捉到如此激动人心的瞬间，可他的头脑中却突然冒出一个念头，一定要为她专门画一幅肖像。

在一个讲学的间隙，他提出来去看看她的画室。她有些意外，但在心里那显然正是她求之不得的事。她调皮地说，那好吧，就在今晚怎么样？

走入她的画室，他顿时被那些浓郁的色彩吸引了。他没有想到一个女子，下笔是那么奔放，构图是那么大胆，着色是那么清丽脱俗。她激动起来，她的心扉向着难得的知音敞开。这些年求学的艰辛和探索的苦楚一齐涌上心头，她忘情地向他倾诉。他静静地听着，为她的勤奋刻苦所感动，为她的独到见解击节叫好。他们促膝交谈，对她的每一幅画作交换意见。她时而点头称是，时而阐述自己的创作思想，时而提出反驳的观点。在南洋夜风的吹拂下，他们相言甚欢，忘记了时间，忘记了天地，忘记了他们曾经拥有的过去。

夜太深了，她执意送他回去。她俏皮地说，保护你，陪着你，就是我的工作啊，我要陪着你欣赏南洋的风景。在吉隆坡的夜色中，他们并肩走着，一路沉默无语。他偶尔眉头紧锁，悄声叹息。他想到了他的撒泼发蛮的悍妻，怎可与眼前这位善解人意的女画家相比？她不说话，她细细地咀嚼着大师给她提出的建议，无可名状的崇敬和仰慕在心头暗暗涌起。她不由地挽住了他的手臂，我们尝尝马来巴沙，如何？

柔曼的吉他和情侣们缠绵的歌声荡漾在他们的周围，椰林婆娑的轻风吹动了她乌黑的发。他坐在她的对面，望着月光下泉水般澄澈的眼眸，心中一阵阵悸动。

和你在一起真愉快——他神情有些迷惘，她若是像你就好了……

他说出了她一直想逃避的那个名字，声音里满含着哀痛与忧伤。她很歉疚，她不知道是什么打开了他情感的闸门。他黯然地低下头说，我们来点酒怎么样？

她晓得他是不喝酒的，可是今夜她如何拒绝呢？她要来了香槟和他爱吃了两碟小菜，陪着他一饮而尽。他喝着喝着，神色变得愁苦而忧郁，他诉说着那个女人对他的刻薄和非解，言词里充满了怨恨和无奈。她泪光莹莹地劝慰着他，可他却愈加痛苦。他自顾着一杯一杯地饮酒，和着眼泪无声地吞到肚里去。她伸手去夺他的酒杯，结果被他的大手握在手心里。他真的醉了，借她的玉臂在桌上一枕，悲痛欲绝地哭起来了。他哽咽着，肩头一耸一耸，那无法释放的胸中块垒严严实实地堵塞了他的喉咙。

祖国蒙难，家庭破裂，她彻底理解了面前这个男人心中的痛楚和苦难。作为一名爱国艺术家，这一切都是何其沉重的打击啊，而他却无处可说，无人可诉，只能将一切埋藏心底。他还要抛弃这一切烦恼，辗转于印度和南洋各地，筹办画展，为抗战义卖。就是拖着这样疲惫的身心，他已经为国家捐出了数万金币。是啊，他心中的苦有谁知啊。

那一刻，她真的理解了他，任凭他抓着小手，陪着他默默哭泣。

3

在她的大力宣传下，他的画展盛况空前，义卖也是节节攀高。他没想到，一个看似弱不禁风的小女子会有这么大的影响力。除了她对艺术的领悟力之外，他对她又一次刮目相看了。当她身着洁白的连衣裙走进他的休息室时，他坚定了自己的想法说，我要为你画一幅画。她很荣幸，艺术大师为自己画肖像，这是所有女子梦寐以求的事吧。

她安静地坐在他的对面。

他问，连我也不清楚，如何会在你的面前哭泣，发泄不满和怨气，你懂得吗？

她预感到情感的暴风雨正在眼前聚集，可她还在安静地等待。

他缓缓地驱使着画笔，就像是在心里寻找着突破的路径。他讲到了妻的胡搅蛮缠，讲到了一位阿慈姑娘，讲到了他微妙的纠葛，讲到了他忍痛割爱，讲到了他在残余的梦里一晌贪欢……

她疑惑他的痛苦的根源，她说，你爱得不够勇敢。

他满怀希望地注视着她，问，你勇敢吗？请你带我一起前行。

一向以速度著称的大师在为她画肖像时，居然用去了整整四个小时，到目前仍然见不到收工的样子，仿佛只等着她的一句承诺便可搁笔。

我没有爱过，但我知道爱就要说出来，不能犹豫。不，我爱过，我爱生活，我爱艺术，我要为艺术奉献我的青春，奉献我的生命。她突然为爱找到了突破口，向着他一股脑地倾倒。

他摇摇头，止住了她的慷慨，说，不是这样的爱，是异性的爱，你有吗？

她斩钉截铁的回答，我没有异性之爱，我只爱艺术，一生只为艺术活着，我是坚定的独身主义者……

他像是被兜头浇了一盆冷水，麻木地补了几笔，便躺倒在沙发里闭上了眼睛，一句话也不想说了。

她根本不清楚自己刚才说了些什么话，只是年轻人的风发意气而已。她顾自过来拿起画稿，爱不释手地看起来。她兴高采烈地说，送给我吧，我会好好珍藏的。

他有气无力地说，我的画从不送人的。她不明白他为什么兴致突然跌至了冰点。自己的倔强脾气也冒了上来，最后通牒似地说，那你不能题写我的名字。

他蓦然坐起身，像是故意写给她看一样，狠狠地在画角上写下：南洋少妇。他走出了休息室，留下她一个人发呆生气。

4

他一夜未眠，为两颗向往艺术而又不能融合的心痛惜不已。她更是彻夜难眠，用理智控制着这一场席卷心灵的情感风暴。第二天清晨，他和她不约而同地来到了她的画室门口。

他故作轻松地说，我有一个好消息，一个坏消息，你先想听哪个？她知道，他已在心里接受了她的拒绝，并做出了下一步的打算。

果然他放手了，想必这就是他所谓的坏消息了。好消息是他决计要走了。但在走之前，他想为她出一册画集，他要亲自选稿，亲自作序。经过两个月的不懈努力，她的画集得以顺利出版，因为有了他的序言，更是一度脱销，吉城纸贵。

然后他毅然离去，让澎湃的激情慢慢沉淀成纯净的友谊。两年后她在祖国的召唤下回到了母亲的怀抱，正在她满心激动地给他写信的时候，她听说他的身边已经多了一位名作阿文的姑娘。那姑娘人如其名，文雅娴静，以牺牲自己的生活来保全他的事业，是业内人人称赞的贤内助。她释然了，莞尔一笑，幸亏自己当初没有接受他的感情，真不知道自己能否做得同阿文那样好，不然荒废了自己的艺术不说，还会埋没了他的才华的。那将是两个人多么无可挽回的损失啊。

5

1951年她回江陵探望母亲，莫明其妙地被当地公安机关羁留，由于她复杂的海外关系，紧接着被无情地扣上了“汉奸”、“特务”、“汪精卫姘头”、“反革命分子”的帽子，一次次拘捕，一次次劳教，她就这样被政治大潮卷入了人生的谷底。多年来，她申冤无门，孤苦一人，靠着拣破烂、拾垃圾，卖冰棒来维持生计。在她得知他去世的那一年，她想到了死，她感觉世界上唯一理解她的人没有了，她还独活又有什么意义呢？可她在痛苦思索之后，决然地选择了生存。她要用自己憔悴的心记载下他留给自己的那惊鸿一瞥似的恋情，那是怎样刻骨铭心的一段情啊……

又是一抹斜阳，她茕茕孑立于窗前，遥对着晚照夕晖，任黄昏的风吹乱满头的银发，默诵着大师在她画集序言中写给她的情话，“……但芸芸众生之我，食苹而甘，于愿已足，不遑深究。吾之所惆怅者，乃见他人食之而甘之味，而我不可得也……惟在行刊之前，先发谰言，乃不佞对作者阅者深致其歉哀与惶恐者也。”2004年元月，离他们站台一遇已整整过去了63年。记忆中的苔藓就像是帷幕上的绿丝绒一样，缓缓地将她的人生之戏合拢了。她一生恪守着自己年少时许给大师的轻狂诺言，终身未婚。

那个夜晚，有雪飘落。她唤着他的名字，安静地走了。魂里梦里都是他的影子，都是与他相守度过的63日。她从不曾对谁提起，那是她的伤和秘密。现在好了，带着这一段浪漫而哀隐的传奇，她又能与他相会了。

握不住，你的手

1

她的手抖得握不住电话，更不消说准确地摁下那三个平平常常的数字：1，2，0。

她不知道是因为紧张还是害怕，等她报完家庭住址，才发现自己泪流满面。再一次回到他的身旁，在惨白的灯光下，他腊黄的脸上罩着一层浅浅的灰色，鼻翼两侧的阴影正在向双颊扩散。她从床头上抓起自己的速效救心丸，狠狠地扣在手心里十几粒，用手撬开他紧闭的嘴巴，一股脑儿地倒了进去。

她拍打着他的脸，呼喊他的名字。她听到自己的声音像是从天外传来，影影绰绰隔了一层云雾。他的嘴里吐出了粘唾沫，不说话。

她真的设想过无数样与他分离的场景，只是从来没想到会是今天这个样子。在她的预料里，那个离去的人只能是她。三年前在她作了胃部切除手术之后，她更是笃信这一天正在如期来临。只是在深暗的夜里，她曾经哭着跟他说，你们家的祖坟太偏僻太荒凉了，把我一个人埋到那里去，我有多悲苦多孤寂。

他的大手捂住了她的嘴，你不要胡思乱想，胡说八道的，咱的病看得好好的，你一门心思养身体好了，咱们这才多大年龄，还有半辈子好好活呢。

她何尝愿意胡思乱想，不就是舍不得他，舍不得这个家嘛。这些年，一步步走过来，多少难多少罪都在她的心里盛着装着，一刻也不曾放下呀。

2

当媒人走进她家的门时，她在村小学作民办教师，他在北京轧钢厂当工人。两个人是同一个村，中间只隔了两个窄窄的过道。而这短短的几十米正是她出嫁的距离，没有彩车，没有长长的送亲迎亲的队伍，只有短暂的鞭炮声响，还不等她把咚咚乱跳的心情平复，他的家门已经到了。

现在想来，那一天确确实实是她一生当中最迷糊的一天。她就像是一个听人摆布的木偶，不敢有自己的任何想法，直到第二天早晨，她仿佛还在做着一个劳累不堪的梦。她正在扫当屋里的地，看见他从炕上坐了起来，伸出白白的两条腿，迎面骨上排列着的都是圆圆的烧疤。她吓得扫帚丢在地上，指着他的腿问，这是怎么回事？他撇开嘴一笑，正常正常，轧钢厂里没有一个囫囵人，哪个没有伤？说完他将两只又粗又白的胳膊一扬，看见了吧，被刚出炉的盘条架着走就会是这个样子，胳肢窝里冒青烟。她一瞄，可不是吗，他的两个腋下更有着两条长长的肉疤。她的心一阵扑通，人骤然歪倒在断间墙上。

当他婚假结束返回北京的时候，她下定了决心要他回来。她不能让他一个人去那样危险的地方，他一天在险境，她就一天在噩梦。

3

终于找到一个对调的机会，他为了她能过上安心的日子，放弃了北京户口来到县城的展销楼里作了一名售货员。而她也是争取到了公社里唯一一个培训的机会，来到县城和他住在了一起。

每天早晨他骑车带她去学校上课，中午做好饭接她下课归来。下午她没有课程要学，就待在他的宿舍里为他缝缝补补洗洗涮涮，早早地为他准备下晚餐。等他下班回来看到摆在桌上的小菜，高兴之余总是责怪她心疼她，如果遇上了，就会一把夺下她手中的炒勺，要她把围裙解下来给自己围上。他精于烹饪，毕竟在北京住单身几年，跟师傅学了很多。她其实更爱吃他炒的菜，油而不腻，香而不粘，只是想着他站一天柜台的辛苦，哪里还尽心叫他去做？更何况做饭打食在她的意识里这本来就是女人的事情嘛。

她疼他，比不上他疼她。所以每回都是她被乖乖地劝进屋里来坐着，等着香喷喷的饭菜端上桌。培训的半年，她不显山不露水地胖了起来，人也显得更好看了。他整天乐呵呵地为她前前后后忙碌着，小日子过得越来越起劲儿了。

只是她知道，她还不确定何时告诉他，她已经怀孕了。

4

在等待孩子出生的时候，他工作的展销楼被撤销了。他没有任何选择的权利，上级通知他去濒临倒闭的鞋厂去做业务员。他茫然无绪，这是个他从未考虑过的问题。他堂堂一名北京轧钢厂的工人，突然之间站在了失业的边缘，这难道就是他对调回来的结果吗？

可怕的事情还是如期而至。果然没几个月，他不但没见着一分钱的工资，还不得不接受鞋厂倒闭的现实。他驮着铺盖卷儿回到家里来，等待重新上岗的通知。他从热火朝天的大车间到了顾客萧条的展销楼，再到人气冷落的业务科，这才短短不到两年的时间，他又回到老家这个小院里来了，简直是噩梦一场。想一想他就气，坐在屋里喝水骂街。他挣不下一分钱，拿什么养活老婆和孩子？

她正在跑办自己民办教师转正的事，同样的机会与她同在一所学校的几个老师都先后拿到了转正表格，只有她三番五次地去乡里还没有问来消息。那一天她又一次从乡里失望而归，回来却见大门紧锁。她自行开门进来，家里空荡荡的没有一点生机。她挺着大大的肚子坐在炕沿上苦思冥想，总也得不出事情的要领，还在心里埋怨他不闻不问。后来她迷迷糊糊地睡着了，直到他进屋来将她轻轻地推醒。他的手上端着一碗点了香油的挂面汤，如丝的挂面中间卧着洁白的鸡蛋。她真够饿了，不由分说接过来吃了个一干二净。就在她抹嘴撂筷子的当儿，他从兜里掏出来一张纸，骄傲地笑着展开在她的眼前。

啊，转正表——她惊呼起来，有些不相信自己的眼睛。再看看他的肩膀上磨出了一个血洞，她明白了，尽管她一再阻拦，他还是去建筑工地上做小工了。是他把这一天的工钱买了烟送给了中心校的领导，这才拿到了本就属于她的那张转正表格。

5

他从小工做起，慢慢地成了工地上最便宜好用的长期工。

而她的工资还是半年一发，日常家用只能靠他卖苦力度日。她不忍心他披星戴月早出晚归，一天拼死拼活地挣下几个钱。可若是没有这几个救命钱，恐怕家里就要揭不开锅。他憨憨地笑着，在她眼前举起粗壮的胳膊，自豪地说，要劲干什么？不就是使吗？咱有用不完的力气，不为你我还得为我儿子呢！谈到即将出生的孩子，他高兴得两眼放光，浑身的疲乏瞬间一扫而净。

果真她为他生下了白白胖胖的儿子。在为儿子庆祝十二日的酒席上，他喝得痛快淋漓，来者不拒，把他的工友们喝倒了一大片。从此名声传到了包工头的耳朵里，他成了经理跟前的红人儿。说实话，她不喜欢他跟着经理出入那些花天酒地的场合，她不是担心他变心学坏，她是记挂着他的身体。她晓得他有多么实在，别人几句好话，他就会把那些酒肉朋友当成铁哥们，恨不得为人家上刀山下火海。多少次半夜回到家来，他都是浑身酒气却瘪着肚子。她为他煮挂面，就像他在县城展销楼里侍候她一样，点上几滴香油，切上两刀葱花儿，强逼着他吃下去才允许他进屋睡觉。

他不听她的劝说，也许作为男人，他离不开那个交际的场合，在那样的觥筹交错中更能展示他豪爽的性格，也许是他在经理身边得到了更好的报酬，为她和儿子赢得了更优越的生活。她真得生他的气，在他醉酒的夜里，她一个人瞪着漆黑的夜哭过，在心里恨恨地诅咒过说了不算、不知悔改的他。

6

那一夜突如其来。她半夜被他的异样惊醒，拉亮电灯的一瞬间，她吓得汗毛倒竖起来。他四肢抽搐，口中沿着嘴角淌出大团大团的白沫。

她踉跄爬起身来，顾不得趿上鞋子，披着大袄跑到街上，去砸药铺的门。她的两条腿像是脱离了她的身体，短短的一段路，她记不清自己扑倒了多少回。她感到她的呼喊是那么微弱，被夜风倒灌回肚子里，在她惊恐的嗓子眼里胡跑乱蹿。那时的脑海里掠过一个不祥的念头——难道他会抛下我们娘俩儿不管吗？

他得救了，没有查出任何病因。他病得莫明其妙，好得也是无可名状。她不放心，专门请了假借了钱陪同他到了市里的大医院，做了脑电图，做了多普勒，没有一个医生能说出这个病的所以然。回家的路上，他埋怨她不该乱花钱，不然好不容易去趟市里，这些钱完全可以为她和孩子买不少好东西。她委屈地望着他，那夜的恐惧再一次袭上心来，她一屁股坐在公路边上，抽抽咽咽地哭出声来。

他把酒戒了。他倒不害怕酒会伤了他的身体，他只是看不得她害怕，看不得她呜呜地哭泣。果然，她的头发因为过度惊吓开始一绺一绺地脱落，掉成了村里人少见的鬼剃头。

7

这些年他欠她的太多了。为了她那掉得可怜的一头秀发，她开始厌烦一切事物，甚至连吃饭她都变得可有可无了。他记得仅仅是半年的时间，她整个人就黑瘦黑瘦得脱了相，连同村里的人一眼都不敢认出她来了。

她的胃炎非常顽固，硬的、冷的、性凉的、不新鲜的，她一概不敢吃，就连乡下最常见的瓜果蔬菜，她都不能尝一尝。一不小心就会把老胃病勾起来，汤汤水水地对付半拉月才会慢慢好转。家里的日常开支又添上了重重的一笔，从胃得乐、胃舒平、胃健再到进口药、合资药，中间还要夹杂着成袋成袋的中药，他都不惜血本地买回家来，恨不得一剂药下去，她就能恢复到原来的模样。仿佛只有那样，他的负罪感才会渐渐地消除。如果她一直这样病恹恹的，那他就是赔上性命也还不回她的情了。

她的身体好像是专门来惩罚他的。这慢性胃炎一拖就是二十年，直到他听到病理活检中找到了癌细胞，整个人如五雷轰顶般呆立在楼道里，不辨东南西北，在心里一遍遍地责问自己，难道她就不给我一个弥补过错的机会吗？

8

在她手术和化疗的日子里，他一刻也不愿松开她的手。她也一样，在无数凄凉的夜晚，她都在哀求他，别让我一个人去那么遥远那么荒凉的祖坟里去，我害怕，我冷，我对你们不放心，我还不想走啊——

他郑重地捧起她的手，又缓缓地将手移至他滚烫地胸口上来，他说，我不会让你走的，如果阎王爷不放过你，那我就替你去，反正我不能让你一个人去那么远那么冷的地方，你跟着我还没享过一天的福呢。他的泪啪嗒啪嗒地落下来，砸在她的心上。结婚二十多年来，她还是第一次见他落泪。她一直看他是傻呵呵的样子，不知苦不知累，不知道疼人，不会说话更不会哄女人，就是一门心思过日子的老实人。可是他的泪就像子弹一样穿透了她的心。那一刻，她坚定了活下去的信心，不仅仅是为了自己，更是为了眼前这个不善言辞却情深义重的男人。回头想一想，就算再苦再难，我和他的日子还真的没有过够呢！

为了更好地照顾她，他辞职离开工地之后，主动承担了租住小区里的垃圾清理工作。早晨他挽着她的手到河边散步，八点半钟回家，他为她蒸蛋羹喂她吃早餐。收拾完厨房马上下楼去拉运垃圾，到中午十一点钟准时上楼，手上拎着中午做饭用的青菜。下午三点准时再清理各楼垃圾道，六点返家为她煮粥，晚上要随她一起去广场做保健操。有时，她一个人静静地守在家里想，日子就这样一天天过下去吧，那该有多么好！

9

她怀疑连这样最起码的希冀也是一种奢望。

果不其然，破碎来得猝不及防，如幻灭的泡影。晚饭他还炒了一大盘土豆丝儿，熬好了解暑的绿豆汤。饭后还陪她到广场上散步，躺下睡觉时还是好好的一个人，只有几声轻轻的咳嗽就将高高大大的一个人扔倒在床沿上。

呼啸的车轮在窗外疾驰而过，没有一辆如她所愿地停下来。昏暗的灯光越来越淡，整个房间里笼罩着可怖的空气。她不知道向谁求助，那个永远随叫随到的人就躺倒在她的身前，却对她的悲恸不置一词。

她跪坐在他的身旁，无助地看着他痛苦地倒在了地上。她搬不动他沉重的身躯，只能握住他僵硬的手。

楼下120急救车的鸣笛如同天籁一般，隐隐约约地响在耳畔。她看到医生们冲进来，白色的身影遮挡了她的视线。一番紧张的忙碌过后，又匆匆撤离了现场。她再低头寻找，他不见了，就连他躺倒的位置也不见了任何痕迹。她被抛弃了，她像是坐在散场的电影院里，人们都走了，他也走了，却没有人跟她打一声招呼。

她拼了命地爬到了门槛上，只看见他的头无主地耷拉在担架上，在楼梯上颠簸摇晃，仿佛是在告诉她，不要哭，不要难过啊——

她想起他说过的话，我们还有半辈子好好活啊！可是此刻她摊开了空空的两只手，手心里连他残留着最后的一点温度也不翼而飞了。

可以请你跳支舞吗

1

静静地躺在手术台上，他听到另一张手术床从走廊的尽头“轰隆轰隆”一路碾压而来，似一辆勇往直前的战车。

无影灯亮起来了。他紧紧地盯看着镇静药水一滴滴落下来，就觉得两只眼皮渐渐成了一块磁铁的两极，拼了命地要合到一块去。在灯光照射之下，眼皮薄薄地成了一层透亮的膜儿。在最强的那道光里，他挤出昏暗的人群，勇敢地向着那个大眼睛的女孩儿走去。

“我可以请你跳支舞吗？”他彬彬有礼地半弯下腰，伸出了邀请的一只手。

女孩儿白皙的脸庞上泛起了两朵云霞，她那羞涩的神情忽然间给了他莫大的鼓励。“没关系，我来教你。”还不等她伸出手，他火辣辣的手早已抄了上去。音乐恰到好处地响起来了，避免了两个人接下来略显尴尬的谈话。他们两个一起轻轻地旋进了舞池忽明忽暗的光色里。

他注意这个女孩儿很久了，长头发，宽脑门儿，大眼睛，高鼻梁儿，不薄不厚的嘴唇儿，性感但不落一丝一毫的艳俗。两条细细长长的腿，一款及膝的白色连衣裙，静静地站在舞池边上，多像是一只顾盼流连的仙鹤。

她的发里散出一阵阵茉莉的花香，诱着他把鼻翼偷偷地靠拢上去。“这曲子多么美！”他由衷地赞叹说。

“友谊地久天长。”她的声音轻得像是一根针，可还是被他捕捉到了。他以为她在默认他和她的关系，便微微一笑，深情地重复了一遍说：“愿友谊地久天长！”

2

她向着他的手术台侧过脸来，眼神里充满了母性的光辉。他似是睡着了，只能看到他眼皮轻轻地一眨一眨，仿佛脑海里在演出一部故旧的电影。

“你还能听到我说话吗？”麻醉师俯在她的耳边问。她开始点点头，随即又摇了摇头。她感觉光线离她越来越远了，她就像刚从一个尘封的故事里走出来，又好像正在向另一个故事走去。可她一点也不害怕，因为她的手心里牵着他的手。

“你说什么？你再说一遍。”她跟随他从舞场里小跑出来，那些杂乱的灯光和音乐都被他们俩甩在身后了。这个世界在夜里总是充满了无数的想象，无论什么事情都有可能发生，随时发生。

“明天晚上我请你看电影——”他拨过她的耳朵来，故意拖着长长的尾音，用一只手拢着嘴唇说。好痒啊，他嘴里呼出的热气在她的耳廓里盘绕，暖暖地，麻苏苏地，让她的心一下子软成了一汪春水。

“我要想一想才能答应你。”她矜持着回了一句，紧接着自己又后悔了。在她的心中，真的怕他会一个转身消失在黑黑的夜里。如同过往一场美丽的梦境，天亮时就再也无从寻觅了。身为一位怀春的少女，这样的梦遇她真的不晓得经过多少次了。

“我先送你回宿舍吧。”他的声音里充满了期待，“不管你愿不愿意，明天五点钟我都会在这个地方等你，这颗银杏树下，我等你！”

她默默地向宿舍走着，心里嘀咕着，用得着那么早吗？她侧目偷偷地看他一眼，他一脸喜气，星目炯炯地走在自己身边。来到宿舍楼门口，即将分别的时候，她连想都没想，就冒出了一句，“我住507。”

3

两位主刀医生对视了一眼，同时一步跨到手术台前。那彼此信任的一眼，正是一个最坚定的相约。

为了完美的爱，我们可以开始了——

那一夜他的梦里翻来覆去都是她转身飞进楼门的镜头，凝望的眼前飘过她一片又一片白衣。尽管他送别她时几乎就算是半夜了吧，但那一夜在他感觉中比认识她之前任何一个夜晚都长出了无数倍。

初夏的下午阳光是最好的，就在这透明、热烈、洒脱的阳光里，他看到她从月亮门里闪身走了出来。淡青色的萝卜裤，一件宽大的白色T恤衫，乌亮的长发拖在脑后。等她走近了，他才看到她颀长的脖颈后面，束在发上的是一条绣花的白手绢儿。

“五点钟，一秒也不差。”她伸出手去，腕表的分针正指着12处，“可是明天的电影才是我最想看的。”

他自然很是失望。他想告诉她，这一天他是怎么煎熬过来的，好容易盼到了这个时刻，可是预想好的事情又不得不延期到明天了。可他更高兴的是，因为她的这句话分明向他传递了一个讯息，她想好了，同意和他去看一场电影。

“那你能陪我去博物馆广场吗？那里有更大的舞场呢。”他不想就那样放她走，“我请你喝小时候喝的老酸奶。”

她的眼里闪过一丝不易察觉的欣喜。她自是不愿离开他的，因为在她的心里有了一个令自己狂喜的理由。他们沿着校园里的街道一路向前走着，而她的手很自然地挽进了他的臂弯里。

好高好大的树伞啊，他不时仰起头看看法梧桐大大的叶子。在漏下来斑驳的光痕里，穿过一条喧嚣的集贸小街到广场去。

4

腹腔打开了，止血钳一支支递上来，药棉瞬间吸足了鲜红鲜红的血。监护仪器的显示屏一闪一闪，每一条纹路都有条不紊地爬行着，像是一个无休止的轮回，又像是没有终点的等待。

主刀医生在问："一切按手术方案执行吗？"

她站在博物馆前的广场上，无聊地欣赏着同学们优雅的舞姿，她在心中暗暗发笑，她不明白她们为何要把自己转成重心不稳的陀螺，需要男人用一只手牵引着，在露天的舞池里飘来荡去，乐此不疲。她下意识地看看自己的腿和脚，长长的，像是水中亭亭玉立的白鹤。

目光中忽然发现一个男人翩翩而来，黑色的长衣飘逸如风，衣扣敞着，露出了一条嫩黄色的围巾。长长地搭在胸前，随着衣襟轻轻地摆动。

她的心仿佛刹那间跌进了了滚沸的油锅里。这个自命不凡的县城女孩儿突然间变成了自卑的乡下丫头，怯怯地看着男人在她的身边从容而过。她尽管死死地压抑着自己的呼吸，可她那成熟的胸脯还是翻出了起伏的波浪。那一刻她卑微得只配盯着他锃亮的皮鞋。她在想，我若能配得上他该有多好！

她发觉自己的脸红得像落在树梢上的夕阳，也许那真的是洒在脸上的一片晖光。她急忙用双手掩住面颊，透过细细的指缝儿，这才抽一个空隙在心里俏骂自己，真不害羞啊，你还是一个读大学的姑娘。

这个初夏的黄昏，她再一次来到了博物馆广场。她天真地想证明一下，身边的他是不是那个翩然而过的黑衣男子呢？

5

坏死的肝脏被摘下来了。主刀医生长舒了一口气，然后转回身严密注视着另一个手术台。

监护屏幕上红线、绿线的读数都在一刻不停地变换着，很好，很正常。医生注意到女人的外眼角里蓄满了晶莹的泪滴。

“我辞职了。”他说。她惊讶地怔在当地，他在学校里很有发展前途的，同事们都在羡慕他们俩。她也很知足的，即使有时候小小的虚荣心得不到满足，她从来不跟他发那样的牢骚。她知道他会把全部的爱给自己，她不再奢求别的了。尽管不理解他的想法，她还是选择支持他，并从娘家为他筹借来了第一笔投资。

他没把心里的话全部告诉她。自从她跟着他走进电影院的那天起，他曾在心中暗暗地发誓，我要给她最好的爱和最幸福的日子。可是他们俩都死死地绑在了学校里，挣着一份吃不饱也饿不着的工资。看着她苍白的脸色，他心疼了。他知道，她很想要个孩子，可他却没有答应她。他承诺她的幸福生活还没有实现，如果再添上一个孩子，她该在这捉襟见肘的日子里又增加了多少烦恼啊。他害怕那样的生活，他要改变，他把瘦弱的她抱在怀里，他把手拢在她的耳边说：“相信我，我会给你最最幸福的未来！”

她会心地笑了。眼前就是广场上那位风度翩翩的男人吧，只有当他有能力保护他的爱人时，他才那么自信，那么魅力四射，让人躲闪不及。她记得第一次到他家里去拜见他的父母，寒暄过后，她随他来到他的卧室，在衣帽架上她一眼便盯死了那件长长的黑风衣，她的心狂跳起来，掩饰着激动的心情，她故作平静地说：“如果再配上一条嫩黄色的围巾该有多帅气！”他狡黠地笑着，果然就从衣柜里抻出了一条嫩黄的围巾来。她在心里惊呼，是他，真的是他。她庆幸，他邀请自己跳舞的那一夜只穿了一身休闲装，不然她断然没有牵住他手的决心和勇气。那一刻，世界上最幸运和幸福的人正是她了吧。

她偎在他的肩头，喃喃地说：“我早就见过你，爱上你了，这一生我永远不会离开你！”他温柔的眼光吸引着她，他说：“我也是，我在梦里见过你。”她和他吻在了一起。那是一个晚秋的周末，窗外的天空很高很蓝。

6

一块鲜红的、年轻的、生机勃勃的肝脏从另一个手术台上递了过来。医生们目不转睛地盯着它，仿佛有一股腾腾的热气直冲房顶，又似有一阵“咚咚”的声音，呐喊着、欢呼着、跳跃着，奔突而来了。

时不宜迟，马上植活——

他做出了一个连他自己都不敢相信的决定：和她离婚。他的手上是化验单，结果已写得明明白白：肝硬化三期。他晓得自己已经是个被宣判死刑的人了。尽管他很努力，他拼命交朋友，拼命喝酒，拼命拉关系跑生意，把挣到的每一笔大大小小的钱都交到她的手上，但是离他答应给她的日子还差出千里万里。我耽误了她的青春，没有给她更好的生活，我有多么对不起她，难道我还要把她活活拖进苦难的泥潭？她劝过他，她说过自己只想要安稳的生活，她不慕奢华，更不想牺牲他，牺牲掉他们长相厮守的时间，可最终她说服不了他。她要的爱和他想要给的爱总是不一样。她心里疼惜他，自己也感到委屈。

她不相信周围邻居们嘴里的风言风语，她笃定他没有做着生意搞着外遇。可她面对他的绝决，一次次无情的催促，最终还是没能说服他回心转意。当他们从民政局办完手续出来，他十分轻松地说：“我再请你看一场电影吧。”

她的第一反应是拒绝他。可是她的心在反驳她想出的每一个理由，于是她沉默无语。两个人开始沿着马路向前走，谁也不说话，鬼使神差地竟然走到了第一次看电影的门口。海报上的预告更像是为他们专场演出，一场生死别离的爱情故事——《魂断蓝桥》。

当那熟悉的音乐响起时，她泪眼潸然地低下了头。她没有看到，他的眼里藏着多少痛、多少爱、多少不舍得。他就那样看着她悲泣，没有一句话，没有借给她一只用来依靠的暗凉的手臂。是他不敢那样做，他担心自己会妥协，会泄露心中的秘密。

灯亮了，散场了。他向她道别，远远地说：“友谊地久天长！”在嘈乱的剧场里，声音细得像根针。可还是被她捕捉到了，她强迫自己扭过头，安然地转身，走开去。

7

手术成功啦！

缝合了最后一针，两位主刀医生相视笑了。他们共同完成了一部爱情的杰作。他们不约而同地向手术台上的女人投去了钦敬的一瞥，由衷地赞叹说，没有她，爱怎会臻于完美？

女人或许听到了手术的成功。眼窝里的那滴泪滚落下来，嘴角往两边牵一牵，在笑。

“我能救他，我要捐肝给他！”她凛然地出现在他的主治医生面前。

离婚两个月之后，她还是吃惊地听闻了他离婚的真正理由。她多么后悔自己就那么轻易地相信了他，从而放弃了他。而他一个人挣扎在苦海里，拼尽了最后一丝气力，把她推上了岸。现在想想，自己是多么狠心！这六十个日日夜夜他如何躲在医院的病床上，孤独难眠。想起他说过，他们相识的第一夜如何如何漫长无边，现在呢，把他丢在黑暗中听任死神的折磨，一天，两天……六十天呀！她的心倾刻间碎裂成千瓣万瓣。

她一个人跑到了那棵银杏树下，紧紧地搂住冰冷的树干，一刻也不想松开那从前的美好记忆。她想起在学校体检时，她们俩血型惊人的一致。他开玩笑说：“你不会是我失散的妹妹吧。”她却极为认真地说：“你就是我的亲哥。”同事们听说了这样的事，啧啧称赞他们是天作地设的夫妻呢。她和他曾经那么骄傲。她想明白了，他的爱是为了成全我，可是没有了他，这份爱还有何意义？

她不想增加他的心理负担。她更害怕他一旦知道捐肝的人是她会拒绝会逃避。她选择了私自约见他的主治医生。她讲了他们的相遇和相爱，她讲了他们的相守和相离。她希望医生能为她保守这个秘密，只到手术完成为止。她声泪俱下，哽咽难言。“如果不成功，我愿与他一起死去。如果成功了，我和他最喜欢听那一首动人的曲子。”

此时此刻，手术室里音乐缓缓响起。他的眼皮在轻轻抖动，缓缓地涌出了晶莹的泪滴。每个人每颗心都被这完美的乐曲和爱情所吸引，在轻轻地唱：

怎能忘记昨日情怀，
心中能不怀想？
昨日情谊岂能相忘，
友谊地久天长，
友谊万岁今生今世，
共度美好时光，
举杯痛饮同声歌唱，
友谊地久天长——

第三章

爱上一个人，就有一朵花儿开放

我的傻妈妈呀，我是不是你最疼爱的人啊，你竟然不给我一个机会把心中的爱来向你表达，哪怕只说一句话也行啊，让我痛痛快快地叫你一声——妈妈，妈妈，妈妈，妈妈……

刀刃上，爱的颜色

1

抢劫发生时，她离家仅有40米。

这里是城乡结合部，她刚从市区搬来不足半年。天天小屋、医院两点一线，早出晚归，对这里还是人生地不熟，根本没有意识到有人在跟踪她。也许是她的心里装着太多事，丝毫没有顾及。在城郊租住的大都是来城里打工的年轻人，下夜班的还没起床，上白班的早已出去。在上午9点多钟，这里基本上属于无人区。而她此前从未在意。也就是说，她很难得到来自外界的救援，当下只能依靠自己。

她的目光凛然，双手紧紧地交叉抱在胸前。这个皮包里有一万八千块钱，那是她的命。不，比她的命还值钱。

歹徒肯定是瞅准了这个时机，在一个小巷口，蓦地跳到她的跟前来。在她做出第一反应的同时，薅住她的手腕拖进了过道里。

她是一名温柔的妻子，从未和丈夫吵过架，更不消说和外人。她几乎没有大声说过什么话，从小到大，她就像是安静的花朵。在歹徒胁迫她的时候，她只轻轻地说了句，你要干什么？那声音轻得很，如同和熟人拉家常。

歹徒置之不理，手脚蛮横。面前这个女人瘦弱得像一只任人宰割的小鸡，歹徒不会把她放在眼里。他只想尽快得手，脱身跑掉，然后是轻而易举地挥霍。

2

如果她没有猜错，此时此刻，她的丈夫应该是坐在女儿的病床前，正在为女儿洗脸喂饭。

自从她把市区的房子卖掉以后，送饭喂饭的工作一直由她丈夫担任，为的是她从医院值夜班回来，能多休息一个小时。在为女儿守夜的同时，她央求住院部的医生，承包了泌尿外科病房楼道的卫生清洁工作。她会等到女儿睡熟之后，悄悄地出来，从一楼到四楼，楼道约有二百米，楼梯共是六十阶，卫生间八个，仔仔细细地擦一遍。这样一个月下来，她能拿到两千块钱，还不够女儿做两次透析的费用。可是如果这个钱都没有，仅凭她和丈夫的工资那更是捉襟见肘。女儿的病发展得很快，去年还是一月透析一次，现在已发展成每周一次。看着女儿略显浮肿的脸，她的心疼如刀割，恨不能多生出几只手来，全天候二十四小时工作，把治疗的费用一夜之间挣出来。

歹徒在她的两手之间，一把抓住了皮包带。她下意识地把皮包往怀里摁了摁，整个人不由地弯下了腰。她顾不上说话，全身的劲都用在了两只胳膊上。

歹徒生气了，猛地向对面墙上一搡。她重重地撞了出去，在后背接触墙的刹那，她感到五脏六腑在身体里摇晃到了一起。她的眼前一阵漆黑，不等她明白过来，人又重新弹回到了歹徒的跟前。

3

这次歹徒一把揪住了她的头发，使劲往地上拽她。整个头皮都像是被揪下来了，她一个踉跄，跪在了地上。她没有还手之力，她担心两只手一旦分开，皮包就会从她怀里飞走。

丈夫会不会早点回来？这是她脑子里唯一的盼望。因为今天丈夫出门时，她和丈夫说过，她的一个好姐妹答应再借给她们一万多块钱。当时，她高兴地流着泪，扯着丈夫出门时的衣角说，这样女儿手术的费用就真的差不多了。

丈夫腾出一只手来，故作轻松地摸了摸她的脸，爱惜地说，你又瘦了，这可不行，我得把你养胖点。这可不是个小手术啊。

她笑着抹清了泪，温柔地说，我没关系，这点事儿算什么。她的心里想，我要让女儿看着我多么坚强，哪怕是走到海角天涯，也要帮女儿闯过这一关。

丈夫说，那我早点回来，咱们把钱从银行取出来，一起交到医院去，你在家等我，哪里也别去。

歹徒又一次把罪恶的手伸了出来，她本能地近乎疯狂地躲避着。披头散发，衣衫不整，牙关紧咬，她恨不得把全身的力气倾注到两只手上来。

4

当女儿被透析折磨得死去活来时，她坐在病床前说不出一个字。女儿看她时，她总是以坚毅的目光相对。继而她会攥住女儿苍白的手，不厌其烦地揉搓着，直至女儿的手由冰凉变得温暖。她想通过这无言的情感给女儿传递一个信息：妈妈在，希望在。

果然女儿再痛再苦，从没在人面前叫过一声。其实她最清楚，因为她和女儿的心紧紧连在一起。她们知道，无论是她，还是女儿，只要说一个字来，那就是放弃的开始。那口气一撒，就再难凝聚。

当医生说出根治的办法就是换肾的时候，她的家早已四壁皆空，卖房款也已用去了大半，而换肾的费用全算下来大约要四十万元。可她还是激动地流下了泪水，仿佛是夜行在沙漠里的人，隐约听到了涛声。她背着女儿在走廊的尽头蒙面痛哭起来，这些年来压抑在心头的情绪就像是浸湿的棉絮，糟乱，纠缠，密不透风，死死地裹卷住了她的人。

不知何时，穷凶极恶的劫匪从腰间掏出匕首，在上午的阳光下，闪烁着冽冽寒光。

5

这钱，你甭想。她开口了，不是呼救，而是向歹徒示威。

歹徒本想吓她一吓，好让她乖乖就范。哪承想这个女人不识相，倒比刚才反抗得还厉害。再这样蛮缠下去，只会对自己不利。他一闭眼，狠狠地向她刺了过去。

她向后一闪，整个人坐在地上。那刀锋从她的脸上划过，顿时血沿着耳根淌到了衣领里。

她想起前些年，丈夫在门诊手术室里切除阑尾，医生要她站在一旁帮忙。当手术刀在皮肤轻轻一划，她看到血像一根红线儿那样抻出来，然后越来越粗，成了一条蠕动的毛毛虫。她感到心跳加快，呼吸气短，双腿无力，跌坐在手术床边。

她本是晕血的人，可那天在得知家人可以为女儿做配型时，她勇敢地撸起了袖子。她当时什么也没想，只要是尽快为女儿找到肾源尽快手术，别说是割她一个肾，就是剜她一颗心，她都舍得，都不眨一下眼。

在她苦苦等待的日子里，她食不甘味，夜不能寐，无时无刻不在期盼。她在想自己有生以来，做过哪些对不起人的事，在何时何地她妨碍过别人，甚至说过什么话会让人听了不舒服不高兴，还有别人在做了对不起她的事情时，她可曾在心里恨过人家。尽管她什么也没想起来，可她却在心里一遍遍地忏悔，一遍遍地乞求别人的谅解。她希望全世界的人都能为她的女儿祈祷祝福，祈祷她们能配型成功，好节省出肾源供体那近三十万元钱。只有这样，她才能在短时间内凑够十几万的手术费，及时保住女儿一条命。

6

她的白衬衣上开满了鲜红鲜红的梅花，在洁白的雪中傲然挺立。

歹徒已是黔驴技穷，到了输不起的底线。他几乎忘了这是一场生死抢劫，他陷入了一局无法起身的博弈。他被这个倒在地上的血人惹怒了，他本以为胜利唾手可得，竟没想到自己费了九牛二虎之力，到现在还是胜负未分。

她的力量来自于她的信念。这个信念扎根在医生向她们宣布配型成功的那一刻。她和女儿一人一只手，紧紧握着配型成功通知单，泪水滴在手腕上，溅出成团成团的热气。她可以不必失去女儿了，她终于用自己的身体把女儿留在了身边。

她好像使不出力气躲闪了，眼睁睁地看着刀刃割裂她每一寸肌肤。一条条红线由短变长，一条条毛毛虫遍布了她的全身，向着她的双眼迅速爬行。

7

在顽强抵抗的最后，她只记得把自己蜷缩在一起，变成一个肉团。在肉团的中心是那个被血染亮的黑皮包。

在她意识的最后，她深深地惋惜，自己身上流出的这些血要是能输进女儿的身体里，那该有多好，才不会这样白白浪费。

她的丈夫出现在胡同口，无意中向着深巷里一望，只看见歹徒起落的手臂，随着那上上下下的挥动，血在阴暗的空气中飞舞着，恰似一匹亮丽的红绸。丈夫纳闷了两秒钟，然后盯住了她落在巷口的一只布鞋。

丈夫飞快地跑上去，嘴里发出哑人一样的狂喊，把手中的饭盒统统砸向了劫匪。

丈夫顾不上追赶，一把抱起血泊中的她。她艰难地睁开眼，看见是他，笑了，想着把皮包交出来，两只手却没有办法自行分开。

丈夫只听到她的呢喃——快、取、肾。

8

那是一条鲜血洒遍的小路，从小巷深处到小街再到大路边。她的周身上下都在汩汩地冒涌，丈夫分不清哪里才是刀口。那些血顺着他的手臂和着他的泪滴，啪嗒啪嗒地落到地上来，汇成了一条红色的小溪。

劫匪落网了。

审讯室里，那个多处被刺穿的皮包还散发着浓烈的腥气。被血水浸泡了的一万八千元钱作为证据第一次摆在了歹徒的面前。

为什么抢劫？歹徒木然地说，还赌债。

知道这是什么钱吗？歹徒无动于衷地摇晃着头。

这是一个女孩子的救命钱，两年前她被确诊为尿毒症，依靠透析坚持到了今天，她正在准备做肾移植手术，这是她的手术费啊。歹徒听着，举起戴镣铐的两只手捂住了脸。

认识那个被你抢劫的女人吗？她就是这个女孩儿的母亲。为了给孩子治病，她两年来卖掉了市区的房子，没买过一件新衣服，没尝过肉是什么滋味，她和丈夫一天只吃两顿饭，她每天晚上还要在医院做几乎是通宵的清洁工。在歹徒的指缝间，流出了悔恨的泪水。

这是一位多么伟大的母亲，正是她把自己的肾捐给女儿。为了筹措十几万的手术费，她东奔西走，四处举债。这桌上的一万八千块钱是她的命啊。不，在她眼里，那是她女儿的命，比她的命还要重。现在你明白了吧，为什么你身强力壮还手握尖刀都不能从她怀里抢走一分钱？

歹徒“扑通”一声跪在地上，哭诉说，我愿给女孩儿捐个肾啊，给我一个重新作人的机会吧。他的人性被唤醒了，他懂得了善良的力量和那一颗不能低估的母亲的心。

9

她一直在抢救室里昏迷着，但没有放弃。

四十六刀。医生护士为她清理了全身的创口，不计算轻微的划伤。抢救手术做完了，她还没有醒来……

尽人事，听天命吧。抢救医生握住她丈夫的手，相信你们，好人好运，让我们为她祈愿吧。不过我要告诉你，如果她不能醒来，那么肾脏显然也不能作为供体使用了。

仿佛是听到了医生的最后一句话，五秒钟之后，“嘟”的一声，各项监测指标都开始了缓缓的爬升。

所有的监护仪器设备都在显示，她在坚持，她在努力，她在支撑，她在积蓄力量，她在挣脱那恶的势力，她在微笑，她在等待黎明的降临……

10

三天后，在半夜里，她醒来了。

她不能动，浑身像是被插上了无数根钢钎，从一侧直达另一侧，然后架在火上烘烤。她试着用舌头舔舔嘴唇，那疼竟然一下扯到了耳根，好像是刀子又深深地割了一次。可她实在想要说话，她不清楚这是身在哪里，她不知道还能不能见到她的女儿，她的丈夫为什么没在身边等着回答她的问题。

重症室值班的护士轻轻地走过来查床，看到了她两只汪汪的泪眼。为了确认她醒过来了，低声问，你醒了？

她眨眨眼，示意护士再低一些，把耳朵低到她的唇边来。

小护士俯下身来，感觉到了她轻缓的呼吸。

她抵御着周身碎裂般的疼痛，一字一顿地问，我——的——肾——没——受——伤——吧——

小护士不知道她女儿的事，摇摇头，笑着安慰她，挺好的，没事，你要多休息，再睡会儿吧。

她高兴地不想睡觉，在心里满足地笑了又笑，她悄悄告诉自己。我的肾没有受伤，这是多么幸运的事。

仙女，跟我回家

1

如果喜欢逛逛夜市，请留意天桥底下的彩云馄饨摊。如果真的饿了，请照顾一下她的生意。我不是替她做广告，她的馄饨真的与众不同，皮薄如云，汤鲜似海。晚风凉了，喝上一碗浓热滚滚的馄饨，浑身冒汗，筋骨通畅，要多舒坦有多舒坦。

还有，我保证你如果夸赞两句，那个女人肯定会为你唱首歌。你最好仔细看看她，她是不是貌若天仙，白白的细嫩的皮肤，水灵灵的黑眼睛，红嘟嘟的樱桃小嘴。你问我为什么这么了解她了解她的小吃，那是因为我是吃着她的馄饨长大的，五年了，天天吃，吃不厌，一辈子也吃不够。还因为她是我的天仙妈妈，她叫李彩云。

在我最初听到这个世界的声音里，好像还有一个男人。他的激愤、谩骂、醉闹、咆哮和喋喋不休的指责。我不晓得这个粗鲁的声音是对我还是对我身边这个哀求的女人。仿佛世界变成现在的样子完全是我们的责任。他不依不饶地摔东摔西，最后摔门而去。

在安静的夜里，我听到屋里的女人在地上摸索着把碎裂的心捡起来，一瓣一瓣粘合在一起。我有些不懂她，为什么还要粘，明天早晨男人赌输回来，还不是重新摔个粉碎？这时女人慢慢地靠拢到我的身边来，我感受到那颗受伤的心不再哭了，一点点释放出温热，包裹了我僵硬的身体。噢，原来她把心粘在一起是为了温暖我。那么她为什么还要一而再、再而三原谅那个无情的男人呢？

你多多少少给我和孩子留点钱吧。在黎明前的黑暗中，我被她的苦苦哀求吵醒了。不知道那个男人是如何回家的。没错吧，天亮前还得再让她心碎一次。

男人压低了声音狠狠地说，你不要不知足，房子都留给你了，李彩云。

你不走不行吗？我能养活娃，我们不给你添累赘。她还抱着幻想。

他响亮地给了她最后一个耳光，走了，再也不回来了。她不得不彻底清醒了，没有什么东西是求来的。

2

到了年底房东来收房租的时候，我才明白，男人留给我们的房子是租来的。她应该知道的，男人连半点租金也没有给她留下。房东对着她的泪眼说，钱我先不要了，你留着吧，做个小买卖儿，你们娘俩得吃饭啊。

她千恩万谢地说，我想好了，等孩子断了奶，我去夜市摆个馄饨摊，不发愁的，等我攒了钱一准还你的。

大妹子，还钱不着急，你还是给孩子先瞧病吧，一辈子摸黑瞎，多遭罪啊。房东叹口气走了。

她应该是抹了一把泪，我听她说话时嘴角还在打颤呢，大哥，你真是好人，真是好人啊。

她搂着我安慰我说，妮儿，不怕，娘一定会治好你的病。忽然她挺直了腰杆，人也开朗起来，充满希望地说，妮儿啊，你一定会看到娘的，水灵灵的眼睛，红嘟嘟的嘴唇，娘是个仙女呢，还怕治不好你的病？说说你娘叫个什么名儿？

我高声叫着：仙女李彩云。

白天和黑夜对于我是一样的。我对昼夜的判断完全取决于她出摊的时间。从她每天清点零钞角票的喜悦声里，我知道她对我没有放弃。可是我很郁闷，医生说，我是先天性角膜异常，除非是角膜移植，否则别想见到一丝光明。

她当时很高兴，无知地说，那就赶紧移吧，我回家拿钱来。

医生不耐烦地说，移植需要供体，现在还没有，再者说，我看你资金上还需要准备准备，全下来至少两万元。

她愣了有三秒钟的时间，然后自我嘲笑了。我不懂，有法治就是好，钱我这就去挣。她抱起我来给医生深深地鞠了一躬。下楼的时候，她不由自主地哼起了歌，今天是个好日子，心想的事儿都能成……

我躲在她的怀里，真是有些可怜她了。她忘了医生说，造成我先天性角膜发育异常的原因，很有可能是受孕的时候那个男人无节制的烟酒。我为她打抱不平，本来是那个男人的事嘛，最后全都推到了她的身上。她还傻呵呵地唱歌呢，怀里抱着两万多元的大包袱。

3

五年了，我快八岁了，医生说十岁前是最好的治疗时机。她感到了攒钱的压力，常常是把摊子摆到夜市走完最后一个人才回家来。

圣诞夜里，我独自在家为她包了一个大苹果，坐在小屋中央等着她。可是那天我一直没有听到破三轮的声响，没有听到她哼在嘴里喜气洋洋的歌谣。我困极了，倒在被子堆里睡着了。是房东推门的声音把我惊醒了，我听出来不是她，我警惕地坐起来。

房东一说话，我便听出来了，是好人不是坏人。是仙女李彩云说的。

你妈让我来告诉你一声，平安夜里卖通宵的，你不用等她了。房东看到我手里的苹果，问，是不是想捎给你妈妈？

我点点头，把苹果递了过去。我说，我不去给她添乱了，不去找她了。

我很奇怪，李彩云能连续奋战这么长时间，城管难道不撵她吗？她一直到第二天中午才回到家里，还是房东陪着她进门的。我听到她冲房东嘘了一口气，摆摆手将人家赶走了。更奇怪当天晚上，她没有出摊，而是心血来潮要在家里教我包馄饨。

我不解地望着她，虽然我看不到，但我能听到她一直愣愣地看着我。最后她说，妮儿啊，你也大了，就算是帮我一把呗。

和面儿，调馅儿，擀皮儿，兑汤儿，出锅儿，盛碗儿，我那可怜的妈妈呀，其实我早就想要帮她了，只是她不肯吐口不让嘛。上帝关上一扇门必定会打开一扇窗，我虽然看不见，但我出奇的心灵手巧，做事又专注。没几天，从头到尾每一道工序，差不多都已经达到李彩云的要求。我出师了。

她应该为我感到高兴的，照她的脾气小歌儿满天飞才对呀。可是几天下来，总也听不到她以往的傻得劲儿。白天也不在家陪我，包馄饨的活儿基本上撂给我一个人了。我很纳闷，她都出去野些什么事，莫不是谈了新对象吧。我的鼻子酸酸的，她难道也想扔下我吗？

屋门外重重地响了一声，打断了我的思路。我停下手里的活儿，然后又半天没什么响动，许是我错觉了。她怎么会回来呢？我气得把手上的馄饨照着屋门口投了过去。

她悄无声息地打开了灯，一眼看到脚下的面皮儿，就讨好似地坐到床边上来，拉起我的手说，妮儿啊，不欢喜啦，快跟娘说道说道。

我一头扎进她的怀里，委屈地哭着说，娘，你半天半天不在家，你不会不要我了吧？

妮儿啊，瞎寻思什么呢，娘怎么舍得呢？她停下来不说了，我闻到她身上一股子土腥味，脸上蹭的都是土了。她把我的脸扳好，郑重地说，妮儿啊，等你眼治好了，早晚都要离开娘的，嫁个好人家过好日子去吧。

那我也不离开娘，我带上你一快过好日子。我发誓说。

好妮儿儿啊，真懂事，可娘是不能跟着去的，我会远远地瞅着你。我的脸上啪嗒一声落上了她滚烫的泪珠子。

4

喜讯传来的时候，我都不敢相信房东的话。医院里找到供体了，我的手术费也减免了不少，咱们赶紧准备吧。

她从床上一弹而起，好像要抱着我转圈庆祝。没想到结果是她激动过度，自己“咣”的一声躺倒在当屋里。房东从地上将她抱到床上去，我感觉到房东浑身抖得厉害，仿佛是为了控制着不让嘴发出声来。

傍晚她语气严肃地同我商量，为了减免我的手术费，她同医院里签好协议，要去医生的老家做保姆，也许是五年，也许是十年，反正得好好地伺候医生的老人。

我当然不同意，钱是医院免的，又不是哪个医生，为什么要去伺候人？

傻闺女，医生不说话，医院能少要钱？知恩图报嘛，再说我侍候他家老人，他不敢对你不好啊。她哄我说，等你眼全好了，我不来看你，你还可以去找我呀，又不是不见面。我被她说动了，好像对于一个八岁的孩子来说，我也没有其他办法了。第二天清晨，她早早地走了，把我撂给了房东，一起去医院。

5

我上学了，读了好多故事书，却没有读到过一个关于保姆李彩云和仙女李彩云的，我到哪里去找她呢？不过我跟房东说明白了，我现在可以暂时跟着他，等个五年十年，李彩云回来，我们还要一起去夜市卖馄饨的。

房东很是通情达理，好吧，十年五年咱们等她。

我想她的时候，总是会来到天桥底下，想象着她把三轮车停在哪里，把煤炉子支在何处，三张桌子怎么摆，杯盘碗碟如何放，大大的围裙，长长的套袖，站在云雾蒸腾的热气里，双手交替着汤勺和笊篱，说着客气话，唱着小曲儿，可不就是载歌载舞的仙女嘛。

我去医院找过为我主刀的医生。他倒也很关心我，当我问他李彩云的下落时，他就略显含糊起来，遮遮掩掩地说，李彩云说了，等我考上大学的那一年，她就应该回来了。

高考的前一天，我忽然心血来潮，我要按着李彩云教我的包一碗馄饨吃。和面儿，调馅儿，擀皮儿，兑汤儿，出锅儿，盛碗儿。我盛了两大碗儿，自己一碗儿，李彩云一碗儿，片片的紫菜是海草，白白的虾米是海鲜，那一枚枚漂浮着的馄饨就像是一片片随风飘舞的云彩，这不就是一幅倒映着蓝天白云的碧海图吗？怪不得李彩云会那么骄傲自豪，我这是有生以来第一次观看到她的精心创作。我不得不感叹，她真的很了不起，很乐观，很苦中作乐，很阳光生活的神仙女人。

我拿到录取通知书的那一天，还不等我找到医院，医生却亲自登门了。

房东站在我身后，注视着医生手中的档案袋子，紧张得一言不发。我转回身来看着他，他嗫嚅着从手里拿出一张存折来。我打开一看，哇，两万多元，折主竟然是李彩云的名字。我再也不想压抑自己了，她一定是回来过了，她为什么躲着不见我，就算是不要我了，也应该亲口跟我说一声吗？我不怕，有了包馄饨这手绝活，就算不上大学，找不着工作，我也饿不死，大不了跟她年轻时一样摆个馄饨摊，她这样躲躲闪闪算什么？我将存折狠狠地摔在地上，质问他们，李彩云到底在哪里？叫她快出来。

医生的泪水从镜片后面流出来，他的手伸进档案袋里去，抖索着摸出来一张光碟，你别闹了，你妈她在这里呢，她本来是不想告诉你真相的，可是你也长大了，我们看着你想她想得太苦恼，你应该知道了，你自己看看吧。

他郑重其事地把光碟递给房东，又默默地转到了我的手上。

6

时间回溯到十年前，手术头一天的晚上——

夸张一点说，病床上的光头女人头大如斗，从额头处鼓了起来，有点老寿星的样子。她眼睛一眨不眨地盯着镜头，好像从那里能看到她想见的人。画面外边有人问她，对孩子说几句话吧，你要做好最坏的打算，也许明天的手术就……

她拼命地点头，她明白，她的嘴还没张开，眼泪就哗哗地淌下来，她竟然说不成一个完整的字……画面外说，情绪不稳定，对明天的手术没好处，你不是挺乐观开朗的一个人嘛，给孩子要留下好印象……

她把泪往肚子里咽，试了几次还是说不出一个字。画面外提示她说，你得这么想，明天手术一完，你小孩儿的眼睛就能看见东西了，这是个多么美好的世界啊，这不正是你盼了又盼的啊。

这句话真管用，她嘴角一翘，把脸上的泪都收进了嘴里。她抓着画面外的一只手，央求地说，医生，我跟你再商量商量，我真的没几天活头了，你就答应把这两只角膜都取了吧，我不忍心让我的孩子只有一只好眼，再这样拖下去，一旦角膜染了瘤，再想移植可就废了。

画面外的声音很镇定，不行，活体移植本来就没有先例，两只全部摘除那太不合乎道德情理了，再说那样危险系数太高，一旦碰破点癌细胞，你就连抢救都来不及了。你想想，你孩子把这个世界看得再清楚，不是也看不到你了吗？你不感觉这太遗憾了吗？

我不怕遗憾，你把这张照片留给她。女人从枕头底下摸出一张照片来，那应该是她做姑娘时的美人照吧，白白细嫩的皮肤，乌溜溜的黑葡萄似的眼珠儿，红嘟嘟的樱桃小嘴儿，对着镜头似笑非笑的……

仙女李彩云？我一个激灵，真跟我梦中的妈妈一个模样。她什么时候剃了个光头，这难道是个恶作剧吗？我脑袋里一片空白，镜头不停地转场，一会儿是她在手术室外拒绝签字，一会儿是医生向她妥协，同意移植两侧角膜。在手术室门缓缓闭合的瞬间里，她的目光死死地盯着镜头，艰难地抬起手，冲着时空交错的我来了个痛痛快快的飞吻。

手术紧张有序地进行着……

第一只眼角膜顺利地剥落下来，被护士紧急拿到了另外一个手术室，病人状态平稳，身体指数还算正常。第二只眼角膜开始剥离。血涌了出来，血压快速下降。一拨人专门止血输血，一拨人继续剥离。病人无法止血，癌细胞大量破裂，颅压紧急缩减，不可抑制。第二只眼角膜剥离完成，护士快速传递到另一台手术。画面里病人血压骤降，心跳趋缓，输血已是徒劳，监视器里所有的线条随着

“嘟”的一声，没有了丝毫弯曲……

镜头最后停留在她的一只手上，五个手指自然而然地弯成了捏馄饨的形状。

7

我醒过味来，李彩云骗我，她没去乡下做保姆，她知道她必死无疑，她事先教会我包馄饨，为的是我有这一手技能饿不死。那是好心人为我们捐的钱，她都交给了医生和房东作保管，供我生活和学习。她把角膜给了我，她把一个光明而又完整的世界给了我，可她就不能陪陪我吗？哪怕是一天，让我给她讲讲我看到的红花绿草白云大海和蓝天。

圣诞夜她是昏倒在街头被人送进医院，才检查出脑瘤已扩散的，后来她一次次昏倒在门口，昏倒在床边，她身上的土和泥，她口里的双关语，她的泪，她咬着被子角的抽泣，我怎么一点儿也没当回事啊，我真是一个被她宠呆了的死傻瓜。

李彩云更傻，她为了减免移植手术费，竟然签下了遗体捐献书，她都舍不得动一分捐款，她一点骨灰也没留啊。她的捐献书里夹着她那张姑娘照片，摊开来工整地放在我的书桌上，放在我红红的录取通知书上。我静静地跪下来，让泪水恣意横流。

我到哪里祭奠你啊，我狠心的妈妈，你把我扔到这个世界上，就再也不管我啦。我求求你，咱们回到我小时候行吗？我宁愿重失光明，换回你的青春你的美丽你的健康，哪怕我们没有房子没有家，我还想睡在你的背袋里，梦里听着你婉转的招呼，听着你羞涩的歌声，羡慕你有那么多人夸。对了，妈妈，你肯定是天上最白的那朵云吧，我走到哪里，你都会跟着我，你一定是她，刮风的时候是你在笑，下雨的时候是你心里想我了，你什么时候能偷偷飘进我的小屋里，尝尝我为你包好的小馄饨吧，皮薄如云，汤鲜似海，绝对是你的真传啊。我想告诉你，我考上大学了，别为我操心，你给我的云，你给我的海，你给我的生命，你给我的世界，我都收到了。我还想问问你，我想送给你一样礼物，送什么才能把你深沉隽永舍生忘死的爱报答？

我的傻妈妈呀

1

陈婶病了，你赶紧回来，她说只想见见你。妻子在电话里短短的几句话，我却再也待不下去了。买了返程的机票，从新加坡匆匆回国。

陈婶是我家的恩人，在我入学之前，她就已经来我家做工了，粗粗一算，到现在我和她相处已经二十余年了。说来也巧，听父母说，我小的时候体弱多病，肠胃也不好，吃什么东西就会上吐下泻，害得他们总是为我担惊受怕。直到有一天，街边有个相师，拦住带我出去散步的妈妈，悄悄告诉她说，孩子怕是享不了城里的福吧，应该找个乡下的亲戚来喂饭，孩子才好养活。你们赶紧去乡下找人，别耽误了。

就这样陈婶来了。她根本不算是我家的亲戚，父母应该说在乡下根本就没有亲戚，可他们听到了在楼下吆喝着卖花生的陈婶。那时陈婶还年轻，身板也不错，半麻袋花生扛在肩上就走，听到母亲在窗口里叫她，就欢天喜地地上楼来。

乡下人实实在在，本来想多给她几个钱的，可陈婶死活不肯要。她的两只眼睛盯看着我，说是和我有缘，冲这眼缘她也不会多要一分钱的。

相师说得真准，自从陈婶打理了我家的饭食，我的胃口没半个月就理顺了。香喷喷的小米粥，脆生生的拌咸菜，甭提多下饭了。妈妈刚开始极力反对陈婶这些乡下人的粗茶淡饭，但是爸爸见很合我的口味，他们也就睁一只眼闭一只眼了。半年下来，我的体质一天天强壮起来，再也不会没来由地犯病了。

爸爸妈妈自然高兴，又给陈婶提过几次加薪的事儿，但都被她一一谢绝了。她挂在嘴边的一句话就是，我这已经是享清福了，住楼房，睡木床，这在我们乡下就是皇帝的生活喽，不给钱我都乐意干，你们再要提加钱的事儿，就是明摆着撵我走了。

从那以后，爸爸妈妈把我撂给陈婶更放心，他们一天到晚都是在外面忙生意，早上出门，到了深夜才能回到家里。而那时，我早在陈婶的呵护下进入了梦乡。

2

陈婶跟我们时间久了，我发现她也会想念家里人，可是我那时真的非常自私，只要陈婶一离开我的视线，我就会嚷嚷着找她要她，所以对于我来说，她是不可能有假期的。有时我半夜醒来，会发现她泪光莹莹地坐在我的床边，嘴里念叨着二小二小的，别的一句话也不说。

我猜想二小是她的家里人吧，就碰碰她的手，轻轻地问她，你是不是想你家里人啦？

她醒悟过来，紧着抬起手背来擦去泪痕，叹一口气说，哪能不想呢？我家里有你一个小哥哥，跟你一样惹人爱呢？

我天真地说，那你就把他接到这里来，我们俩都在你眼前，你不就好了吗？

那当然是好了，可是你小哥哥他没有这福气呀。快别说了，快睡觉吧，明天还要去幼稚园呢。她总是把话题掐断在这个地方，唯恐别人会听下去。但是我知道，她并不是很快地睡着，她在门口那边的小榻上翻来覆去，辗转难眠。她怕影响到我，每次都是把嘴角掩进被筒里，说什么我就不会听到了。

也许是年数长了，也许是孩子长大了，几年之后，陈婶在我家的工作也踏下心来，好像她乡下那个家没有什么值得从前那样牵挂了。最最明显的征兆便是她经常是靠在沙发上打起微鼾来，而对面的电视里爱恨交加死去活来。

妈妈不耐烦，瞅她一眼，稍有嫌弃地说，看她那一身懒肉，现在只剩下做饭吃饭了。有时她会对着爸爸发牢骚，这个女人最好早些辞掉，免得老在咱家里，将来让孩子多受一份罪。趁着还没有提条件，好离好散，免得叫邻居们知道。

爸爸妈妈是商人，什么事情都会有一个成本计算。我眼看着小学就要毕业了，升入中学后就要寄宿在学校里，他们俩早出晚归，自然没必要放一个外人在家里。

陈婶显然还没有做好这方面的准备，当她得知自己和我还能做两个月的伴时，不由得大大的眼睛瞪着我，好像不相信我已经长成小伙子了，而这个事实就发生在她眼前，她竟然没有察觉。

那个假期里我和同学们疯玩疯闹，根本没想到陈婶该走了。直到有一天我深夜回到家里，没有如期地看到她小屋里昏黄的灯光。我推开房门一看，她的包袱不见了。我回到空荡荡的客厅里，忽然承认了一个事实：再也没有人为我留一盏灯了。

3

在即将开学的时候，我心血来潮地给乡下的陈婶写了一封信。至于信里提到的，无非都是些陈婶给我讲的乡下故事里的内容。什么稻子玉米啦？什么牛羊猪狗啊？什么池塘树林啦？还有小哥哥的样子啦，苇坑里的红脯鸟啦，忘了娘的麻野雀啦？几乎把和陈婶有关联的物景问候了一个遍。

还没等我寄出，陈婶赶在我开学前来家了。她尽管不再年轻，但身前身后缀满了大包小包。嫩玉米、鲜河虾、青毛豆、新花生、金钟南瓜，凡是她认为城里稀罕的都想方设法讨换了带来，堆在我家门口，呼咧呼咧地喘着粗气，看着我傻笑着说不上一句话来。

我满心欢喜地帮她往门里拾掇，妈妈站在门口假装心疼地说，陈婶啊，这些城里都买得到啊，大老远地背来，我们花几个钱不要紧，不敢累坏了你。

陈婶眼光全在我身上，根本不听妈妈讲话，听到了也不去和她计较。这都是最养人的东西了，孩子哪里离得了，我不在家了，你们记着给他做哟。等到秋后，我再送些粘小米来，熬得稠稠的，身体哪儿都不吃亏。

她将信塞进贴身的衣兜里，把空空的编织袋子往胳膊底下一夹，还没容我们留她，门也不进就“噔噔噔”地下楼了。

果然每年陈婶都会来我家两次，像串亲戚一样，麦子收了送新面送瓜果，秋收了送杂粮送棉花。我不知道她说的乡下在哪里，有多远，但她映在我家门口的脸上总是风尘满面，疲惫不堪。她的脖子里搭着搭裢，楼梯口停放着她一路推来的花车子。

几年下来，父母终于觉出不好意思，放下身段答应和陈婶当亲戚走了。但陈婶却不稀罕城里的电器。她爽快地摆摆手说，乡下电路又不正常，什么电视冰箱啊都用不着，你们若是不嫌弃就把孩子的小衣裳送给我吧，乡下人孩子多不够穿，再说那么好的衣裳没人拾多可惜。

爸妈自然高兴，我的那些小衣服在城里送人都送不出去，他们乡下又没亲戚，都快成累赘了。看着陈婶紧紧地抱着一堆旧衣裳出了门，他们长舒了一口气。陈婶更像是沾了大便宜，乐哈哈地架起车子拉走了。

我有些为她鸣不平，又感到这个乡下女人实在可笑。自己辛辛苦苦种一年粮食，就为了巴巴结结地走一门如此礼尚往来的亲戚吗？如果给我看的是爸妈的嘴脸，他们就是总统我也不会登门的。乡下人真是太没志气，没骨气。

4

大学时我爱上了一位乡下女孩儿，她善良温柔，好学上进，更是无微不至地体贴我照顾我。我们花前月下山盟海誓，手牵着手度过了四年欢乐的时光。临毕业了，我开始同爸妈谈判，我希望他们把女孩儿安排到市里，这样我们就不会分开了。

妈妈开始苦口婆心地规劝我，大学生谈恋爱就当是玩玩得了，她一个乡下人能配得上咱的门庭吗？再说了，一个工作需要多少钱？你根本就不知道，二十万啊，你们两个人，全下来就得五十万，我和你爸爸掏得起吗？咱们集中精力把你的工作安排好，准保你能攀上一门好亲戚，你的前途全在这一门亲啦。娶个乡下人，拉后腿不说，一年两季你是不是还想帮人家收庄稼啊？

我从未想过他们会这样世俗，俗不可耐。我坚守爱情与他们据理力争，我正告他们说，就算我把工作丢了，我们也要在一起。不花你们一分钱，我们饿不死。

我从家里搬了出来，来到女孩儿所在的县城里，我们一起打工挣钱，过着拮据狼狈的生活。

没多久陈婶出现了。作为说客的交换条件，她得到了一份工作——在爸爸的公司里做清洁。

我和女孩儿都不是很欢迎她，但因为自小她对我有抚养之情，没好意思拉下脸来赶她出门。她倒好，一进门就挽起袖子来洗菜和面，给我们包了半年来的头一顿饺子。关于劝我回家和与女孩儿分手的事只字未提。凭我的感觉，她根本没有嫌弃女孩儿的意思，相反她们处得还挺亲热。她一口一个“闺女”地叫着，两人一个擀皮一个捏馅，配合得十分默契。当时收音机里正唱着潘越云的歌。陈婶听得心里酸溜溜的，抹着眼泪说，这叫当娘的听了哪里受得了啊。我们笑话她，这是爱情歌曲，没有娘的事。她说，你们不懂，等以后有了孩子就明白了。那一天我的心里还真有一丝恍惚，我们三个人在一起，还真的是一幅非常温馨的生活画面。

有一天晚上我们一起出门散步，她指着一处正在装修的街面房说，你们俩总不能这样为别人打一辈子工吧，应该有个自己的生意，不然两个大学生，不能闯一番事业多可惜。我被她说得热血沸腾，可摸摸干瘪的口袋心里又凉了半截。她不失时机地告诉我，其实爸爸妈妈已经有些接纳我们了，他们在市里为我们创业准备好了门店，服装货源就从自家的工厂里进货，挣了钱全是你们俩的。最后陈婶补充说，他们一时抹不开面子，都是偷偷地做的。

我和女孩儿商量了一番，决定接受他们的好意。我们回到了市里，经营起了服装店。但是为了避免尴尬，我们和家人没有见面，进货取货全都是陈婶从中间代办完成的。她好象很乐意做这项工作，总是来店里打转，就像上了瘾似的，为我们无偿地做这做那，满心欢喜。

5

意外从天而降——

在开往莲花的高速路上，爸爸妈妈驾车追尾，钻进了一辆大货车的底下。爸爸当场死亡，妈妈经过及时抢救，总算保住了一条命，却成了高位截瘫无法自理的病人。我回到了爸爸的公司，坐在了他的办公室里才知道，爸爸已经陷入了一桩行贿受贿的要案之中，好像他还和多年前的拐卖案子有关联。更令我想不到的是，公司的银行贷款好几笔都到期了，每天都有银行的工作人员上门催债。我没有退路，硬着头皮奋力支撑起原有的生意。

此时我蓦然发现，原来的亲戚都不见了，公司里的生意伙伴也都躲得远远的。只有陈婶还坚定地站在我的身边，她义无反顾地担任了妈妈的保姆，全天24小时陪护服务。我担心陈婶的年龄和身体，可她总是把妈妈看作她的恩人，她说她一点儿都不累，无论叫她做什么她都愿意，她这是在报恩。

我真的不明白，妈妈虽说对她不错，但还不至于上升到恩情的高度吧。只有我知道，妈妈在骨子里是瞧不起乡下人的，她只用一点点城里人的精明，陈婶心里就已经感恩戴德了。妈妈躺在屋里，我不想背后说她的坏话，我只是心里为陈婶抱一下不平罢了。

陈婶衣不解带废寝忘食地伺候妈妈，一小时一喂水，两小时一翻身，三小时一次全身按摩，四个小时换洗一次尿布，六个小时保证一次用餐，夜里也是如此，从来没有间断过。整整六年，陈婶一点点衰老在妈妈的床边。妈妈虽然全身瘫痪，但头脑清醒，经常感动得涕泗横流。妈妈临终时一声声姐姐地叫她。陈婶紧紧地搂着妈妈的脖子，在她耳边轻轻地说了一句话。妈妈的表情先是惊讶，尔后慢慢地舒缓下来，微笑着闭上了眼睛。

无论我怎么请求，陈婶就是不肯享清福。她偏要回到公司搞清洁，不然她就只身回到老家去。没有办法，我只好依从了她。

6

我和妻的婚礼也是听从了陈婶的劝告，没有大操大办。把妻的父母接来，着紧的亲戚请来，我这边完全由陈婶张罗，聚在饭店里吃了一桌团圆饭。那一天，陈婶这位老仆人忙前忙后，脚不沾地手不识闲，跑得脸膛红红的，带着一身的满足和自豪。

飞机上，我一直在想，陈婶仿佛是为了我家专门而生的人。在我家最需要一个乡下人的时候，她恰到好处地出现了，从此便再也没有走出过我的生活。她为了能够留在我家，可谓是忍辱负重全不计较，就是明显的当也情愿上，明显的亏也乐意吃。她是用真情实意赢取了爸爸妈妈的心。要说谁对谁有恩的话，陈婶才应该是我们家的大恩人。她如今病倒了，完完全全是为了我。这么多年，我从未听她提到过一句她的亲人，她在乡下的家是什么样子，她真的是把自己毫无保留地贡献给我们这个家了。

一进家门，首先看到的是茶几上摆着的一堆票据，旁边是妻留下的字条：还记得吗？这是我们那家服装小店的进货单，我查找过了，整个公司并没有赊给过我们服装，财务上从来没有一笔门店的装修费用，是有人在暗中资助我们，帮我们度过了人生中最艰难的时光。如果我没有猜错，这个人应该就是陈婶，是她在倾尽所有不求回报地帮我们。我在医院，你快来吧。

我狂奔到医院。陈婶静静地躺在病床上，呼吸机在床边冷漠无情地工作着。

妻回头，脸上尽是泪。她说，你回来晚了，陈婶已经说不了话了，昏迷一天了。医生说脑干出血量太大，陈旧性的高血压，早一点治疗就好了，现在这个情况想保命都难。

我麻木地坐在陈婶的身边，一把握住了她的手。这只手还是那么柔软，就是有些冰凉冰凉的，没有半点反应。不知怎么地，我忽然想起了陈婶落泪的潘越云的那首歌——从来就没冷过，因为有你在我身后，你总是在我身后，体贴温柔，可现在为了什么，不再爱我。我是不是你最疼爱的人，你为什么不说话，握住是你冰冷的手，动也不动让我好难过……

为了通知陈婶的家里人，我和妻走进了陈婶住在公司的小屋里。

或许是因为家什少，屋里归置得尤其整齐。清洁工具码放在一个角落里，桌面和地面上均匀地添了一层浮土，应该是这几天陈婶住院后落下的。她的床铺是一层洗脱了色的床单，薄薄的被子像个贫血的老人蜷缩在床角里。我看到了陈婶唯一的资产——她的包袱。

我和妻犹豫了片刻，才急忙将包袱打开。最上面竟然是一张放大的照片，镶在一个老旧的相框里。中间的女人就是年轻时的陈婶，她的怀里紧紧地搂着两个一模一样的男孩子。陈婶在灿烂地笑，像是太阳下的向日葵。我真体会不到，陈婶既然有两个如此活泼可爱的孩子，她为何还要那样疼我爱我，为何还低三下四地留下来陪我离不开我，难道她真的忍心舍弃她的孩子吗？

妻轻轻地翻看下面，结果在两件贴身的汗衫中间找到了一个大大的信封。那一大堆票据正是进货的单据，前前后后的日期也都丝毫不差。果然是陈婶在无私地帮我们，我猜想不出原因。用她的话说，仅仅是凭眼缘吗？

7

在信封的底部是陈婶珍藏最深的两封信。

第一封是我小学毕业那年写给她的。我看到纸面上起了圈圈点点的皱褶，是那种泪滴重复打湿的痕迹。陈婶在我幼稚的话语下面分别画上了画，有红脯鸟，有麻野雀，还有小哥哥牵着小弟弟的手在玩耍……

第二封信正是她的儿子写的，我字字句句读了下来——

娘，你把我丢在乡下，我好想你啊。可是我又不敢跟你说，怕你在城里分心，我知道你的心已经碎裂过一次了，我不想再让你心碎难过了。想起那一天我就害怕，若不是我跑得快哭得响亮，娘啊，你丢失的很可能就是两个孩子了，我不敢想，你会不会挺过如此重大的打击。幸好，我逃脱了。可是你的心也随着弟弟被人偷走了。两年里，你走街串巷做着乡下人的小买卖，餐风宿露，日夜兼程，你说过就是把你的命搭上，你也要把弟弟找回来的。苍天不负苦心人，两年后的一天，你像个乞丐似地跑回村来，又哭又笑地说着不成句的话，我们就知道，那一定是弟弟找到了。可是我们没有见到弟弟的影子，终于你安静下来，试着给我们解释城里人的好生活。在你的描述中，我懂得了你想让弟弟在城里上学，在城里工作，在城里做一辈子人家的孩子。可是我不明白了呀，你不是发誓要把弟弟带回家来吗？事到如今，你却变了卦。这还不要紧，你在和爹商量如何想个办法让你到那人家里去做饭食，因为你发现弟弟老是病恹恹的，体质不强不壮，可能是让人贩子饿坏了肚子。没承想，娘啊，你这一走多少年啦，你再也没回来过。你知道我多想你吗？你总是不让我和爹到城里去看你，你说我和弟弟长得一模一样，万一见了面事情捅破了，就引起人家的反感，弟弟就没有好前程了。我听你的，我们不去，你就不能回乡下来看看我们吗？我把家里的羊全都卖了，钱前几天寄过去的，不知道你收到了没有？是不是你和弟弟在城里遇到什么难处了啊。爹的腰伤还是那样，估计不好恢复了，要没有爹拼死拼活地外出挣钱，咱们娘俩哪里能熬到今天啊。娘，你放心吧，我会照顾好爹的。今年的庄稼长得也不错，等攒了钱我再接着给你们寄去。娘，你打算今生不让我和弟弟再见面了吗？虽说那一天我当哥哥的有责任，可是我毕竟也才是个三岁的小孩子呀，我如何救得了弟弟？娘，我想你，想弟弟，你们就不想我吗？

信的落款是大小，那么陈婶夜夜流泪念叨的二小不就是我吗？

我大颗大颗的泪珠落在纸上，与陈婶的泪滴在一起。噢，那是我妈妈的泪水，在多少个不为人知的夜里，已向心里逆流成河。心海里实在装不下了，才会偷偷地溢出来，把她的每一个回忆打湿。

二十多年，她坚守着自己的孩子，哪怕被主家辞退了，她依旧不曾远离。她当初发现自己丢失的孩子，该有多么惊喜。是什么原因让一个乡下女人，在短时间内做出了这样出人意料的抉择——把孩子留在城里，自己来城里做保姆照顾孩子。

我不敢想象，每当我喊一声妈妈，她在旁边会不会听得心如刀割。为了保护这个丢失的儿子，她究竟付出了多么大的代价啊。儿子成家立业了，她还是心甘情愿地留下来，她不求回报，力所能及地做一份清洁工作，在儿子身边挣口饭吃，这样她才生活得安稳。她害怕暴露自己的身份，她不想让城里人知道她儿子的贫苦出身。她担心儿子骄傲惯了，承受不了这样的变故，她打算把个秘密隐埋终身。是的，她真的做到了，她一头栽倒在厕所里，手上的垃圾散落了一地。

妻说，陈婶睡觉没个枕头？我说，有，她枕的是我小时候的衣服。我将我的小衣服一件件拾起来，看见了妈妈的一根根白发。

我的傻妈妈呀，你满以为你用生命成全了儿子啦，我脱离了乡下的苦难，一跃成了衣食不愁的城里人。用你的低贱比出了我的优越，用哥哥的卑微抬高了我的尊贵，用爹爹的伤残成就了我的健康，可是我能享受得了这比天高比海深的恩情吗？我是不是你最疼爱的人啊，你竟然不给我一个机会把心中的爱来向你表达，哪怕只说一句话也行啊，让我痛痛快快地叫你一声——妈妈，妈妈，妈妈，妈妈……

爱上一个人，就有一朵花儿开放

1

丈夫被派往鹿港，我正好陪同，到海边调养身心。说心里话，我一直梦想着有一套海景房，拉开房门就能看到波涛拍打着海岸，关闭窗子仍能听到鼓荡的潮汐。我将所有写作计划都停了下来，只带着一颗多愁善感的心到海边去。

朋友为我推荐了一套长租屋，就在沿海的南山区。我等不得丈夫歇周末，一个人先跑过去看个究竟。车行在盘山公路上，左边是陡峭的岩石，右边是纷飞的海鸟，林梢上白云片片，海面上浪花朵朵，心里真是惬意极了。我打开车子的天窗，大口大口地呼吸着清新的空气，恨不能欢呼起来，我的梦想就要实现了。

冷不丁地，在山间转弯儿的地方，从路边的林子里钻出来一头笨拙的奶牛，正在缓缓地横穿公路。等我发现情况突变的时候，轻刹已经来不及了。

重重地，我的前额撞在前挡玻璃上。车停了下来，距离牛尾只有一步的距离。我顾不上疼痛，赶紧翻身下车，看看右车轮已辗到了山崖边上。好险啊，刚才的我确实有些得意忘形了，这只牛正是来提醒我的吧。

就在我自责不迭的当儿，一个污脏邋遢的少年从树后闪身出来。他的手上拿着一根柳条拧成的小鞭子，若无其事地摇着，嘴里打着响哨唤着牛走过去了。

唉，小子，连句道歉都没有吗？我气不打一处来，冲着少年的背影嚷道。

他沉稳得令人难以置信，头也无回，拿我是隐身人。这是谁家的孩子？哪能这样没有教养？我愤愤不平地说着，更像是自言自语。心情大大地打了折扣，额头就分外疼了起来。

2

丈夫朝九晚五，平日里只留我一个人守着大海。孤寂的时候，我就会向上走一个街区，去参加小区里的义务工会。在那里，我渐渐地与人们熟悉起来，一块儿栽花除草，一起到福利院做义工。我将我的书送给身边的人，与他们展开心灵对话，渐渐地结成了很好的朋友。

有一日，我去小区医院里做清洁。透过大大的玻璃，我看到一个孩子从朋友的诊室里拐出来。这一眼不要紧，尽管他跑得飞快，我还是认出了他。这不正是那个无良的放牛娃吗？我原以为这是邻近村里到山上放牛的孩子，难不成他也会是这个小区的居民？

我径直跑去朋友的诊室问个究竟，以保证这个小区在我心中的美好印象。

朋友头也没抬，噢，你是说丢儿吧，再没有比他更好的孩子了，你会认识他？

你肯定是搞错了，我说的是刚刚从你屋里跑走的那一个。我强调着跑走，就像是那个孩子偷走了什么东西。

没错，我说的正是他。他的妈妈是我的病人，肝癌晚期了。朋友稍一回头，用下巴指了指窗台上。丢儿专门来送花的，说是替他妈妈感谢我。

我望过去，在海边透明的阳光里，一捧矢车菊开得正黄。

3

或许是那盆矢车菊改变了我对丢儿的印象。在我了解了他的家庭情况以后，我主动地寻上他家门来。

丢儿小心翼翼地打开门，却低着头与我没话可讲。我笑着抚摸着他糟乱的头发，轻轻地说，我为那一天对你的态度向你道歉，是我不好，不会吓坏你了吧。

丢儿羞红了脸，嗫嚅地说，阿姨，是我不好，没把牛看牢，害你受了伤。

我没想到，丢儿是一个细心的孩子。他应该是看到了我的额头有伤，却又害怕我当时的脸色，于是他选择了无声地离去。

我看到在丢儿身后，窗台上、门阶上，到处摆满了大小不一的花盆，有的枝繁叶茂地在风中招摇，有的刚刚钻出两片叶的嫩芽来，有的干脆什么都没有，只看到光秃秃的一盆土。我看到丢儿的手上握着一柄小铲，惊讶地问，你喜欢养花？

他随着我的问话，把目光向院中的花草扫视一遍，才淡淡地说，是妈妈喜欢。妈妈说，当你爱上一个人，地上就有一朵花儿开放；当你爱上一个人，天上就有一颗星儿点亮。

多美的诗句，多好的孩子啊。在我原来生活的城市里，跟丢儿一般大的孩子应该是上学、放学、麦当劳、肯德基、KTV和生日PARTY吧，我真的没见过如此安静的孩子。在我来此之前，他应该是主动选择这样隐蔽的生活好久了。

我记起他们是三年前举家从北方迁来的，变卖了原来所有的家产，才勉强在这里定居。这一切都是因为海边的气候对他妈妈养病有好处。自从来到这里，由于生活异常窘迫，他的爸爸开始酗酒，天天闷在家里闹事，除了些微的救济金外，这个三口之家，好似只有丢儿一个人在苦苦支撑。

4

周末我从超市开车回来，远远地看见丢儿一个人背着大袋子往家走。停下来，招呼他上车。他好喜欢，脸上笑开了一朵花，连鼻翼上的雀斑都欢乐地跳了起来。

我帮他拎袋子进家里去。他有些忸怩，又不好拒绝，迟疑着拧开门锁。

丢儿，有什么问题吗？我试探着问他。

我们不经常开窗，你不适宜多待。他善意地提醒我。这个孩子说出某些话来很像是个大人。如果在这个时候我拒绝进入他家的门，在他心中那是再好不过的选择了。可他却不能主动把我拒之门外。

我懂得他是这么想的。可我还是决定进去，因为我想更切实际地帮助他们这个家。

果然，略显阴暗的屋子有一股霉变的气息，我感到呼吸不够顺畅，甚至连我的眼睛也不能适应这隐晦的光线。

丢儿，有客人来啦，你应该先和我们打声招呼呀。声音从沙发上传来，这个卧在沙发里的女人正是丢儿的妈妈。她客气地招待着我，快坐吧，孩子给你添麻烦了。

我笑着说，没有，我正好顺路，再说我们已经是好朋友了。

丢儿早就说起过对你的冒犯，我替他向你说声对不起吧。你看我这身体糟糕得很，真是失礼了。女主人看上去衰老很多，可从社区登记来看，她比我大不了两岁。

丢儿是个好孩子，你真是有福气。我羡慕地望着她。正在我俩闲话的空当，丢儿端着精致的茶点上来了。我正要推托，丢儿妈妈说，不用客气，我们也要吃下午茶的。都是丢儿的手艺，勉强尝一尝吧。

那应该是今天新焙的小蛋糕儿，散发着香甜可口的味道。我环顾着整个屋子，没有痛苦呻吟，自哀自怜，只有从容和优雅。而这一切，都要归功于眼前这个羞涩的小男孩儿。

5

那天我经过丢儿家，看见他坐在门阶上抹眼泪，便心疼地走上前去。

妈妈的肚子又鼓起来了，好害怕，需要送她去医院抽腹水，可我一个人不敢动她。丢儿满含期待地望着我。我注意到原来空荡荡的花盆里，都一个个生出了窄窄的绿来。丢儿充满希望地说，妈妈说了，等这些花全都开满的时候，她的病就会好了。阿姨，你看，我都种满了，花就要开满了。

我不愿丢儿看到我的眼泪。我给朋友打通了电话，叫他带一辆救护车来，接走了丢儿的妈妈。

在从医院回家的路上，丢儿妈妈感激地对我说，你要是丢儿的妈妈该有多好。这孩子跟着我们遭受了多少罪啊。

因为刚刚抽了腹水，妈妈情况好了许多，丢儿也十分高兴，手脚麻利地忙里忙外。透过窗子，他时不时地望向窗外，在温暖的海风中，他的花园正焕发着勃勃的生机。

我主动揽下了丢儿晚间的家务，让丈夫带丢儿去看了一场久违的电影。可还没等电影散场，丢儿就跑回了家。

丈夫感慨地说，可怜的孩子啊，还是让他守着爸爸妈妈吧，人是出来玩了，受罪似的，因为他的心片刻也离不开那个家啊。

6

很晚了，丢儿来我家。他不进屋，隔着门缝说，妈妈叫你。说完这一句，转身跑了。

我急忙过去，看到妈妈倒在沙发上气若游丝。客厅里满地盘子的碎片，茶几上还有半瓶榛子酒。丢儿蹲在地上一片片捡着，生怕打扰了妈妈。

爸爸呢？我问。

睡觉去了，他很烦躁，心情不好。丢儿乖乖地说。

送妈妈去医院吧。对于这样的情况，我实在无能为力。

妈妈不去了，她说她愿意守着我们的花园。丢儿的眼泪淌下来，无声地渗到衣领里去了。

小小的孩子，他什么都明白了，为什么要他承受这样的痛苦啊。

为什么不去叫醒爸爸呢？我再一次问他。

爸爸有心脏病，他会受不了的。丢儿在这个时刻还在为父母作着最后的权衡，他真是太过为难了。我仿佛看到，在他心灵的花园里，那些花儿都已经盛开了，姹紫嫣红，争奇斗妍，芳香馥郁，散发着爱的馨香。

7

从葬礼上回到家来，迎接我和丢儿的是他爸爸抛过来的酒碗。“啪”的一声，在我们脚下摔得粉碎。

我本能地抱住身边的丢儿，冲着角落里那个不负责任的醉鬼大吼一声，你要怎么样嘛，你难道不能可怜一下自己的孩子吗？

丢儿反倒挣脱了我的怀抱，忧怨地劝慰我说，阿姨，你先回家吧，爸爸心情很坏，你不要怪他。

看着刚才还在葬礼上哭昏的丢儿，此刻又像个大人一样挺立在需要照顾的爸爸跟前，我的泪瞬间落下。我都替孩子感到委屈。我转身出门去，嘱咐丢儿说，晚饭我会送过来的。走下门阶，穿行在鲜花丛中，海风中蕴满了暖暖的香气。我抹清了泪珠，忽然间感觉心情略显轻松了。我回过头来笑了笑，看到门里面丢儿的爸爸正扑在丢儿的怀里哭泣。

丢儿有节奏地拍打着爸爸的背，咬紧了嘴唇，不哭。

8

突然有一天，看到丢儿弯腰在我的家门外摆弄他的花盆。

我出来细看，他已经摆好了，是颗小小的心。我由衷地赞叹，真好看。丢儿骄傲地说，阿姨，这是送给你的。

我注意到今天丢儿装了满满的一辆三轮车，好似并非送给我们一家人。果然顺着街道向前一望，每一家的门外都摆上了丢儿的花。五彩缤纷，异彩纷呈，扮靓了整个街区。看样子他还要沿路继续摆下去。

我不解地问，丢儿，都送人吗？为什么？

丢儿推起三轮车缓缓地下坡，我跟着他一路同行，停下来，便与他一起摆放。丢儿说，妈妈说的，等花开了，送给邻居们，感谢他们对我们家的照顾呀。让我们一家人感到了无比的温暖，在爱里勇敢地面对生活的苦难。我们感恩的心就像这花瓣一样，每天都对着太阳笑一笑，让大家知道，有了爱，我们很幸福啊。

我的心里涌上泪来。忽又听见丢儿在说，阿姨，我们要走了，真是没有什么好来报答你们的帮助。

我们的帮助是微不足道，说到帮助，其实是丢儿在帮助自己，或者说是丢儿的坚强、勇敢、热情和孝道帮助了我们每一个人。我顾不上跟丢儿分辨这些，急匆匆地问他，要走，去哪里？

妈妈走了，我们要回到原来的地方去了。那里有爸爸的朋友，说不定他的心情会调节得快一些。我不忍心看着他一天天毁坏自己的身体，我不能再失去他了。丢儿的睫毛上挂着大颗的泪珠。

那一天，整个南山区都变成了丢儿的花园，花开满山，香溢云天。

9

我决定买下丢儿家租过的房子，为的是如果有一天丢儿还想回到这里来，我能保证见到他。

在送别丢儿的那一天，我特意将这个消息告知他。丢儿浅浅地笑着，阿姨，你真好，等我想妈妈了我就会来。

我抚摸着丢儿的头，告诉他，孩子，你表现得太好了，没有一个孩子能胜过你爱父母，只是你要知道，你终要离开他们，有你自己的生活。

丢儿仰起头，眼睛里透出与年龄不相称的成熟来。他点点头，我懂，只是我不能和别的孩子比，我不是爸爸妈妈亲生的。

他的声音很轻，大概怕爸爸听到。可这句话在我已是振聋发聩了。什么？这怎么可能？你对他们那么好！我语无伦次了。作为一个善于观察生活的写作人来说，丢儿献给父母的爱不应该出自令人尴尬的收养关系。

不会错，阿姨，爸爸妈妈领养我时我已经六岁了，什么都记得。十岁时妈妈查出肝病，爸爸开始酗酒，在那四年里他们把全部的爱给了我一个人。丢儿这个名字，就是我在孤儿院里的名字。我不能抛下他们不管，因为被遗弃的滋味我有生以来就品尝到了。再见，阿姨，想妈妈时我就会回来。丢儿挥挥手，推起爸爸坐的轮椅向站台深处走去。

泪眼中，我看到在这个孩子的脚下，每一步都盛开着芳草鲜花，因为他的心中那深沉的情意和博大的爱，正是一座世界上最崇高最神圣的花园。

你走了，我们就不能在一起了

1

我背对着病房的门口，从窗子向下面的街道望过去。涌动的人潮时而舒缓时而急迫，恍若一条童年的河流。

哥哥在远远的地里割草，我牵着妹妹的小手，一溜小跑儿地来到河边玩耍。在浅浅的水里，游来了一群黑豆一样的小蝌蚪，它们摇晃着豆芽似的长长的小尾巴，呼朋引伴地游弋，一会儿近了，一会儿远了，一会儿相聚到岸边，一会儿又潜游到深水里去了。妹妹的小手不由地伸到河水中，兴奋地与它们打着招呼。好可爱啊，妹妹，我要为你捉一只。

我把鞋一脱，叉巴着两只光脚丫试探着向河里走去。妹妹拍着两只手，在为我鼓掌，在为她心目中的英雄鼓掌。我回头向她骄傲地一笑，我比哥哥更爱你，对不对？

小妹还不及点头，我脚下一个趔趄，整个人像是坐上了滑梯，仰面朝天向河中心滑去。妹妹一声尖叫，慌乱中把小手拼命地伸给我，就像是被我强大的惯性吸引，她也跟在后面跌入了深渊。

在我的眼前，那滔天的河水漫上来，整个世界混沌一片。我想向上推妹妹一把，可我漂浮在水中，使不出一丁点儿力气。我无助地看到妹妹像是一只红蜻蜓，在水里挣扎，沉下来，变成了一只透明的蝙蝠。

主治医生冲进病房里来，他的目光从我的身体里穿越而过，投来了极为复杂的一瞥。他急匆匆站在哥哥的病床前，带着短促的呼吸说，快准备手术。

我转身看到，哥哥在白白的棉被里钻出来，木讷地望着大夫。他还不知道，他得救了。我情不自禁地跑过去，把哥哥紧紧地拥在了怀里。

2

哥，你不会抛下我们的，是吗？

妹妹的小脸蛋越撑越大，好像是一只吹胀的气球，脸皮儿都快被撑破了。在浮力的作用下，她慢慢地漂了起来，被一只手轻轻地一拎，就在我的眼前消失了。

水底下只剩下我一个人，孤独难挨的黑暗啊。我的泪流进水里，没有人看到，连我自己也不知道，这泪水为什么如此咸涩难咽没完没了。我低头看到，我的小肚皮上一根根血管凸出来，青的，红的，粗的，细的，交错纵横，蛇一样蜿蜒爬伸。我闭了眼，由着自己向更深的黑暗里遁去。

和哥哥相遇是在一座不知名的桥上。哥哥拦住了我的去路，他不容争辩地说，跟我回家。我一头扎进哥哥的怀里，委屈地哭了。哥，我还以为你不要我了呢。

当我醒来的时候，我发现这个世界永远像是水下那样混沌不清。我很害怕，时常在夜里产生无法比拟的恐惧。我想象着眼前的人们，都是鬼怪的面庞，向着我张牙舞爪，我无可藏身，我插翅难逃。我只有蜷缩在哥哥的怀里，仰起带泪的目光，弱弱地问一句，哥，你不会抛下我们吧？

“哐啷哐啷”的声音从楼道里一路响来，我知道，那是手术室的担架床来接哥哥了。这是我有生以来第一次把哥哥抱在我的怀里，我可以保护他了，我终于可以为哥哥做一点事了。我不怕，因为哥哥得救了，我们还能在一起。

3

我从空荡荡的床边回到窗口来，继续低头看妹妹的水果摊。奇怪啊，她竟然不在。她怎会不在？在我的记忆里，她好像永远是坐在那个摊子前，带着一脸的苦笑来招揽顾客的。不是她不爱笑，也不是她笑得不好看，只是她笑不出，她的哥哥倒在病房里，天天在生死的关头徘徊。她挣下的每一分钱，就是她哥哥生命的每一秒钟。她在用这样一种方式计算着哥哥的生命，她如何能够笑靥如花？

可怜的妹妹呀，就连她也好像觉得亏欠了我。她总在心里深深地自责，那一天，如果她不伸手去够小蝌蚪，如果她不给我热烈地鼓掌，如果离岸边近的那个人不是我，如果哥哥先救起来的人不是她……是不是我的脑子就会灵光一点，不能落下智力不再发育的病根儿？哥哥也是一样，每当我钻进他的怀里，他总是用大手紧搂着我的背，恨不得把身上的温暖全部都给我。他总说，我应该在水下更快找到你的，不应该耽误那么长时间，让你受了惊吓，像个小孩子似的长不大了。弟弟啊，你别害怕，爹娘走的时候都交待给我了，我和妹妹不会抛下你，我们一辈子都在一起，永远不分离。

是啊，在这个繁华的陌生的城市里，我们还在一起。只是从乡下来的时候，妹妹拉着我的手，哭着哄我说，咱去看哥啊，咱去救哥啊，哥需要咱们俩。院门一锁，我们来了，来到了哥打工的城市，在病床上找到了瘦骨嶙峋的哥哥。大夫说，再不透析人就没救了。于是妹妹再也没离开过摆在医院旁边小街上的水果摊，她的烟红色的小袄皱皱巴巴的，坐在冷风中像是一颗被榨干了汁液的西红柿。

4

妹妹卷起袖子来抽血，我跟在她的身后，也卷起袖管来一身挡在了她的前面。我哀求大夫说，抽我的吧，别抽我妹妹的了，她都没血了，再抽就要干了。大夫无奈地说，也好，多一个人配型，多一份成功的可能。

在拿到我配型成功通知单的当天晚上，妹妹把手中攒的嫁妆钱也都提了出来，一把拍在了哥的手上。她笑得那么好看，一只手抓着哥哥，一只手抓着我，久久说不出一句话。我正想跟着她一块儿笑，就看见她的泪花子滚下来，沿着脸颊汹涌而落。再看看哥，这些年为我们操碎了心的哥呀，长年在外打工憔悴的哥呀，被病痛折磨得骨瘦如柴的哥呀，不知道怎么样感激我们，拼命地点头，紧咬着嘴唇，死死地攥住了我的另一只手。

我能感觉到他的心里如刀子在割，他是舍不得可怜的弟弟为他挨上这一刀啊。

哥，你还记得吗？小时候你去找欺辱我的孩子们打架，被他们一群人撕破了褂子，扣子掉得到处都是，我和妹妹哭着为你在地上找啊捡啊，你捂着流血的脑袋安慰我们说，甭怕，有哥哥在，什么事让他们冲我来。果不其然，这些年咱家的灾啊难啊，都让你一个人背着，这不长眼的病魔也作恶多端地找上门来了。

其实我想说，哥啊，妹妹啊，你们别难过，这些年你们为我付出了那么多，我不会说话，没道过一句感谢，能有今天这样一个回报，你们不知道，我的心里多幸福啊。别说是给哥一只肾，就是我的命，不也是哥从阎王爷那里抢回来的吗？

5

然而我不晓得，为什么弟弟给哥捐只肾，还要进行哪门子精神鉴定。在这之前，大夫一直想试着从我的嘴里得到不同的答案，仿佛我不是自愿捐给哥的，是被哥和妹妹逼迫的。他们的想法多么可笑，到最后还要搬出法律来为他们荒唐的行为寻找注解。

我不愿回答他们的问题，我之所以抵触他们，是我明显地感觉到他们无疑是想把我们三兄妹拆散。他们如何能理解这生死相系的骨肉亲情啊！他们思想中也有一把冷冰冰的手术刀，只会按着法律的条文来解剖复杂不明的人性。我出离愤怒了。

而他们果然得到了早已预知的结果，我是智力发育迟滞症，在法律上属于无完全行为能力人，不符合器官捐献的条件。

恍若一觉醒来，我们还漂泊在苍茫无边的海上，没有船，没有灯塔，那么美好的生命的自救，只是一场梦而已。哥把我和妹妹推到浮木上，自己却陷身于刺骨的海水之中。他的嘴唇发紫，脸色发青，呼吸越来越微弱了，而我们眼睁睁地看着，没有丝毫办法。

望着哥那依依不舍的眼神，我真想用我的身躯去撞碎那不近人情的法律，为什么就不能为我们打开一道亲情的门啊？

6

透析，等待肾源，时间就是个无底的洞啊，仅靠妹妹微薄的收入是无论如何也不能填满的。哥哥已经洞察了这一切，他在想着放弃治疗了。我从他无望的眼神里读到了决绝和深不可测的悲凉。

当爱他的姑娘得知他有一个不能摆脱的弟弟时，人家犹豫再三转身而去。哥哥立在胡同里目送着那渐渐消失的背影，一个字也说不出。我看到他就是这个眼神，自此再也没见过一个姑娘登门。

妹妹劝解说，哥，别灰心，总有一个仙女样的人等着你呢。哥哥惨然一笑，对妹妹说，哥不愁，哥出去打工挣钱，为老妹攒嫁妆，让我妹寻个好人家。

妹妹不同意，我带着二哥过日子，你就给我们找个嫂子吧。

哥哥不答应，你二哥有我管，哪有闺女老在家里不出门的，我答应爹娘的，把你们个个都照顾好。他总是抬出爹娘来，把我们压得没话可说。

哥哥离家出来已经八年了，他把钱按时寄回家里，要妹妹攒起来做嫁妆。妹妹把每一笔都记在了一个日历本上，为将来的嫂子作彩礼。只有我从不参与他们的游戏，我只会想着哪个时候过大年，哪个时候为爹娘烧纸，因为哥哥总会在这样的日子回家，与我们团聚。今年春节走的时候，哥哥好好的，并没显出身体的异样啊，才短短的三个月，知了还没有叫起来，哥哥就垮得如此不堪一击。

7

妹妹在哭，抱怨老天爷为什么她的肾不能捐，她要找大夫问个究竟。

我偷偷地躲在门外，听着大夫跟她一点点解释。我不关心那些医学术语，我只想知道，在什么情况下我的捐献就合乎了法律。大夫在说，肾源的供给率是万分之几，每年大约只有二百名患者能够找到供体，其余几十万人只能等待。妹妹问，等到后来呢？大夫沉默了半晌才说，等不着就是死。

妹妹接着问，那供体都是来自哪里？

大夫毫不避讳地说，像这样重要的身体器官，我想只能是来自濒死者吧，那些愿意捐献的高尚的待亡人。

我一个激灵，那些高尚的待亡人真伟大啊，难道他们就不再有法律上的区分了吗？是啊，人都要死了，器官即将烧成灰烬，哪里还讲那些条条框框呢？白白地看着两条命丢失吗？不能，医生肯定不能让待亡人做出无辜的牺牲吧。

我一路思索着回到哥的病床边来。哥昏昏欲睡，被病痛压迫得没有半点精神。望着哥哥苍白的脸庞，我会意地笑了起来。

然而我没发现，我的脸上，在笑纹里荡漾着尽是泪痕。滚烫的，沸在心里。

8

那天恰好是主治医生当夜班，我缠着他追问，如果我死了，我的肾能移给我哥吗？

大夫头也没抬，当然能啊，不然白白烧掉啊。说完他才吃惊地抬起头来，郑重其事地望着我，你傻呀，问这样的问题。刚说完，他又自我解嘲地笑了。那笑的意思是说，对了，我忘了，你就是一个不折不扣的小傻瓜啊。

我才不傻呢，我才不会被白白地烧掉呢。得到了确切的答案，我幸福地回到了哥哥的身边。

妹妹坐在哥哥的床边，两个人热泪满眶，默默无语。听到我进门的脚步声，他们偷偷地擦去泪痕，故意在我面前装出若无其事的样子。我走近来，坐在妹妹的身边。

妹妹开口了。哥过两天要出院了，咱们收拾收拾也该回家了。哥的病治好了，要到很远很远的地方去打工。

很远很远的地方是哪里？我问。

哥哥沉默了半晌，才说，是天涯。

为什么去那么远的地方？我问。

那里挣的钱多呀。哥哥耐心地跟我说，小妹妹要嫁人，你也要娶媳妇不是吗？那里可以挣下很多很多的钱，咱们再也不会为吃饭穿衣发愁了。不好吗？

好啊。我回答得很快，我的泪夺眶而出。只是那么远，我们就不能在一起了。

傻弟弟，哭啥嘛，你只要心里记着哥，我们就会在一起啊。那么远，过年过节的我也不能回来了，你们要记着给爹娘烧纸钱啊。哥哥的眼里涌上泪水，他将头别了过去，望着黑黢黢的窗外。城市里万家灯火，却没有哪一盏是为我们兄妹点亮。

9

凌晨，妹妹早早地赶去水果批发市场了。

哥哥还在艰难的昏睡之中。我一夜未眠，我在想，如何才能把哥哥留在身边。我不要他去天涯那个很远很远的地方，我不要只在思念里才能见到哥哥，我要他活着，跟我们不离不弃地活着，并且好好地活下去。

我来至窗边，轻轻地推开一扇窗子。天微明了，街灯眨着疲惫的眼，也像要睡着了的样子。城市里早起的人们陆续地穿过街道，在行道树的阴影里若隐若现。我寻找着妹妹的小水果摊，在街角里瑟缩着的，没有人看它一眼。

我轻轻地爬到窗台上来，一阵风拂到脸上，吹开我惺忪的眼。楼好高啊，我从来没在这样的角度上看过这个世界，原来世界是直上直下的啊，灰蒙蒙的云彩在上，灰蒙蒙的地面在下，像是一条灰蒙蒙的河流。

我的脚下一滑，仰面朝天向河里滑去。灰蒙蒙的云彩漫上来，遮住了我的眼。这如水的空气是多么凉爽温柔，抚慰着我裸露在外的每一寸肌肤，让我变成一只快乐的小鸟，舒展开一根根华丽的羽毛，拥抱着天空，拥抱着大地……

10

妹妹怎会坐在水果摊前？她在守着我，我们在一块儿等待着哥哥的手术床推进来。

而我的灵魂一直守在哥哥的病床边，在我最后离去的窗口。我看到主治医生冲进来，向着我站立的窗口投去一瞥，那眼神复杂得无可名状，是可怜，是崇敬，是愧疚，是悲悯，又仿佛都有。他顾不得许多，径直摇醒哥哥，急切地说，快准备手术。

我笑了，我等的正是这一句。这句话无疑是在告诉我，哥哥得救了。

我走到床边来，紧紧地拥抱着懵懂的哥哥，心满意足地对自己说，哥，我终于可以为你做一点事了。

担架床将哥哥接出了病房。

我，我的灵魂再一次回到窗边来，天地之河啊，请接纳我吧，让我化成河中的一尾小鱼吧，我要沿着我躯体游走的路径，一路游过去，等着哥哥来到我的身边，让我以这样一种既合乎法律又合乎亲情的方式，与哥哥的新生命融为一体。

我垂下视线，便看到灰色的大地上绽放出一大朵娇艳的生命之花。花芯里仍留着我身体的痕迹，像是熟睡中的婴儿。我笑了，那里就是哥哥说的天涯吧。

太阳从东方的一片云里挣脱出来了，那清凉的光落在我的眼中，把笑容一点点打湿，幸福地溢向了朦胧的天空。

最远的你，最近的爱

1

接到陌生的电话，对方说是警察。啥事找我？我爱搭不理地问。请你来认个人。对方说得很急迫。凭什么是我？我不太喜欢同警察打交道。

这个人手里攥着你的电话号码。对方给出的这个理由我一时没法拒绝。

这个需要我来辨认的人会是谁呢？是那个忘恩负义的小人吧，这个挨千刀的背弃了海誓山盟的薄情郎，活该会犯在警察的手里。当初用甜言蜜语收买了我情窦初开的心，我冒着和父母翻脸决裂的风险不顾一切地跟了他，还没等到父母的话音落地，我怀孕了，他外遇了，丢给我一个莫明其妙的理由，他就那么绝情地指着我的鼻子说，你的左眼有残疾，你这属于骗婚，你不答应我不怕，法律也会支持我的。然后将离婚协议书往沙发上一摔，潇洒地出门去了。我是摇尾乞怜的狗吗？我会乞讨这份一文不名的感情吗？那样的女子还是我吗？虽说心里真的很痛，但是牙一咬，想都不想就签好了名字，从窗户里喊一声，干净利索地丢下楼去。回过身来，看看自己挺起的肚子，孩子已经不可能打掉了。

我的左眼有残疾，视力不到0.1，和右眼视差太大。他可以找一万个理由来解除这一纸婚约，我也会成全他的。可他却单单选择了这个我隐藏最深的伤口，足见他对我已没有一丝一毫的留恋了。他又将我抛回到另一个我永不原谅的男人怀里去了。

2

记忆中的那个夜晚，我正在聚精会神地看动画片，他绷着一张死脸走进来。我害怕了，其实我不过是太喜欢隔壁佳佳的玩具熊了，我趁她上厕所的时候，从她家里偷了回来。这个没本事混社会只能拿孩子逞威风的男人一定是知道了，知道了又怎么样？你若是有钱有权，我要啥买啥，我至于动这个心思吗？我很强硬地梗着脖子，准备来一个死鱼不张嘴儿，打死也不说。我这是受你的遗传，跟你学的，看你能把我怎么着？他的火气给我的表现逼上来了，一巴掌抡起来重重地落在我的左脸上。他是左撇子。我只觉得一块铁板砸下来，眼前一黑，滚倒在地上便什么也不知道了。

等我醒来看到妈妈坐在我的床边上抹眼泪，我问她我的左脸为什么会有要挣脱出去的感觉，里面的血管和肉就像不愿让皮肤包着了似的，狠狠地往外挣。我的左眼被挤在一条缝里，压得我半个脑袋生生地疼。妈妈一边哭一边为我涂药水，她不敢安慰我，好像那个男人的影子监视着我们。最后她抽咽着问我，你怎么能偷别人的东西呢？我听了，心中十分失望。这个怯懦的妇人，她连我一半的刚强都没有，她只配给我洗洗衣服做做饭。

当我的左眼从盆地里上升到平原后，我才发现它给我的右眼基本上帮不上忙了。后来妈妈带我到眼科看医生，我倒没在乎医生说的那些话，可是妈妈又把眼泪一直抹到家。在这期间，那个男人几乎没在我跟前正常过，我也不同他说话。我想以后我也不会和他有话可说了。我甚至想过，不论想什么办法，我都会尽快离开这个家。

3

上初中的时候，我自觉地进入了青春叛逆期。我为班上的几个小妹提供保护，把那些追腥逐臭的男孩子骂得远远的。整个校园里只有我敢跟那些站在校门口吹口哨胸口刺青的浑蛋们叫板，我很自豪。当他们寻衅滋事的时候，那些耷拉着脸只会管教学生的老师都躲得远远的，恨不能把自己当个屁放过去。回回都是我随手抄起棍子或是砖块冲上去，将他们打散。直到有一天我被几个坏小子堵在了放学的路上，显然这一次他们是专门来找事的，每个人手里都握着一根藤条。我想骑在车子上猛冲过去，好汉不吃眼前亏，先躲过这一劫再说。可最终被他们一撞车把摔倒在马路边上，然后没头没脸地落下来一阵藤条雨，等我皮开肉绽地站起身来，他们跨上摩托一溜烟儿地跑远了。恰好我的班主任赶上来，主动送我回家去。妈妈开门时，腰里系着围裙，手里拎一把搅稀饭的勺子。她看到老师很惊讶，看到后面的我更是惊讶得合不上嘴了。班主任本来让我感动了一路，这时她冷冰冰地对我妈命令说，这孩子我们管不了了，明天她不用上学了，你们需要什么手续，到学校找我办好了。而后她神情高傲地踏着楼梯“得得”地下楼了。

我不晓得那个男人是如何闪身出屋的，我根本不晓得他已经下班回到了家里。我正对着老师的背影发狠，就觉得屁股飞快地粘上了一个脚印，然后是我以极快的速度滚过了楼梯，扑倒在下一个平台上。

深夜他才醉醺醺地回来，我隐隐地听到他们俩关起门来大吵了一架。直到我决定睡觉时还在吵，这一次几乎是妈妈在不依不饶地抢问他，问得最多的一句话是，你就不能换一个方式爱孩子吗？他仍旧是老风格，负隅顽抗，吐不出半句软话。我有些烦了，他何曾爱过我这个孩子呢？他有什么资格给我需要的爱呢？他有这个能力吗？这个连我都瞧不起的合同制工人，你的手脚无情，我才不会给你爱我的机会呢。我天明醒来，还能听到妈妈继继续续的哭泣，他们一夜没睡。唉，这点可怜的本事，都是他们上夜班加班练出来的。

4

在我闲居的两个月里，他们的头发被灯照白了。我视若不见，躲在自己的小屋里，只有吃饭时才出来端碗。我不理会他们，仿佛谁的心里先生出同情来谁就输了这一阵。你们愿打就打，愿骂就骂，到底看看你们还能想出什么新手段。偶尔我注意到他专门回家换身干净的衣裳，然后出去，回来时就一身酒气。我暗暗地想，他这样不负责任，是不是预示着想把我和妈妈抛弃？但是看妈妈对他的反应，又是心疼又希望他出去。我懒得去猜他们葫芦卖的什么药，天要下雨，娘要嫁人，随他去吧。

忽然在某一个时刻，我想起来，我曾经发誓要离开这个家的。我在心里又一次证实，我的誓言没有改变，可我不能这么灰溜溜地夹着尾巴走，我想让这个踩我在脚下的男人仰视我，堂堂正正地出这个家门。我想到唯一的途径就是回到学校，然后考一所大学，痛痛快快地一刀两断，从此海角天涯，连面也甭想再见。

我想去上学。在他又换上衣服时，我郑重其事地说。

他先是一愣，然后咬着牙说，你想也甭想。我没想到他拒绝得如此心狠，就像是他窥见了我远走高飞的私念，堵死了我的后路。他那天分明是哼着小曲出门的，活活要把我气爆。

我也不是甘心屈服的主，我三番五次地去磨妈妈，不要脸地向她做出保证。我低三下四地走这条曲线救国的路线，说穿了就是想在这场斗法中取得最后的胜利。只要我达到最终目的，你就是马王爷，我也不怕你三只眼。

5

到底是他软了，给我办了转学。我如愿以偿地回到了学校，然后高中，然后大学。我没有辜负自己，终于逃脱了他的魔掌。我拍拍屁股走掉的那一年，他俩双双下岗了，没出息极了，只好到街边摆菜摊。大学四年，我恨不得遗忘那个令人鄙视的小城，从来不与他们主动联系，只有寒假我才装模作样地回去一趟，暑假里我会打一份家教，赚取我下学期的学费。妈妈给我写过很多信，信纸里夹带几张人民币。其实我从心里早已原谅了妈妈，所以她寄来的钱照收，但是信从来不回。我不想让那个男人知道我的半点消息。

然后我像城市姑娘那样交了男朋友，其实是被交了男朋友。甜言蜜语冲昏了我的头脑，破天荒地给妈妈写了一封短信，用文字秀了一下我的幸福。没想到很快我就收到家里的回信，而这一次竟然是他亲自执笔。他的文采实在不能令人恭维，但道理讲得很细。这个对爱情一窍不通的男人竟敢对我的感情指手画脚，他越是不赞成，我就越要坚持到底。站在他的对面，这已经成了我的习惯性思维。我随时在准备投入战斗，并且将对手打得落花流水。我明白，现在我有这个绝对的实力。

我找到了心仪的工作，成了城市的白领。听到我要购房的消息，家里的钱以令我意想不到的速度和金额打到我的卡里。他们把小城的房子卖掉了，他们回到了山里的老家，开荒种地。我的心酸了一下，可是我又想我再也不用回到那个令人窒息的小房子里去了，我终于撇清了与那座伤心小城的任何关系。

那个恬不知耻的男人搬进来，把孩子种在我的子宫里。那个恬不知耻的男人等不及收获果实又搬走了，还要抬出这个令我致命的借口。简直是个混蛋王八蛋，警察不逮你，玉皇大帝都不同意。我走进医院时，依旧在心里暗暗庆幸。

6

隔着ICU病房的大玻璃，我先是看到缠满绷带的一颗脑袋，只露出插满管子的一张嘴。看看身后的警察，你这可叫我怎么辨认呢？

警察递给我一张带血的字条，我看到了我的名字和电话号码。我傻了，我认得那是妈妈的字。我突然想起了几天前妈妈打过的电话，她说，你爸爸总想去看你。她没说爸爸很为我的现状担心，她并不在乎我信与不信，她只是不想给我压力。她没说具体时间，她没说她们是不是同来，她可能害怕我会逃避。

妈妈的电话经常在半夜里响起，她懂得女儿一个人会睡不好觉，什么时候最需要安慰的话语。她说，妮儿啊，别恨你爸爸了，他的心疼得不比你差。他一巴掌打下去，却在夜里偷偷地哭了五六年，他怕你人穷志短，拿惯了别人的东西。他访问过很多医生，他后悔没有办法补救你的视力。他一脚踹下去，是担心你跟坏人搅和在一起。你是他心里最漂亮的公主，他怎么能眼看着他的公主自暴自弃。你不知道，你爸爸背着你给人请客送礼，低头哈腰赔着笑，就是为了给你办转学证。人家灌他酒，他得笑着，人家当着面指责你，他得笑着。可是回到家里，他痛骂那些人，因为那些人贬低了你。多少个夜晚，他把自己蒙在被子里，呜呜地哭泣。他不是要反对你找的那个男孩子，他和对方通过话，他了解那个男孩子为什么喜欢你。其实他只是想提醒你，他怕你一个人在外面吃亏受气。你找工作面试时，他使出老脸来为你托过城里的关系。是他说服了我卖掉了原来的房子，是他在山脚下开出了二亩荒地，每年都要种上你爱吃的黏玉米。是他不顾我的反对非要到私人煤窑里看矿，他说他得为你多攒个钱，说你在城里养个小孩不容易。听到你离婚的消息，我后悔把你的气话说给他听，他为你的不幸痛骂那个人，然后一边抹泪一边喝闷酒，他盯着自己的左手，醉了，哭了大半宿。他说他得跟你道个歉，不然他就是死了也不会好受。妮儿啊，你爸爸老了，他的脾气早改了，你别学他年轻时一犟到底了，你就原谅他吧……

7

我挣脱了医生的阻拦，整个人跪在了爸爸的床边。可是我只看到了爸爸那一头白发，他的嘴嚅动着，语词含混不清。护士说，从一进来，他就不停地咕哝，听不清他在说什么？

只有我听清了他的话，妮儿啊，爸对不起你，千万别哭，对胎儿不好。

这是爸爸留给我的最后一句话，他生命中最后一件事就像是专门等到我前来接受他当面的致歉。可是你叫我怎能抑制住心中的悲恸？多少年来对你的怨忿顷刻间化成了悔恨的泪水，决堤而出。

在黄昏的时候，我独自一人来到车祸的现场。我要在这里为爸爸烧一串纸钱，免得他失魂落魄地上路。我能想象得出，爸爸乍来到一个偌大的陌生城市，他的举步维艰，他的举目无亲，他的惊惶失措。在他的手心里紧攥着我的电话号码，这才是他与这里有所关联的唯一凭证。他只是想尽快找个公用电话，把他从山里背来的东西送到我的手上。这时，一辆黑色轿车冲过来，辗轧过他瘦弱的身体后，狂奔而去。

我看到，一个浸透了鲜血的玉米面口袋和滚落满街的山核桃……

我想起，妈妈在电话里说，你爸在不看矿的时候，上山为你摘了好多山核桃，多吃核桃小孩子生下来聪明……

我记起小时候，爸爸将我架在脖子上到他的工厂里参观，把我放在自行车的横梁上到街市上招摇，为给我买一双红塑料凉鞋连续加班，为了我在六一时穿上那件粉色的乔其纱连衣裙他把烟卷换成了大烟叶，一直抽到现在……

处理完爸爸的后事，妈妈坚持把爸爸的骨灰带回老家。她说鸡下蛋猪下崽，不能总麻烦邻居。其实我明白，妈妈只想守着爸爸再过一段安静的日子。妈妈走了，把孤独的城市和夜晚留给了我。白天我用工作麻醉着自己，可静夜深处，那无法逃避的伤痛就会潮水一样漫过我的心，我能听到心壁上的裂纹蛇一样一寸寸爬伸。

我知道爸爸在遥远的天际也会牵挂着他的女儿，他不放心女儿是不是平安幸福，星星就是他关切的眼睛。爸爸，女儿是多么不懂事，辜负了你今生今世的爱，我不论再做什么，也无法报答你如海的恩情啊。爸爸，来生我还想做你的女儿，我让你生了那么多的气，吃了那么多的苦，你还愿意要我吗？

还有你，只有你

1

满足地咂摸咂摸嘴，我吃饱了。

她的两只乳房瘪下去了一只半。她无奈地瞅瞅炕梢儿上的孩子，脸皮抽抽成了一个瘦老头。那孩子张着小嘴嗷嗷待哺，却没有力气哭出一点儿声响。

她将我轻轻放下，把她的孩子拾起来，抱进怀里，把半只乳房塞进孩子的嘴里。

刚咂了两口，孩子就委屈地哭起来。半饱都捞不到，到底谁是你的亲孩子啊？

她多半是听懂了孩子的哭声，把那只乳房捏在手里挤了又挤，就像是使劲攥紧一块干海绵。一滴水也没有了，孩子厌恶地把奶头吐了出来，睁开一双泪眼，看着她。

她也只能是看着孩子，别无他法。而我，吃得饱，睡得着，已经在香甜的睡梦里了。

在梦里，她是我亲亲的娘。

2

在长大以后的梦里，我总是先看到爹那郁郁寡欢的目光。顺着他，我看到了翻滚在炕席上的苍老的女人。

他爹，大夫咋还不来呀。女人把嘴唇咬出了血痕，大口大口地喘着气，额头上像是淋了水，黄豆粒子大小的汗珠子，密密麻麻地铺了一层又一层。

爹伸出手按在女人的胳膊上。别急别着急，女婿跑着去的，应该快了。

他爹呀，我真的挺不住了，这身子底下这么凉啊，飕飕地钻风。你快给我掖掖被子角。女人的脸白得像张纸，在昏暗的屋里，浮在暗凉的水面之上。

爹不敢去看女人的腿下，薄薄的炕席早已染红了一大片。哪里有风？空气的流动正是因那源源不断的血流而形成。

我想再看看咱小子。女人的声音越发地微弱，嘴角带出了不易察觉的笑。

爹在远远的炕旮旯里，把我抻到女人的身边来，愤愤地说，这个小子命真硬哩，克坏了你的身子骨儿。

我就那么毫无表情地望着，女人就那么如饥似渴地望着。她多么不想离开我啊，可她使出浑身的力气，好像也抬不动轻薄的眼皮儿。

涌出的鲜血淹没了女人的躯体和呼吸。

3

送人吧，这么小，哪里养得活？爹挟着我往门外走。

爹——是她噙着两眼泪追到院里来。咱家就这么一根苗啊，你咋能舍得？娘也不会答应啊。爹，我养，你把他给我。

她上前一把将我抢在怀里。

爹盯着她，像是在问，你不怕他命硬克你家？

我闻到了久违的奶香，从她的怀里悠然释放出来。我把头深深地扎进去，再也不想抬起头来看爹了。

爹担忧地说，你还要奶你的娃，这年月又没得吃，这能行吗？

她比我大二十岁，她的娃比我小十天。她果断地在脸上抹了一把泪说，爹，你放心，我先紧着他来养。

为了身边的两个吃奶娃，她撵着丈夫出河工去了，省点儿家里的粮食不算，还能偷偷从工地带回一两个改善的复合面馒头来。

4

我果然命硬，她的丈夫死了。

在我五岁那一年，眼看着春节快到了。工地上改善伙食，每人可以分到五个馒头。他趁别人不注意，往怀里揣了四个，想等着饭后溜回家来让我们尝尝。结果是饭后总动员，力争在节前完工，继而是挑灯夜战。可想而知，他只吃了一个馒头，哪儿哪儿够不着，脚发软腿打颤，浑身冒虚汗。好不容易坚持了下来，风雪骤起，刮得人睁不开眼。他本有些犹豫，可是想着每到改善的时候，我们都在家盼星星盼月亮似的等着他，他还是趁别人熟睡的时候，悄悄起身裹紧了棉衣，一脚踏进了苍茫的雪原中。

凭着记忆，他摸索着向村子走来。留在雪野里一行歪歪扭扭的脚印，在他的身后被落雪无声地掩埋。

风太狂了，吹得他摇摇晃晃。雪太急了，打得他迷迷惘惘。在一座无栏的桥上，他一脚踏空，向着五米深的冰面上飘然而降。

工友们找到他的时候是第二天清晨，他已僵硬着被半埋在雪中，不晓得是他头颅里摔出的血还是内脏受伤从口中吐出的血，他身下的雪被染得鲜红鲜红的。让桥上的人俯身一看，便觉得触目惊心。

她被婆家赶出了家门。村里人都知道，她的丈夫是被我克死的。是她收留了我这个恶贯满盈的小孩子。

5

我们又回到爹娘留下的小院里来。望着支离破碎的她，爹愁得一病不起，很快就走了。

她更瘦了，两只眼睛努得突出来了，浑浊不堪，像是安装了长期的假眼球儿。我很害怕瞅她，担心她一个跟头摔在地上爬不起来。晚上听着她在黑灯瞎火里摸来摸去，更是如同鬼魂一样飘忽无定。

我和她的娃都到了上学的年龄。别看我们吃没吃的，穿没穿的，可是我们都很聪明。门门功课出类拔萃。她听人们夸赞，就知道咧着大嘴笑。原来她的嘴并不大，自从人瘦下来，嘴角本就连着耳朵根儿，再一笑，就感觉她的嘴都笑到后脑勺上去了。

她的后脑勺上绾着一个可怜的鬏鬏，那几根头发还能绾住，在我看来应该说是一个奇迹。她面黄肌瘦，人没营养，头发像是被风一吹，就掉得差不多了。

她说，好好学，将来走出这泥洼村，长出息。

我们拼了命地学习，可是她改变了主意。在离初中升学考试不到一个月的时候，她的娃退学了。

我和她据理力争。她根本不看我一眼。最后等我发泄完了，她慢吞吞但不容置疑地说，他奶奶病了，他得替他爸爸去尽孝。

我无言以对。我不知道这些变故与我的命硬有没有关系。

6

秋天开学了，我背着她为我准备的铺盖上县城。她的娃给奶奶烧了三七纸，已经当兵走了。

小院里只剩下她一个人。我回头看时，她举着一只枯干的手正朝我挥动。头发稀稀疏疏，长长地在风里飘，像是从她头顶上刮过的一层灰尘。

在她为我缝制的内兜里，揣着她的娃从部队寄来的五块钱。有了这五块钱，我一个月的生活费便有了着落。几十块钱的学费留给她一个人慢慢还。她指指跑在院里的几只鸡，宽慰我说，甭发愁，有了鸡蛋还愁钱？

这时我才蓦地发现，她竟然是那么弱小，像一只被雨淋湿了的老母鸡。她老了，枯萎了，需要有人来保护了，可我们却正在离开。

她还坚挺在我们的视线里，不曾意识到那个渐渐老去的自己。她还想着站在那风雨的来处，张开她凋落的羽翼，把我们紧紧抱在一起。只可惜，那几根可怜的羽毛，连她自己都怕是不能取暖了。

7

离高考还有一个半月的时候，她出人意料地来了学校一趟。

她躲得远远的。在护城河桥上，偷偷地掀开斜襟的大褂，从裤腰里捻出两张十元票来。在她的脚下，是拿手巾包好的煮鸡蛋。我猜约有十多个，她大概是把家中攒下的鸡蛋全捎来了。

她说，交了报名费，剩下的钱可以给老师买点纪念品。老师苦口婆心地教你们不容易。再就是可以和同学们一起吃个饭，做了两年伴，好赖都是个缘分，考上考不上以后都要多帮衬。

我不敢问，她从哪里弄来的这些钱。我害怕听到家里的饥荒，担心花钱时下不了狠心。她说的这些花销都合情合理，我不能因为贫穷就可以不明事理。她把鸡蛋提起来，塞进我的手里。嘱咐我，考试前最需要增强营养，这是十五个鸡蛋，你分着吃，三天一个，保持好体力。考试前我就不来了，入了场别紧张，把会的答出来就行。

她的娃在省会当兵，我也填报了省会交通大学的志愿。我记得她说过，咱这泥洼村道太难走了，你们都出息了，要是回家一趟，那得多费劲啊，谁来给咱修条路啊。我懂得，等我毕业了，我要来修这条路，我要天天回来看望她，让她舒服让她快乐。

拿来通知书的那一天，她早早换好了新衣裳，扯起我的手来到了爹娘的坟上。她坐在茂密的蒿草中，只说了一句话，爹啊娘啊，弟弟长大成人啦，我没有辜负你们啊，弟弟考上大学啦，是咱十里八乡的头一个大学生啊。她仰天号啕——

我感到天和地忽然间暗了，过去的苦难岁月像满天乌云堆压上来。

8

大学入学第一堂政治课，正赶上市消防先进事迹报告团巡回演讲。

那是一场三个月前的大火，为了保护和抢救国家财产有五名年轻的消防官兵献出了宝贵的生命。

刹那间，像是一道闪电刺破夜空，我听到了一个名字。是她的娃。

没错，是她的娃，是她那个节衣缩食每月为我省出五块钱来的娃。她的娃死了，三个多月前，正是我备考的那段时间。她从部队上领了五十块钱的抚恤金，还了三十元的债。她都知道，她瞒着我，她怕我情绪不稳定，影响了高考。是她一个人往返省城，料理了孩子的后事。是她一个人独守在夜里，流干眼泪等着天明。她什么也没说，她就这样成全了我的大学。

我冲进图书馆翻找出当时的报纸。我读到了五年前的一段经历，那个孩子经过他娘的劝说，自动放弃了考取高中的考试，一个人辍学回家。娘说，她实在没有办法供两个孩子上学，她希望孩子能够理解自己。她的娃怎会不理解她，看着她的苦，看着她的难，孩子说，我当兵去吧，少一个人吃饭，部队上还有十块钱的津贴，我能省五块。

我狂奔到大街上，我找不到一条公路能够跑回到她的身旁。我什么时候才有这个能力，修一条报恩的路啊！

我怕来不及——

我要抱着你——

直到感觉你的皱纹有了岁月的痕迹，

直到肯定你是真的——

直到失去力气——

为了你我愿意……

这是哪个女人哟，把她唱进了我的心里，那千呼万唤般地深情哽咽在我的胸口，我也想大声地喊啊，她在千里之外的小村庄，真能听得到吗？

我不顾一切，大张着嘴，在省城的大街上，在一个音像店门口，喊着喊着，像她当年那样仰天恸哭了。

9

她没能等到回家的路修通。

她没能逃脱命运的摆布。

我怕来不及，果真就来不及。在我毕业分配到县交通局工作的那一年冬天，她耗尽了最后一滴心血，静悄悄地走了。

守灵的夜里，我想起来，我吃饱了，从她的怀里抬起头来。我亲亲地喊一声，娘——

她勉强一笑，纠正我，哪有娘啊，叫我姐，我是你姐。

别人都有娘的，为什么我只有姐啊？我哭了，她也哭，抱得我死死的。

装殓的时候，我死死地抱住她，轻得像是一把草，骨头支楞着，石头样硌得我生疼。我真的不敢想象，就是她这般瘦弱不堪的身躯，喂养大了两个顶天立地的男人。

婆家的坟不让埋，娘家的坟不能进。她被孤零零地葬在了大道旁。送殡的队伍只有我一个人。我低头发誓，好吧，姐姐，我一定把路修到咱的家门口来。你就在大道边上等着迎接我吧。

10

今天路通车了，我来修的，这是我干得最漂亮的工作，从此往后，咱们再也不是泥洼村了。你若是能在柏油路上走一走，不沾水不沾泥，多轻快多便利。乡亲们都来啦，握着我的手，夸咱们爹娘好福气，夸我们姐弟真争气。你若是能听到那该有多好啊。如果我能得到世界上最高的奖赏，我想送给你。因为在这个世界上，无论我做什么，在我认为这一切一切都是为了你。

姐，今天我跪在你的坟前，我来告诉你。你知道吗？爹娘走了，这个世界并没有减少丝毫的温暖，因为有你的怀抱。有你在，我努力，我拼搏，我要长出息。

姐，你在这里等着我吧。等我退休了，我会回家来，天天守着你。你一辈子也没唱过一首歌，也从来没走出过咱这个泥洼村，你肯定没听过那首歌吧。

姐，我想唱，只给你一个人听——

如果全世界我也可以放弃，

至少还有你值得我去珍惜，

而你在这里就是生命的奇迹，

也许全世界我也可以忘记，

就是不愿意失去你的消息，

……

我是雪花，为你融化

1

雪生——

雪生，快醒了，山药为你烧好了——

我醒了，果然闻到久违的香甜。春山药扔进灶火坑里，用灰烬深深地埋起来。然后我就听到了山药皮发出的“吱吱”声，我就听到了山药油烤出的“滋滋”声，我就听到了娘踮着小脚撩门帘的声音。我赖在煤油灯照不着的墙旮旯儿里继续假寐，其实我是愿意娘用她那温柔的手轻轻刮一下我的小鼻子。

娘爬到炕上来，在黑暗中向我靠拢。我眯着眼睛，看到娘的乌发从脑后被油灯照亮，焕出令人晕眩的金黄。多么美，多么温暖，我再也伪装不下去了，“腾”地从墙角跳出来，一把搂住娘的脖子，在熏满烟火的炕席上滚到她的怀里去。

雪生哟——娘是怕摔疼了我，抢在我的身下倒在了炕席上。我的脸深深扎进了娘的胸脯里。娘的胸脯像是絮着厚厚的棉花团，软得让人陶醉。可是作为娘唯一的孩子，我为何对娘的哺乳没有一点点记忆？

我的小脑袋狠命地在娘的胸脯上腻着蹭着，娘的脖颈渐渐地红起来，脸也粉里透红了。我想起了娘的名字，想起了院子里树上结的秋石榴，每一颗籽粒都是那么晶莹，那么饱满，那么欲笑还羞。

2

雪生，你醒啦。槐花用纸巾轻轻擦拭着我的脸颊问，你又梦到咱娘了吧，听你像是笑着呢，可是眼里的泪笑着笑着就流下来了。我知道你想娘，就没敢叫醒你。

这是哪里呀？从梦中醒来我一时失去了方向。槐花安慰我说，我们不是刚从札幌机场起飞吗？

我透过泪湿的眼睛看看槐花，我知道，她也想娘了。我慢慢收拾着情绪，一点点从梦里平复下来。我伸手提起遮光板，透过舷窗看到反射着日光的云层，仿佛是苍莽雪原。我把身体倾斜一下，提醒槐花欣赏这难得一见的风景。

槐花惊喜万分，拍打着我的手说，多么像咱老盐河的雪，一大团连着一大团，厚得没底儿，远得没边儿，哎呀，娘领着咱到河边去，提鱼篓收套子，咱俩连滚带爬地打雪仗，你还记得不？

雪生哪能不记得？他们只管疯跑疯玩，娘收了河鱼套了野兔，晚上就会为他们兄妹打牙祭。他和槐花，一个拉风箱，一个往灶坑里填柴禾，香味就从锅盖缝里丝丝缕缕地飘出来，引得他们两只馋猫似的总是用催促的眼光盯着娘。那都是他一辈子忘不了的事。

雪生低头看看时间，如果没猜错，现在飞机正飞行在渤海上空吧。沿着渤海湾向西向南，如果一直走，哪怕阡陌交错，歧路丛生，雪生也会走到盐河去。他能嗅到娘的味道，家的味道，盐河苦涩而艰难的味道。

雪生心中默默地念着，娘，我终于回来了，回来看你来了！

3

娘叫石榴。咱们村叫马回头。我脆生生地回答。

娘站在院子的那棵石榴树下，笑着对我说，雪生长大啦，忘不了娘忘不了家啦，好了，以后你走到哪里，娘也不担心啦。

望着娘的模样，我窃窃地笑了。我一个六七岁的孩子，连村头的小学都还没上，我能去哪儿呢？我能走到哪儿去呢？真是的，娘总是用这样的口气自言自语，好像有一天我会扔下她一个人跑到天边去。我跑上前一把抱住娘的胳膊，死死地摇着说，娘，我哪儿也不去，一辈子跟着你守着你，你不高兴吗？

娘笑里噙着泪花，伸过手来搂着我的头，心慰地说，高兴啊，高兴，当然是愿意啦。那我得求菩萨拜佛烧高香哦。

我仰头看着娘，娘用袄袖拭着眼角。我好奇地问，娘，我为啥叫雪生？我怎么不记得吃过你的奶？

娘的脸霎时涨得通红，像个姑娘家，半恼半羞地撵开我，唬着说，小孩子，说话这么没头没脑的，咋就想起问这个来了？

从此我知道娘有她的秘密。

4

我转头问槐花，你知道咱们村为什么叫马回头吗？

槐花摇摇头说，从来到咱家里，我就觉得这个名字奇奇怪怪的，马回头就回头呗，还值得当村名叫来叫去的吗？

我疑惑地看着槐花，咱娘没给你讲过？

槐花疑惑地看着我，没有哇，我也没问过咱娘啊。这里面真有什么故事？

于是在万米高空之上，我开始从头为槐花讲述马回头的故事：春秋战国时期，军阀割据，天下大乱，今天你打过来，明天我攻过去，烧杀抢掠，民不聊生。有一天，齐国的大军攻杀到咱这盐河一带，所到之处，老百姓纷纷逃命。齐国的将军一路追杀过来，却在咱村头上碰到了一位奇怪的逃难女人。说她奇怪，是因为她怀里抱着大的，手上牵着小的，这不仅不合常理，而且也根本跑不快。将军利剑一挥，策马上前。那妇女见此更是做出令人惊异的举止。她居然撇下小儿，怀抱大儿急趋。将军怒不可遏，天下哪有如此偏心的女人，我非要斩她而后快。女人仆倒在将军马前，知道自己已无法脱逃，可是拼命地搂着大儿不放，嘴里哀求着将军饶过大儿，愿用自己和小儿抵命。将军怒从中来，举刀正要砍下来，只听到女人怀中大儿吓得啼哭，声声喊姑。将军一惊，忙翻身下马，细问情由。却原来小儿是亲儿，大儿是侄儿。生死关头，舍弃亲儿来救侄儿，这是怎样高尚的义举！将军低下头，看看自己手中沾满鲜血的长剑，再看看大义凛然的妇女，突然莫名羞愧。我们怎么敢践踏这样一块忠义的大地？于是喝止大军，拨马回头，敬退而去，永不再犯。为了铭谢这位舍己救人的义姑，当地的老百姓筑土为台，台上建义姑殿，供奉香火。义姑的村名也就改成了马回头。

槐花认认真真地听着。我相信在她的脑海里，义姑的容貌跟我想的一样，就是娘的模样。在我很小的时候听到义姑的故事，知道了马回头的来由，我就把义姑想成了娘的样子。

因为娘救下槐花的那一幕。

5

我放学回到家里，就看见一个蓬头垢面的女孩子坐在我家的石榴树下，瞪着一双乌黑乌黑的大眼睛看着我。我不知道这是哪儿来的穷亲戚，在我的印象里，除了娘，我根本没有其他的亲人，也没有着紧的亲戚。

我把书包从肩膀上揪下来，蹲到小女孩儿的身前问，你叫什么名字？你能和我玩吗？

娘这时从屋里走出来，手里端着半盆水。小女孩儿茫然地看看我，又看看娘，委屈地撇撇嘴，眼里涌出了泪花。娘抻过她的小手来摁到盆里，唉声叹气地自言自语，苦命的孩子哟，逃荒出来，亲人死在大道上，这命真比那槐花还苦啊。槐花，你就叫槐花吧。

槐花顺从地低下头，听凭娘为她洗净了脸蛋儿，为她梳起了两根麻花辫。

娘回身看看我说，雪生，去，到屋里把那半片镜子拿出来，给槐花照一照。

我转身去取镜子，我心里在想，这个俊模俏样的小闺女到底从哪儿来呀，还走吗？

槐花在镜子里笑了，娘也笑了。趁着娘欢喜，我偷偷地求她，我说，娘，别让槐花走了，让她跟我玩吧。我怕娘不答应，又赶紧补充说，以后我少吃点。

娘低下头瞅我，瞅得我脸红心跳，不好意思地跑开了。结果娘就像没看穿我的心思一样，爽快地说，槐花不走了，我有儿又有女，老天爷给的福气呢。

槐花听了，蹲在原地是又哭又笑的。那个饿死人的冬天快过去了，春天一到，槐花就要开啦，树叶就要长啦，娘掐着指头数粮食的日子就快熬出来啦。

6

槐花沉浸在刚才的故事里，一个人在座位上泪眼婆娑。她来家时已经五岁多了，娘在大路上从遍野尸殍中牵着她的情景，她应该是记得很清楚了。娘最喜欢槐花了，她们娘俩真的是无话不谈的，难道这个马回头的故事，娘真的没有跟她说？也许娘自认为本应该就这样去做吧。

望着长长的机翼在毫无遮拦的日光里闪耀，我沉思的一颗心也被照亮了。我在想，如果有机会，我也要带着娘坐一坐飞机。我的娘啊，她一生就扎根在盐河的边上，像一棵平凡的石榴树，从来没有离开过那片咸涩苦难的土地。

槐花轻轻地捅了捅我，像是想起了什么似地说，雪生，你知道娘为啥叫石榴吗？

我一直相信，娘的心中盛着好多秘密。她不说，你也甭问，问也白问。就像我的名字一样，她的名字也是秘密吧。槐花得意地摇了摇头，好像她们娘俩更亲近。她细细地想了片刻才说，姥娘怀着娘的时候，有一天夜里梦见院子里石榴花开了。第二天望着树上结的最大的一颗红石榴，就嘴里流酸水馋得受不了。姥娘腆着肚子来到树下，踮起脚伸手去够，结果刚把石榴摘到手，一屁股就坐在了院子里。肚子一阵疼痛，娘就生了下来。右手抱着娘，左手还拿着那个大石榴，你想想，娘不叫石榴叫什么。

对呀，我恍然明白。娘的院子就是姥娘家的院子吧，娘的那棵石榴就是姥娘家的石榴树吧。娘应该是守在姥娘家里没出嫁吧，那我怎么会吃过她的奶呢？我不会真是与雪同生，从天上掉下来的吧。

飞机在缓缓下降着高度，我正在一寸寸接近着娘的土地。我为我曾经有过的这些幼稚可笑的胡思乱想，再一次含着泪花笑了。

7

十年前，麦梢正黄的时候，随着一位不速之客的到来，解开了我的名字和身世之谜。

突然出现在门口的老人西装革履，满头银发，金丝眼镜后面的眼神和蔼慈祥。娘正坐在院子里磨镰刀，她听到柴门推开的声响，就转过头来逆着上午的阳光，看着高大的身影走到石榴树下，走到她的跟前来。

娘颤巍巍地站起身，试探着问，你找谁呀？我和槐花从屋里走出来，手上挽着捆车的麻绳。听着娘问询的口气，好像她心里有了某种预感。

老人手扶着石榴树粗壮的枝蔓，一句话也说不出来，再抬起头时已是老泪纵横。

娘的眼里也一下子滚出浑浊的两行泪。她用袖子在脸上抹来抹去，总也抹不干净。我看到娘在那一瞬间，突然又衰老了许多。她伸出青筋暴露的一双手，紧紧地握住了老人的手。我听到她如释重负地长吁了一口气——北海医生，你终于来了！

娘迈着小脚，踮踮地扯着我和槐花郑重地走到老先生跟前，娘的话把我和槐花都震惊了。她说，这就是雪生，这个是槐花，雪生的媳妇，你就带着他们走吧。

北海医生先是一怔，随即“扑通”一声跪在了娘的脚下……

那是1945年的4月，倒春寒依旧笼罩着盐河平原。就在奉命转往深山的前夜，一场暴雪袭来，阻断了北海医生和他产后虚弱妻子的行程。怎么办？前线节节败退，离战败应该为时不远。尽管自己作为军医，没有干一些伤天害理的事情，还主动为村里的百姓治病，可自己的国家在中国犯下了累累罪行，如何能乞求人家的宽恕？如果不能及时随部队开拔，一家人怕是没有好的下场。北海和妻子恐惧之后，决定将孩子送人，两个人冒雪赶路，才有可能逃过这一劫难。他们在马回头驻扎了几年，领略了盐河百姓的勤劳和善良，深信人们不会为难一个刚呱呱坠地的婴儿。于是在那个大雪封门的清晨，北海医生将孩子偷偷放在了一棵高高的石榴树下。他希望能有那么一天，他来找回自己的骨肉，他永远记住了这一棵石榴树。

妻子死在辗转回国的途中。北海医生一个人孤苦伶仃地盼着这一天。五十年了，死之将至了，他要把家产交给他唯一的孩子，他不敢奢求领回儿子，但那一颗失落的心多么想再来见上儿子一面。

8

出了机场乘上大巴，我和槐花一路南行。风驰电掣的车轮啊，依然跟不上我归心似箭。我默默地望着槐花，从她来家的点滴想起，一点点知晓了娘的良苦用心。

尽管我和娘都把槐花当成了我的妹子，可是村里人不这么看。玩伴们更是说槐花是我娘为我找好的童养媳。可是我不能相信，村里别人家的童养媳都是吃不饱的饭，干不完的活，整日里以泪洗面，当牛作马。槐花在我们家里，就是娘的闺女，该疼的疼，该说的说，就和对待我是一个样子。

然而，世态的发展还真朝着娘的预想来了。“大跃进”之后，一个运动接着一个运动，人们天天心乱如麻，地撂荒了，草长疯了，仇恨了，敌视了，陷害了，报复了，社会搅成了一锅粥。娘身上总有一些诟病让人嚼舌根，娘的美貌又总让有些人心怀不轨。觊觎不成，恶语就会变本加厉。我以为娘会承受不起，没想到娘是出奇地坚强。她就像院子里这棵石榴树，砍也砍过，烧也烧过，每到春天就会抽枝吐芽，一样地开花，一样地结果。可是等这团火烧到我的身上时，她听到有个人在议论我是日本鬼子留下的后代，像是被人击中了要害，竟一口气倒在大门外，昏迷了一天一夜。

有了娘浑身的污点，有了我洗刷不了的清白，哪家的闺女愿嫁进这个门里来，俊俏的槐花也是无人问津。我苦闷彷徨，萎靡颓废。娘和槐花看在眼里疼在心上。我不会忘记那一天，槐花叫我来吃饭，她没和往常那样说，起来吃饭吧，人不吃东西哪里受得了。她望着我半天不言语，然后就坚定地说，雪生哥，我嫁给你，咱俩守着咱娘一起过，过一辈子。

我一个激灵跳到地上来，与槐花和娘抱头痛哭在一起。

9

娘，我不是日本鬼子，我绝不离开你。我狠狠地盯着北海老人。五十年，再苦再难的日子我们都没有分开，如今这片焦土刚刚复苏，生活有了起色，你就闯了进来，硬生生要将我们和娘分离，你没有这个资格，谁给了你这样的权利？

雪生。娘的声音不高，但在我听来胜过雷霆万钧。你不要胡说，天下爹娘都一样，但凡有办法，哪个会抛儿弃女？娘稍稍转身向着北海医生说下去，那个大雪封门的清晨，我来到石榴树下抱起这个无辜的孩子，看到包裹里的东西，我就知道这是个日本孩子。我一个姑娘家，我怎么才能把一个孩子养大？可是我又能抱给谁呢？日本鬼子对我们烧杀抢掠，无恶不作，我们是不是对他们赶尽杀绝？可是眼前这个孩子又有什么罪呢？我不管他，他就会死去，我怎么能放下手啊！用仇恨回报仇恨，仇恨哪有终止？如果种下善良的种子，就算在仇恨的心里，也一样能开出友谊的花吧。这个孩子，是上天伴着雪花送给我的孩子，他的心灵像雪花一样纯洁，他的眼睛像雪花一样晶亮。他是天使，是你们和我们和平的使者。今天你来了，我盼着你来，我相信你终究会来。哪怕我有千万个不舍，我也会把孩子还给你，我完成了我的使命，剩下的全都靠你了。

娘一屁股坐到石榴树下，开始用手在树下挖土，挖她深埋在树下的秘密。

10

盐河的风在唤我的名字，雪生——

盐河的水在唤我的名字，雪生啊，雪生——

来到这一片久违的土地上，一草一木都有着娘亲手栽种的痕迹。我的耳畔回响着娘唤我的声音，多少个黄昏里，娘站在村口的高坡上，向着空旷的原野深情地呼唤。雪生——雪生——

娘，我回来了，你的雪生回来了，槐花回来了——

可是柴门掩着，空荡荡的院子。好心的邻居一看到我们，话还没说出口就红了眼圈。雪生啊，槐花啊，你们还知道回来啊，快跟着我给你娘去烧一刀纸吧。

跪在娘的坟前，我和槐花心痛无语。我伸出手一把把挖土，我要挖出一个地道来，我要我的娘活过来，从地底下钻出来再和我们团聚。我要问问娘冷不冷，一个人孤单不孤单，病卧时可有人端汤送水，寂寞时可有儿孙绕膝。我还要问问娘，为什么说到做不到，不等着我和槐花回来好好孝敬你。娘啊娘，你的爹娘被日本兵杀死，你却偷偷养活我一个日本孩子，一个清清白白的好女子，顶着污辱，戴着骂名，不出嫁，受委屈，给我成家，让我生子，活出堂堂正正人样子。到头来，把儿子送回去，把闺女送出去，自己两手空空到老死。娘啊，你说你图个什么呀！

我从兜里掏出一条布带，上面有针绣的“北海”二字。那是北海医生六十年前放在我包裹里的记号。我知道娘一直揣在她的身上，到了“文革”风声紧迫时，她才偷偷埋在了石榴树下。十年前，她亲手从树下刨出来交到了北海医生的手里。而今天，我把它带回来，我要把它重新埋进娘的坟里。

娘，我是你的雪生。我和你一样，永远忘不了1945年春天里那一场大雪，那个静谧的清晨，我像是一朵无名的雪花，从天空飘零流落，啊，亲娘，你的怀抱有多温暖，这一片土地是多么无私而深沉！

时光不老，我们不散

1

小曼——真的是爸爸在唤我吗？

看到爸爸推门进来，我张开双臂跑上前去。爸爸笑着蹲下身来，就在我扑进爸爸怀里的时候，我看到了她。

她穿着素白的连衣裙，微微笑着跟在爸爸后面，手上拎着一篮子新鲜欲滴的水果。两个人一前一后走进院门，她主动走到我的养父母面前赔尽了不是，说了一火车的好话。俗话说，伸手不打笑脸人，我的养父母再不高兴，也只是冲着低头不语的父亲抱怨了几声，还是看在她的面子上，同意爸爸和她把我领回家。

临出门时，我看她又往桌子上放下了一沓粮票布票，这才千恩万谢地退出屋来。她戴着一副金丝边的眼镜，衬着白皙的皮肤，说话的声音又那么清丽柔婉，人就显得那么洋气出众。说实话，我真得很喜欢她，如果我有一个这样的妈妈那该多好！我也不至于被爸爸送给别人家。可是这能怪爸爸吗？妈妈去世的时候，我才五岁多一点，上面还有两个姐姐，他靠什么养活我们仨？

我不是没有想过，也许这一辈子我就这样与爸爸姐姐分离，永远不能见面，而是真真正正成为两家人啦。可是今天她突然闯入了我们的生活，把我重又带回到了爸爸的身边。我没有哭，只是由着她紧紧地牵着我的手。

我坐在爸爸的车梁上，她坐在爸爸的后车架上，我们一路行驶在柳荫里，聆听着乡间小路上的蝉鸣。那是1962年的夏天，我11岁，她29岁。

2

放学回到家里，我正想放下书包出去找同学玩耍，忽然听到她嘤嘤的哭泣。我绕开一丛盛开的白月季，蹲到窗子根前，静静地听下去。

这不是很好吗？我知道你希望生一个自己的孩子。是爸爸说话，声音里透出兴奋和甜蜜。

女人哪个不盼着这一天呢？可是……是她喜悦的声音，说到后面低沉了下来。

可是什么？你有什么顾虑？爸爸关切地问。

我们不能要，不能再要孩子了，我们一家五口人现在都很困难。她接着说下去，小曼还这么小，我怕有了自己的孩子会偏心，会对她不好，我哪里对得起小曼的妈妈？

爸爸半天沉默不语。我蹲在地上，几乎落下泪来。我知道爸爸肯定不会同意，他多想再生个儿子啊，我会被他们再一次遗弃。难道老天爷也不可怜可怜我吗？

我疯跑出院子，让泪水在风中飞扬。我躲在城墙洞里，半夜都不回家，可是我真得害怕极了。直到我听见爸爸和她一路呼喊着寻了过来，我才委屈着扑进她的怀里。我听到她在我耳边轻轻地说，小曼，你放心，妈妈不会抛下你。

第二天，她背着爸爸去了医院，回到家痛痛快快地哭了一场，休养两天就去了学校上班。小小年纪的我知道，她没有食言，她只要我，不要小弟弟。那是1964年的春天，我13岁，她31岁。

3

我升入了县重点中学，正是她任职的学校。同学们都羡慕我，因为她是我们这所学校的副校长。在这之前的四年里，她用善良温暖着我，使我彻底走出丧母之痛。她用知性引导着我，教我成长为品学兼优的好学生。我以优异成绩考取县重点中学的时候，是她亲手为我领回了录取通知书。第二天，她又亲自带着我来到母亲的坟前，将我的成长化作一言一语来告慰母亲的在天之灵。校园里没有人知道她不是我的亲生母亲。同学们总是用崇敬的眼光仰慕她，然后会由衷地对我说，你真有福气，有一个这么优秀的妈妈。只是在她的面前，我总是害羞，我没有勇气当着她的面，大大方方地叫她一声妈。我想，她应该感觉得到，我的心和她的心离得很近，比亲生女儿还要近。

可是一夜之间，好端端的她竟然被打成了走资派，被一帮人押解着进了牛棚，父亲也受连累进了学习班。而我则由人人羡慕的好学生成了遭人冷落疏远的“黑五类”。重压之下，为了表示对革命的忠诚，我搜肠刮肚给她写了平生唯一的一张大字报。我控诉她包三鲜馅饺子是资产阶级生活方式，我痛斥她雇佣保姆是对劳动人民的残酷剥削。同学们都为我的大义灭亲鼓起了掌，而她却不得不为这新的罪名又一次被揪斗游街。

我在人前强作笑颜，可当我一个人回到家里，想到她那么喜欢干净整洁的一个人，要被人用黑墨水画个满脸，我的心好痛，说不出的难过。她那样爱我，我却作陷害她的凶手。那是1966年的秋天，我15岁，她33岁。

4

快过年了，很多知青都已回到了城里，只有我还孤独地留守在农村。不是我不想回家，只是我的大字报给她带来那么大的伤害，我无脸回家呀。

腊月十三，我突然接到一封信，看信皮上的字迹，我知道是她写来的。她能主动联系我，我很惊讶，急忙把信打开——

小曼，我的女儿，你还好吗？

一声久违的深情呼唤，如一股暖流从心中流过，我的眼睛湿润了——

告诉你一个好消息，组织上宣布我解放了，恢复了我的职务和工作，我不再是走资派了。小曼，回想这几年发生的变故，妈妈觉得好对不起你，我这个继母到你家才四年，就连累得你成了黑帮子女，跟着我受尽了歧视，害得你上山下乡，无家可归。你的学习成绩那么好，却没能上高中考大学，是我耽误了你的青春，妈妈郑重地对你说一声“对不起，我的好女儿”。小曼，还记得吗？我这几次伤病，都是你回来照顾，我知道这对你来说有多难，谁愿意来伺候一个黑帮后妈呢？可是你给我端茶倒水，煎药煮饭，陪我打针输液，我知道有人在背地里说你傻，可是你从来不为所动，没有丢下我不管。你多么善良多么懂事啊。女儿啊，我从来没有对你说过谢谢，是因为我觉得我这个黑帮妈妈没有感谢你的资格。今天，我平反了，我终于能以一个正常人的身份和你说话了。快回家来过年吧，我和你爸爸都十分想你。

我将厚厚的信纸捂到脸上，在寒风浩荡的知青屋上，呜呜地大哭起来。那是1970年的冬天，我19岁，她37岁。

5

迎亲的鞭炮在门口点燃了，媒人进到屋里来催促我早些动身。怪不得爸爸常念叨，女儿就是燕儿啊，到时候就要离巢飞远了。

爸爸和她并排坐在外屋的椅子上，仿佛专等着我去同他们告别。我深跪在他们面前，便看到爸爸的脸上，有泪水沿着密布的皱纹纵横爬行。她用胳膊悄悄地碰碰爸爸，然后将我从地上搀扶起来，给我一个优雅深情的拥抱。就在我不注意的时候，她摘下腕上一只银镯，轻轻戴在了我的手上。我知道，她之所以二十九岁才以初婚的形式嫁给拖油瓶的爸爸，都是为了全身心地侍俸她多病的母亲，而这些首饰正是她母亲留给她的传家之宝。大姐二姐结婚时，她送出了项链和耳环，这银镯是她最后的宝贝了。她俯在我的肩上与我耳语，她说，小曼，我的好女儿，如果我们在生命里丢失了彼此，凭着这一对镯子，你就能找到我，我也能找到你。

我走出院门，在簇拥的人群里留恋回望。院子里是她亲手载下的盆花，门台边上一盆旱荷花开得正好。大朵大朵的黄萼从叶子底下钻出来，像是多少个夜晚她踩在缝纫机上为我赶制嫁衣时窗外的月亮。

她与爸爸站在屋门口，斑驳的阳光透过石榴树洒在他们身上。她向我依依挥手，脸上挂着一串含笑的泪珠。那是1974年的夏天，我23岁，她41岁。

6

儿子出生了，她来伺候我的月子。白天为我做吃做喝，晚上儿子一哭，她便翻身起来，热奶粉，换褯子，不肯让我动一根指头。一个月下来，我养得又白又胖，她却熬成了小瘦脸。我拉着她的手，劝她多休息，可是她说，小曼，你都忘了你是怎么伺候我的了，我要报答你的恩呢。

我知道，她说的是劳动改造时跌断锁骨那回事。接到爸爸的电报，我急忙请假往城里赶，等回到家天已经擦黑了。他们可能以为我不愿回家伺候她，正在她失望的时候，我推门进来，她的眼泪一下盈满了眼眶。她倚在床头，面色黝黑，身形消瘦，肩膀上斜缠着绷带，早已没有了当校长的风采。看着憔悴衰弱的她，像一只可怜的羔羊，我的心突然变得柔软起来，热泪滚滚而下。整整一个月的时间，我尽心尽力地侍奉，直到她能生活自理。这在我做女儿的不是应该的嘛，可在她的心里，却成了不可磨灭的恩情。

若说恩情，有谁能比她给我的恩情深啊。为了保护我幼小心灵不受伤害，为了保证全家人吃饱穿暖，她忍着身心俱痛去医院堕胎。为了让我这个不孝女儿重拾家的温暖，她忘记了是我在她最艰难的时候写大字报往她的伤口上撒盐，把她从困境推入绝境。该说对不起的人是我，该报答恩情的人是我呀！

我一把搂住她，哽咽着喊出了平生的第一声“妈”。那是1976年的春天，我25岁，她43岁。

7

爸爸去世的那一天，我死死地拉着爸爸的手，哭得死去活来。她也同样悲伤，我感觉得到。可是她安静沉稳，进进出出，料理后事，一一达成了爸爸的遗愿。最后，从殡仪馆回到家，她从身后抱住了我，在耳边轻轻地说，小曼，你放心，妈妈不会抛下你。

这句话一下子又把我带回了二十多年前，在那个漆黑的夜里，是她给我的许诺。她不会食言，我不是孤儿，我还有亲人在身边。

第二天早晨，我从屋里出来，看到一位妇人默立在爸爸的遗像前。她的脚下是黄菊花跌落一地的花瓣。这妇人骨瘦嶙峋，佝偻瑟缩，满头白发。听到我开门的声音，她迟缓地转过身来，霎时满脸的皱纹。我不敢相信是她，昨天还好好的一个人，一夜之间，枯萎凋零。这一夜，她经历了怎样刻骨铭心的回忆？

我扑过去抱她在怀里，我说，妈，我也爱你，我不许你心疼，不许你老去，爸爸在天堂也希望你幸福快乐，希望你永远年轻美丽。

她哭出声响，犹如一道山洪从胸腔最深处咆哮而来。那是1988年的秋天，我37岁，她55岁。

8

忽然有一天，我下班回来，发现她站在门外踟蹰不前。原来是上街买菜，忘记了带门上的钥匙。

忽然有一天，邻居打电话说她在街心公园里不肯回家，任是谁也不能叫她回来。我赶过去，原来是她忘记了邻居的样子，担心上了坏人的当。

忽然有一天，她自作主张，餐桌上为爸爸放一副碗筷，碗里要盛满最好吃的饭菜。如果我不小心忘记了，她会耍小孩子脾气，不吃饭不喝水。

忽然有一天，她这个中学校长拿着一沓报纸跑到书房里来，问一些小学生都认得的字。我只好停下写作，向她哭笑不得地一一解释。

忽然有一天，她指着我的儿子说，小曼，你又交男朋友啦？逗得我老公大笑不止。她奇怪地盯看着，一副委屈的模样。我连忙上前抱住她，含着泪故作亲昵地问，妈，请你把把关，我男朋友帅不帅？

忽然有一天，她把我认作她的娘亲，问我她的女儿到哪里去了。我故意逗她，你女儿是哪个？叫什么名字？她骄傲地说，小曼，小曼是我女儿。

在即将到来的新世纪里，这个世界上，她只记得我一个人。她得意地笑着，我却泪流不止。那是2000年的冬天，我49岁，她67岁。

9

我轻轻地走近了她的病床。她的呼吸是如此缓慢，她的面容是如此慈祥，她的眼神是如此和蔼。我又记起了她年轻时的模样，她穿着白净的连衣裙，坐在爸爸的后车架上，在一路蝉鸣声中，给我讲小女孩儿回家的故事。

我以手指作梳，一下下理着她银白的发丝。她像是贪心的孩子一动不动。她迷梦中呼唤出爸爸的名字，一滴浑浊的泪顺着眼角静静淌下来。我知道，她的心在最后清醒了。我攥住她的手，我说，妈妈，我是小曼，你不要怕。

她缓缓地侧过了脸，伸出枯干的手抚摸着我的脸颊。她张了张口，拼着最后的气力说，小曼，妈妈爱你。

我懂得她是一个最爱美的人。我倒了一杯温水，用手指蘸着温水为她做最后一次亲情美容。从她失忆以来，这是我们母女最喜欢的游戏。她满足地闭起了眼睛，好似在浅眠，两只嘴角稍稍上扬，留下了永恒的微笑。

窗外蒙蒙细雨，滋润着枝上的嫩芽。就像她闯入我生命时一样，我没有哭，只是紧紧地牵着她的手，不愿松开。

一对银镯叮叮咚咚地碰在了一起，她说过，有了它，我们在生命里永远都能找得到彼此，永远都不会把对方丢失。那是2014年的春天，我63岁，她81岁。